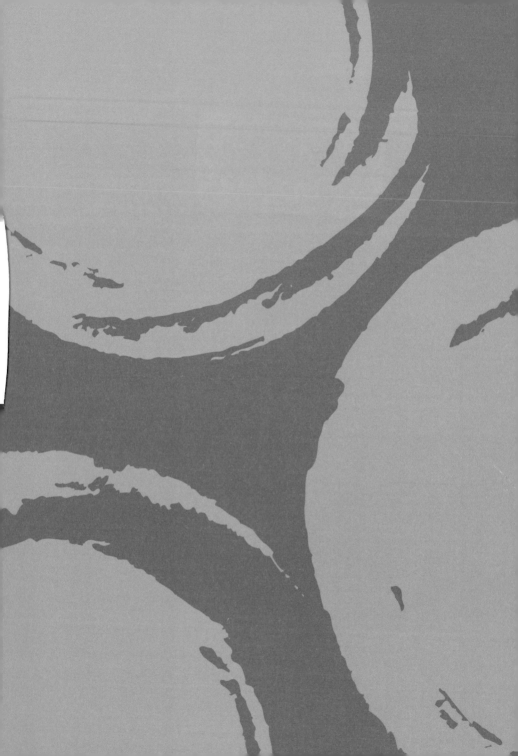

普 天 之 下 · 盡 是 好 書

普天出版家族
Popular Press Family

凌雲 文創
A-Plus Creative Company

媲美《哈利波特》的心靈魔法書

# THE SECRET GARDEN

# 秘密花園

這是一部關於大自然魔法和心靈成長的經典名著，
也是一部和《哈利波特》一樣領盡風騷的暢銷作品。
《哈利波特》的魔法來自幻想，
帶給讀者的是奇幻的故事和天馬行空的想像。
《秘密花園》的魔法則來自於心靈的力量，
訴說著愛和大自然的力量最終會改變一個人的愛情和命運。
《秘密花園》不僅是一本適合青少年閱讀的心靈魔法書，
同時也是適合成人閱讀的命運魔法書。

法蘭西絲．H．勃內特 *Frances H.Burnett* 著

出版序

# 魔法來自心靈的力量

《哈利波特》的魔法來自於幻想，帶給讀者的僅僅是奇幻的故事和荒誕的想像。《秘密花園》的魔法則來自於心靈的積極力量，訴說著愛和大自然的力量最終會改變一個人的愛情和命運。

《秘密花園》是一本關於大自然魔法和心靈成長的書籍，也是一本媲美《哈利波特》的心靈魔法書，是二十世紀最著名的英國女作家法蘭西絲·霍奇森·勃內特（Frances H. Burnett）的代表作，也是二十世紀最受推崇、最暢銷的文學作品。

一九一一年，《秘密花園》出版之後，曾經如同《哈利波特》一樣領盡風騷，先後十幾次被改編成電影、電視、動畫、話劇、舞台劇、音樂劇……，稱之為「二十世紀初的《哈利波特》」一點也不為過。

在世界文學史上，很少有其他書籍能像《秘密花園》這樣成功，不但創下全球銷售數千萬冊的成績，還改編成各種各樣的版本與劇本。

法蘭西絲・霍奇森・勃內特，一八四九年出生於英國曼徹斯特市，由於父親很早就去世，家境貧寒，爲了貼補家用，從小便展露寫作才華，經常在報章雜誌上發表短篇故事。一八六五年，十六歲的勃內特隨全家移民美國田納西州的諾克思維爾。一八七三年，她與勃內特博士(S.M.Burnett)結婚，育有二子，不過，這場婚姻維持了二十五年後宣告離異。

勃內特的第一本暢銷書是二十八歲時出版的《勞瑞家的閨女》，取材於幼年時期的英國煤礦生活經驗。後來，她又陸續寫下《小少爺凡特羅伊》《小公主》……等膾炙人口的暢銷書籍。

勃內特從小喜歡花草植物，離婚後除了寫作之外，大多數時間都寄情於園藝活動。她的住所周圍有幾個有著圍牆的花園，其中一個是她的戶外書房，每天她都在花園裡孜孜不倦地寫作。一九〇九年，當她在佈置自己的花園時候，突發激發靈感，構思出《秘密花園》的故事情節。

《秘密花園》以英格蘭約克郡一座矗立在荒原上的古老神秘莊園爲背景，故事主人翁之一的瑪麗小姐，是個在印度出生、從小被慣壞了的驕蠻女孩，由於父母不幸在流行性霍亂中喪生，因而被送回英格蘭，由她的姑丈克蘭文先生撫養。

但是，由於克蘭文深受喪妻之痛，又嫌惡自己體弱多病、乖戾暴躁的兒子，一直活在陰鬱痛苦的回憶之中，因而經常外出旅遊，過著四處漂泊的日子，除了物質生活之外，並未給予瑪麗任何精神層面的照拂。

倔強、孤獨、冷漠的瑪麗來到陰森神秘的龐大莊園，先是結識了天真純樸的女傭瑪莎和面惡心善的園丁季元本，後來又認識瑪莎的弟弟，熱愛大自然、懂得與動植物對話的迪肯，嶄新的生活使她的性情逐漸有了轉變，開始懂得關懷、幫助別人。

後來，在一隻知更鳥引領下，瑪麗偶然間發現了一把埋在土中的生鏽鑰匙，開啓了一座荒廢了十年的秘密花園。秘密花園的開啓與復活，一步步地改變了整座莊園的命運，大自然的魔法終於幫助體弱多病的莊園小主人柯林走下病床，尋找到源源不斷的生命活泉，也治癒了克蘭文長達十年的心靈創傷。

「成長中的心靈力量」一直是勃內特作品中的重要元素，她對來自心靈的神奇力量相當敬畏，這種對心靈和人類命運的關注，並且試圖透過愛和大自然的力量來解決的信仰，構成了她堅定而獨特的哲學視界。這一點在她的代表作《秘密花園》和《小公主》中更加明顯。

例如，在《秘密花園》書中，勃內特使用文筆優雅細膩的文筆、平易風趣的語言和豐富的想像力，透過一連串不可思議的神秘際遇，深入淺出地訴說著大多數人忽略的生活哲理、心靈魔法與大自然的神奇力量。也因此，《秘密花園》被公認是一部沒有年齡界限的精品，也是一部打通雅俗界限的文學作品，既獲得文學殿堂的高度評價，也獲得流行市場的熱烈迴響。

比較二十世紀初與二十世紀末兩部英國女作家的曠世巨著，我們不難得知，《哈利波特》的魔法來自於幻想，帶給讀者的僅僅是奇幻的故事和荒誕的想像。《秘密花園》的魔法則來自於心靈的積極力量，訴說著愛和大自然的力量最終會改變一個人的愛情和命運。難怪許多文學評論家一致認為，《秘密花園》不僅僅是一本適合青少年閱讀的心靈魔法書，同時也是適合成人閱讀的命運魔法書。

美國作家兼學者安麗森·盧瑞曾經指出，勃內特的《秘密花園》涵蓋了二十世紀西方文學從傳統轉向現代的幾個重要主題，一是對心靈世界的探索，二是回歸自然的呼喚，三是神秘主義的關注。菲利斯·畢克斯勒在他的著作《秘密花園：大自然的魔法》裡則強調，諾貝爾獎得主T·S·艾略特的《四重奏》和D·H·勞倫斯的《查泰萊夫人的情人》都明顯受到《秘密花園》的影響。

一九二四年，勃內特在美國紐約州長島去世，她的文學作品，不管生前死後，不管在英國或美國，都相當暢銷，同時也被翻譯成多種語文，堪稱是影響深遠的國際知名女作家。

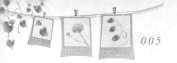

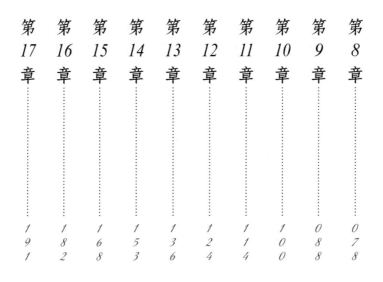

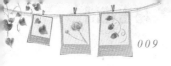

# 第1章

瑪麗．倫諾克斯被送到她姑丈的米瑟斯韋特莊園時，大家都說從沒見過這麼愛鬧彆扭的小女孩。由於她體弱多病，身材削瘦單薄，脾氣不太好，總是露出不高興的表情，讓人覺得很不可愛，是個喜歡耍脾氣的小女孩。她經常生病，因此頭髮黃黃的，臉色也不好，總是黃黃的。

她出生在印度，父親在英國政府中工作，身體也不好，時常生病。至於她的母親是個大美人，每天只關心她的社交、宴會，從不關心他們，是個自私的女人。

她從未想過要小孩，一點也不喜歡小孩，瑪麗出生後，就把瑪麗交給印度奶媽照顧，不再過問。奶媽知道，如果想讓女主人高興的話，最好是把孩子帶離她越遠越好，不要讓她被孩子的哭聲打擾。

瑪麗在嬰兒時便是一個多病、暴躁、不漂亮的小孩，大家都會避開她，因此除了印度奶媽和其他僕人外，瑪麗就沒見過其他的人了。

由於女主人如果被瑪麗的哭聲吵到會十分生氣，為了讓女主人高興，他們總是任由瑪麗爲所欲爲。所以瑪麗到六歲的時候，已經是世界上最自私、最專橫的小女孩。

她的第一位年輕的英國家庭教師教了三個月就辭職不做了，其他的家庭教師待的時間都比第一個短。如果不是瑪麗自己很想讀書的話，她恐怕連一個字母都不認識。

大約九歲那年，某天早晨，空氣令人感到出奇的悶熱，令人覺得十分不舒服。瑪麗那天一醒來就覺得不太舒服，脾氣十分煩躁。當她看到站在床邊的僕人不是她的奶媽時，變得更加暴躁。

「妳是誰，來做什麼？」她對陌生女人說：「叫我奶媽來。」

那女人看起來很害怕，只是結結巴巴地說：「奶媽不能來，所以我在這裡。」

瑪麗聽到後便覺得怒火中燒，大發脾氣，對她拳打腳踢；而那女人只是非常害怕的反覆地說：「奶媽真的不能到小姐這裡來。」

那天早晨，空氣瀰漫著一股神秘的氣氛，好幾個印度僕人不見了，瑪麗看到僕人們都驚慌失措，面如死灰，不是準備開溜，就是四處走動，像是有事發生似的，只是沒有人告訴她發生什麼事了，而她的奶媽那天一直沒來。漸漸地將近中午了，只剩下她一個人，她溜到花園裡，在遊廊旁的一棵樹下獨自一人玩起來。她將一朵朵深紅色的木槿花插進一個個小土堆裡，假裝在造花壇，可是心裡越來越氣，自言自語嘟噥著奶媽回來時要罵她的話。「豬！豬！豬養的！」她罵著，叫印度人豬是最具侮辱性的字眼。她正咬牙切齒地反覆罵著，一直到她聽到媽媽和人一起來到遊廊說話的聲響才停止。

她媽媽和一個長得很俊俏的漂亮小夥子站在一起低聲談話著。瑪麗認識這個俊俏的年輕人，聽說他是剛從英國來的軍官。瑪麗盯著他看，不過她更盯著她母親看，每當有機會看她母親時，她都會這樣盯著。

這是因爲夫人——瑪麗最常這樣稱呼她——是如此高挑、苗條，而且總是穿著美麗的衣服。她的頭髮像波浪般的絲緞，細緻的鼻子高挺著，彷佛瞧不起任何事。她還有一雙迷人含笑的大眼睛，所有的衣服都輕薄飄逸，瑪麗說這些衣服「全都是蕾絲花邊」。

這天早晨，衣服的蕾絲花邊似乎比以往都還多、還漂亮。此時，她媽媽大大的眼睛似乎受到什麼驚嚇，充滿著恐懼，不再含笑，而是以哀戚的眼神看著年輕軍官的臉。

「這麼糟糕嗎？喔，真的這麼嚴重嗎？」瑪麗聽見她這麼說。

「糟透了，」年輕軍官以顫抖的聲音回答著，「倫諾克斯太太，你們兩個星期之前就該到山上的避暑山莊去了。」

女主人雙手緊緊絞在一起。「喔，我知道我早該到避暑山莊去！」她喊叫著，「我留下來只是爲了參加那個愚蠢的宴會。我真是個傻瓜！」

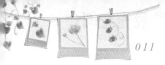

就在這時，從僕人房間突然傳出很大的哭聲，這讓她不由自主的抓住年輕軍官的手臂，瑪麗此時全身也不停地顫抖著，而哭聲則是越來越大聲、淒厲。

「怎麼了？怎麼了？」倫諾克斯太太喘著氣，顫抖著問。

「有人死了，」年輕軍官回答，「妳並沒有告訴我僕人那裡也爆發了。」

「我不知道！」女主人哭喊著，「跟我來！跟我來！」說完她便轉身跑進房子裡。

讓人毛骨悚然的恐怖事情發生了，瑪麗終於知道這個早晨所瀰漫的神秘氣氛，是到底發生了什麼事。

致命的霍亂蔓延開來，人們像蚊蠅一樣一個個死去。奶媽前一晚發病，剛才屋裡的嚎哭聲正是因爲她死了。同一天裡，另有三個僕人喪命，其他的人都驚恐地逃跑了，到處都充滿著恐懼，每間平房裡都有人死。

在一片混亂之中，瑪麗躲到她的幼兒室裡，似乎被所有人遺忘。沒有人想起她，也沒有人想要找她，那段時間，瑪麗時哭時睡，她知道大家都生病了，而且她聽見神秘、嚇人的聲音。

她曾因忍不住肚子餓而爬進餐廳時，發現裡面空無一人，桌上留有吃剩的飯菜。從椅子、盤子被慌張地推開來看，彷佛當時在吃飯的人不知因爲什麼原因突然站起來。

這時的她又飢又渴，便吃了一點水果和餅乾，喝了一杯滿滿的酒。酒是甜的，因此她不知道那會讓她醉。很快地她就覺得非常睏，便回到幼兒室將自己又關起來。雖然平房裡的喊叫聲、匆忙的腳步聲讓她害怕，但酒精已讓她昏昏欲睡，她幾乎睜不開眼睛，便躺回床上，一會兒就昏睡過去。

在她沈睡的這段時間，發生了很多事，小平房裡的各種聲音都無法吵醒她。她醒來後，躺在床上盯著牆看。這時，房裡一片寂靜，她從不知道這屋子有這麼寂靜的時候。她沒聽到任何說話聲，也聽不到腳步聲，她猜想著大家的霍亂是不是都好了，所有的麻煩是否都結束了。

她猜想，奶媽死了之後不知誰會來照顧她，新來的奶媽或許能說一些新故事給她聽，因爲那些舊故事她已經聽得很煩了。

奶媽死了她並沒哭，因爲她從未關心過誰。霍亂帶來的各種嘈雜、忙亂和哀嚎把她嚇壞了，但她非常生氣，似乎沒有任何人記得她。恐慌讓每個人都不知所措，沒有人有工夫去想起這個「萬人嫌」。當霍亂來時，人們似乎都只知道自己，不過，如果大家都好了，肯定會有人想到，然後來找她。

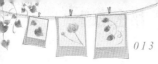

但是，卻沒有人找她來，瑪麗靜靜地躺著等著，房子好像越來越安靜。她聽到地毯上有聲音窸窸窣窣地響，接著看到有一條小蛇爬過，那條蛇還用牠那個寶石般的眼睛看著她。她並不覺得害怕，因爲這個小東西正急著要離開這個房間。她看著牠從門縫溜出去。

「好奇怪，好安靜啊！」她說：「這房子好像只剩下我和那條蛇。」

不久，她聽見院子裡有腳步聲，接著陽台上也傳來腳步聲。是男人們的腳步聲，他們進入房裡便低聲說話，屋中沒人迎接他們或跟他們說話，他們好像打開每個房門，朝房裡看。

「真悲慘！」她聽見一個聲音說。「那麼漂亮的美人啊！我猜她的孩子也很漂亮，我聽說她有一個孩子，只是從沒人見過她。」

幾分鐘後，當他們打開幼兒室門時，瑪麗站在幼兒室的正中間。她看起來是個難看、脾氣不好的小東西，而且還皺著眉頭，那是因爲她覺得餓了，並對自己被忽視感到難堪、生氣。

第一個進來的男人是個高級軍官，她看過他和她父親談話。他看起來非常疲憊不安，可是當他看到她時，驚訝得幾乎往後跳。

「巴尼！」他驚叫起來，「這裡有一個小女孩！她居然自己在這個地方！老天啊，她是誰？」

「我是瑪麗．倫諾克斯。」小女孩說，她全身僵硬地站著。她覺得這個男人很粗魯，因爲他把她父親的房子說成「這個地方」，實在很沒禮貌。

「大家染上霍亂的時候，我睡著了，剛剛才醒過來。怎麼沒有人來啊？」

「這是那個誰都沒見過的孩子！」男人驚呼起來，轉向他的同伴，「她竟然被大家給遺忘了！」

「爲什麼我被忘記了？」瑪麗跺著腳問，「爲什麼沒有人來？」

那個叫巴尼的年輕人悲傷地看著她。瑪麗甚至覺得她看到他在眨眼睛，似乎想把眼淚眨掉。

「可憐的孩子！」他說，「沒有人留下，所以沒有人能來。」

就這麼莫名其妙、突如其來，瑪麗得知她父親、母親已經死了，而且在夜裡裡被運走了，其他幾個沒有死的印度僕人已經逃離開這房子，沒有人還記得有個瑪麗小姐，所以房子才會這麼安靜。

這座大房子裡，真的只剩下她和那條窸窸窣窣的小蛇。

第2章

瑪麗很喜歡遠遠地看著她的媽媽，她覺得她的媽媽很美，然而，她去世後，她壓根不想念她，因爲瑪麗對她的瞭解實在是太少了。而且瑪麗和她的母親一樣，是個只專注於自己的人，因此她一如往常將所有的思維都放在自己身上。

毫無疑問，如果她年紀稍大一點，一定會因爲孤零零一個人被留在世上而感到焦慮不安，不過她還太小，過去一直都有人照顧，她想一切自然照舊。她現在關心的是以後照顧自己的是不是好人家，他們會不會像奶媽和其他僕人一樣順著她，讓她爲所欲爲。

起初她被送到一位英國牧師家裡，她知道她不會一直留在那兒，而且她也不想留下來。那位英國牧師很窮，家中有五個年齡差不多的孩子，他們穿著破舊，而且整天總是吵架、相互搶奪玩具。

瑪麗很討厭他們那間雜亂破舊的小房子。她脾氣很壞，難以相處，一兩天後就沒有人願意跟她玩。第二天，他們給她取了一個綽號，讓她火冒三丈。

綽號是巴茲爾最先想到的。巴茲爾是個有一雙冒失無禮的藍眼睛的小男孩，他還有一個朝天鼻，瑪麗很討厭他。那天，她獨自一人在樹下玩，蓋著屬於她的小花園，這時巴茲爾走了過來，站在旁邊看著她堆的小土堆與花園裡小徑。不久，他便對瑪麗所做的事感到十分有趣，突然間還提了個建議。

「你爲什麼不在那裡放一堆石頭當假山呢？」他說，「在中間那裡，」說著說著，他便接近她頭上方指著。

「滾開！」瑪麗喊叫道，「我不要男生來。滾開！」

起初巴茲爾臉色非常難看，看起來很生氣，然後他便開始捉弄瑪麗。就像他總愛捉弄他的妹妹們一樣，他開始圍著瑪麗跳著舞，扮鬼臉，又唱又笑。他唱著：「瑪麗小姐，非常倔強，妳的花園，蓋得怎樣？銀色風鈴，鳥蛤貝殼，金盞花兒，排成一行。」

他一直唱著，其他的孩子聽見後也跟著起鬨唱了起來。瑪麗越覺得生氣，他們就唱得越起勁，「瑪麗小姐，非常倔強」。從此以後，當他們談到瑪麗時，他們總會稱她爲「倔強的瑪麗小姐」，有時候也會當著她的面叫。

「妳要被送回家去，」巴茲爾告訴她，「這個週末就會有人把妳送回家，我們大家都很高興。」

「我也很高興，」瑪麗回答，「但哪裡是家？」

「她不知道家在哪裡！」巴茲爾用一副七歲小孩的口氣蔑視神氣地說，「當然是在英國囉。我奶奶就住在那裡，去年我姐姐梅布林就被送到她那裡去了。不過妳不是去妳奶奶那裡，因爲妳沒有奶奶，妳是要去妳姑丈那裡。他的名字叫阿奇博爾德．克蘭文。」

「我根本不認識他。」瑪麗生氣地頂回去。

「我知道妳不認識他，」巴茲爾答道，「因爲妳什麼都不知道。女生永遠是這樣，什麼都不知道。我聽到我爸媽談到他。他住在鄉下一棟又大又荒涼的老房子裡，沒有人敢接近他。他脾氣很暴躁，所以不准別人接近，不過就算他准，人們也不願意來。他是個駝背，而且很討人厭。」

「我才不相信你說的！」瑪麗說著便轉過身，用手指堵著耳朵，因爲她不想再聽下去了。

可是，後來她不停的想著這件事，那天晚上克勞福太太告訴她，幾天後她會搭船去英國，到他姑丈阿奇博爾德．克蘭文住的米瑟斯韋特莊園去，瑪麗聽完後，面無表情，看起來好像事不關己，毫無興趣。

夫妻兩個不知道該拿她怎麼辦，他們曾試著對她表現友善，並溫和地待她，可是當

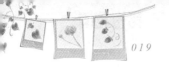

克勞福太太想親她時，她卻將臉轉開；克勞福先生輕輕撫拍她的肩膀時，她只是全身緊繃地站著。

「她真是一個不討人喜歡的孩子，」克勞福太太語帶惋惜地說，「她母親是那麼美麗，風度、舉止十分優雅，可是瑪麗卻是我見過的孩子裡最不可愛的一位。孩子們叫她『倔強的瑪麗小姐』，雖然他們這樣是很皮，不過，我們可以理解爲什麼他們會這樣喊她了。」

「如果她母親能把自己的美麗和優雅舉止多帶些到幼兒室的話，瑪麗可能已經學到一些了。很可惜，現在那個可憐的美人已經走了，很多人從來不知道她有個孩子。」

「我相信她一定很少去看這小孩。」克勞福太太歎息地說，「她奶媽死後，就沒人再想到這個小東西，僕人全跑光了，她一個人孤零零地留在那個空屋子裡。麥克格魯上校說，他差點兒就被嚇得靈魂出竅，他開門時，發現她一個人站在屋子的中央。」

那個週末，瑪麗在一個軍官妻子的照顧下，長途航行到英國。軍官妻子是要帶自己的孩子們到寄宿學校去，她的心思幾乎全都在自己的小兒女身上，所以到倫敦時，她很高興地把瑪麗交給阿奇博爾德．克蘭文派來接瑪麗的婦人。

婦人是米瑟斯韋特莊園的管家，名叫莫德勞克太太。她是個身材十分壯碩的女人，有個很紅的臉頰，銳利的黑眼睛。她穿著一件深紫色的裙子，一件黑色流蘇的斗篷，帶著一頂黑色的小圓帽，上面有些紫色的花朵，頭動的時候，那些花朵就會顫動著。

瑪麗一點兒都不喜歡她，不過鮮少有她喜歡的人，所以這也不足爲奇，而且，莫德勞克太太顯然也不怎麼把她放在心上。

「我的天！她真是一個不出色的小孩！」她說，「我們聽說她母親是個美人。看來她並沒有遺傳到她母親的美麗，是不是？」

「也許年紀大些時，就會變漂亮了。」軍官妻子好心地說：「要是她臉色不那麼灰黃，表情好一些、友善一點話……，其實她的臉型還不錯，小孩子長大改變會很大。」

「那她得改變很多才行，」莫德勞克太太說，「而且依我看來，米瑟斯韋特莊園可沒有能讓孩子改善的地方！」

她們以爲瑪麗聽不見她們所說的話，因爲來到這個私人旅館後，瑪麗就一直站在離她們有一段距離的窗戶那兒，看著路上往來的公車、計程車和行人，但是她聽得很清楚，這讓她開始對她姑丈和他住的地方感到好奇。

那是一個什麼樣的地方，他會是什麼樣的人呢？什麼是駝背？她從沒見過駝子，可能印度根本就沒有駝子。

自從她失去奶媽，開始住到別人家裡後，她漸漸感到孤單，產生一些以前沒有的奇怪念頭。

她開始想，就算她父母都活著的時候，她好像從來都不屬於任何人；其他的小孩好像都屬於他們的父母親，可是她似乎從來都不是哪個人的小女孩。她曾有過僕人而且衣食無缺，但是從沒有人注意過她。她不知道這是因爲自己脾氣很壞，十分討人厭。她經常覺得別人脾氣壞，可是並不知道自己也是一樣。

她覺得莫德勞克太太是自己見過最討厭的人，她討厭莫德勞克太太過紅且平凡的臉，以及那頂華麗且低俗的帽子。第二天，當她們踏上回約克郡的路途時，瑪麗將頭高高抬起，穿過火車站走向列車車廂時，都儘量離莫德勞克太太遠些，因爲她不想讓別人誤認爲自己是她的小孩。

當她想到別人可能會以爲自己是莫德勞克太太的小女兒時，就覺得非常生氣，但是莫德勞克太太毫不在意瑪麗和她的想法。她是那種「絕不容許年輕人胡鬧」的婦人，至少，如果有人問起，她就會這麼講。

她本來不想去倫敦，因爲她妹妹瑪麗亞的女兒要結婚了，但是米瑟斯韋特莊園管家這工作的薪水十分優渥，要想保住這份工作，唯一的方法就是馬上執行阿奇博爾德．克蘭文先生交代的事。

「倫諾克斯上尉和他的夫人得霍亂去世了，」克蘭文先生簡短而冷淡地說，「倫諾克斯上尉是我妻子的弟弟，我是他們女兒的監護人。那小孩要過來這裡，妳必須去倫敦把她帶回來。」於是她收拾好簡單行李，便啓程走這一趟。

瑪麗坐在火車車廂角落裡，顯得平淡而焦躁，不是一個可愛的小女孩。由於沒有東西可看、可讀，她便把戴著黑手套的一雙瘦小的手交叉著放在大腿上，黑洋裝讓她的膚色更加枯黃，稀疏、柔軟的頭髮從黑色縐絲帽下散落出來。

「我這輩子從來沒見過這麼一個被慣壞、任性的小孩。」莫德勞克太太想。她從沒見過一個小孩可以這麼安靜地坐著，什麼也不做。後來，她看瑪麗看累了，便開始用尖銳又刺耳的語氣對瑪麗說話。

「我想，我也該跟妳講講妳要去的地方，」她說，「妳知道妳姑丈嗎？」

「不知道。」瑪麗說。

「從來沒有聽到妳父母提起他？」

「沒有。」瑪麗皺著眉。

她皺眉是因爲她想到她父母從沒有和她談起任何事情。

「嗯，」莫德勞克太太盯著瑪麗古怪、沒反應的小臉，有一小會兒她什麼都沒說，接著她又說了。「我想還是應該讓妳該知道一些事，好讓妳對妳現在要去的地方有個心理準備。妳是要去一個古怪的地方。」

瑪麗仍舊一言不發，好像事不關己，這讓莫德勞克太太覺得很不舒服，不過，她吸了一口氣後，便繼續說下去。

「那是一幢宏偉的大房子，位在牧爾的邊上。克蘭文先生對他自己的房子感到驕傲，不過他的房子看起來有夠陰森的：房子有六百年的歷史，裡頭有將近一百個房間，不過大部分都是鎖起來的。屋子裡頭有畫、精緻的古老傢俱，還有其他不知放了多少年的東西。房子周圍是個大庭院，樹木很高大，枝葉都垂到地上。」

她停一下換口氣後，便說：「除此之外，就沒其他別的東西了。」這時，她突然停了下來不再說。

其實，瑪麗早在不知不覺中聽她說話了，因爲這一切聽起來都和印度不同。對瑪麗來說，任何新鮮的事物都能吸引她的注意，只是她不願意讓別人發現她對什麼有興趣，因此她並沒有表現出感興趣的樣子，那正是她令人不高興、討厭的地方之一。她仍聞風不動地坐著。

「那麼，」莫德勞克太太說，「妳聽後，對那地方有什麼看法？」

「沒什麼感覺，」她給了一個白眼，說：「我從未見過、到過妳所描述的地方，因此無法想像那個地方。」

莫德勞克太太聽了之後，突然很沒禮貌的笑了一聲。「嗯！」她說，「那地方會讓妳看起來像一位老太婆，妳不在意嗎？」

「我在不在意都無關緊要。」瑪麗說

「這一點妳倒是說對了，」莫德勞克太太說，「沒錯，是已經無關緊要了。我不知道，他們爲什麼要妳待在米瑟斯韋特莊園，除非這是最簡單的法子。因爲克蘭文先生是不會爲妳操任何的心，他是一個從不讓任何人麻煩的人。」

這時，她突然停了下來，好像突然想起了什麼似的。「他的背駝了，是個駝子。」她說，「這可把他害慘了，因爲他因而變得有點古怪。他年輕時很不開心，脾氣很暴躁，他的錢、大房子在他結婚之後，對他而言才開始有了意義。」

瑪麗想表現出不關心的樣子，但是眼睛卻不由自主地轉向她。她從沒想到這個駝子已經結婚了，所以她有些吃驚。莫德勞克太太是個愛閒聊的人，看到瑪麗的表情後，興致更高了，接著她繼續說下去。這或許是個打發時間的法子吧。

「嫁給克蘭文先生的人是個親切、漂亮的人兒。只要是她想要的，爲了她，他願意走遍全世界爲她找來，哪怕她要的是一棵草。沒有人相信她會嫁給他，但是她嫁了。有人說她是爲了他的錢才嫁給他，但是我們知道她不是。」莫德勞克太太口氣肯定地說

「當她去世的時候……」

這時，瑪麗不由自主地跳了起來。「喔?她死了嗎?」她突然驚呼起來，這讓她馬

上想起一本她曾讀過的法國童話。書中描述的是一個窮駝子和美麗公主的故事，想到這個故事，她突然替阿奇博爾德．克蘭文先生難過起來。

「是的，她死了，」莫德勞克太太回答，「她的死讓他比以前更古怪了，此後他誰也不關心、誰也不見。大部分時間他都不在米瑟斯韋特莊園中，就算他在，也都將自己關在西邊閣樓裡，這時除了皮切爾之外，他不見任何人。皮切爾是個老人，從小照顧克蘭文先生長大，因此他非常了解他的脾氣。」

莫德勞克太太所說的一切，聽起來很像故事，只是這故事讓瑪麗覺得很不愉快。一幢位在牧爾邊上，有上百間房間幾乎都上鎖的米瑟斯韋特莊園，和一個駝背把自己關起來的男人，究竟是一個怎樣的地方？這一切讓人聽起來有點陰沈。

她盯著窗外看，嘴唇緊縮在一起。外面傾盆而下的大雨，飛濺在窗上，順著窗玻璃往下流，這一切看起來彷彿很正常。

這時她突然想到，如果那個美麗的妻子還活著，或許她會像她母親一樣把生活弄得很有朝氣，會像她母親一樣穿著綴滿蕾絲的洋裝忙著參加宴會，可是她已經去世了。

「妳不用期待能見克蘭文先生，因爲十之八九，妳是見不到他的，」莫德勞克太太說，「妳千萬不要期待有人會來和妳聊天。妳必須自己一個人玩，自己照顧自己。在那裡有很多房間，但並不是每間妳都能進去，有人會告訴妳哪些房間可以進去，哪些不能進去。不過莊園裡有很多花園，妳可以在裡面遊玩。但是在房子裡，不准四處亂逛，東摸西碰，因爲克蘭文先生不會允許的。」

「我不會東摸西碰、四處亂逛。」乖戾的小瑪麗突然地說，不過就像她忽然覺得克蘭文先生很可憐一樣，她忽然覺得他很討厭，這裡所發生的事情都是因爲他活該的緣故。

然後，她把臉轉向車窗玻璃，看著順著車窗流下的雨水，凝視著灰濛濛的暴雨，暴雨好像無休止境地一直下著。她持續地看了很久，那灰濛濛的景色在她眼前越來越沈，越來越沈，不久之後她便睡著了。

# 第3章

瑪麗睡了很久，當她醒來時，莫德勞克太太已經從之前經過的車站買了午餐盒。她們吃了一些雞肉、冷牛肉、塗奶油的麵包，又喝了一些熱茶。

雨勢似乎比先前還要更大了，車站上每個人的雨衣都濕透了。火車的列車長點亮了車廂裡的燈，莫德勞克太太愉快地喝了茶，吃了雞肉和牛肉後，便昏沉沉地睡著了。

瑪麗坐在那盯著她看，看著她華麗的圓帽子滑到一邊，最後她自己則在雨水敲打窗外的聲中，再一次入睡了。等她再度醒來時，窗外天色非常暗，火車已經停在一個站台上，莫德勞克太太正在搖醒她。

「妳睡著了！」她說，「該睜開眼睛啦！我們已經到斯威特站了，快起來，我們還有很長的路要走。」

瑪麗站起來，試著睜開眼睛，莫德勞克太太提著她的行李，她並沒有想幫拿東西，在印度，拿東西、搬東西都是僕人的事，忙她認爲別人伺候自己是一件很正常的事。

車站很小，除了她們沒有別人下車。車站站長得很粗獷、嗓門很大，和莫德勞克太太說著話時十分和氣，他的口音很奇怪，後來瑪麗才知道那是約克郡的口音。

「我瞧瞧汝回來樂，」他說，「汝把小孩帶回來樂。」

「是啊，就是她啊。」莫德勞克太太也用約克郡口音回答，她把頭轉向瑪麗那邊，「汝的太太好嗎？」

「好得很呢！馬車在外邊等汝們。」

瑪麗看到一輛時髦的四輪馬車，停靠在車站前，馬車上有一位穿著十分整齊的男僕，他幫瑪麗登上車廂。男僕身上的長雨衣和雨帽都在滴著雨水，且都閃閃發光，所有的東西都一樣，包括那個魁梧的站長身上的雨衣也都被雨淋濕了，全都在滴水。

男僕關上車門，和車夫一起放好行李箱子後便駕駛馬車駛離車站。瑪麗發現這座位很舒服，而且在角落有墊枕，不過她不準備再睡了。她看著窗外，這條路便是通往莫德勞克太太所說的古怪地方，她好奇地想看看這條路。她絕非膽小怕事的孩子，她並不是感到害怕，只是她不知道在一座有將近一百個上鎖房間的大房子裡，會發生什麼事——那是一座聳立在牧爾邊的房子。

「什麼是牧爾？」她忽然問莫德勞克太太。

「妳往窗外看，大約十分鐘後妳就能看到了。」莫德勞克太太回答，「我們還得穿過五英哩左右的米瑟牧爾才能到莊園。天色已經很晚了，妳可能什麼都看不到了，如果沒下雨妳或許還能看到一點景色。」

瑪麗不再追問，只是安安靜靜地坐在黑暗的角落裡等著，眼睛望著窗外。馬車燈在她們車前投下一束束光線，因此瑪麗隱約可以經由那一點點的光線看見經過的地方。離站後，她們的馬車穿過一個小村落，她看到砌著白色石灰牆的農舍，農舍裡有燈光。接著，她們又經過了一座教堂、牧師的住宅，以及一間小商店，從櫥窗可以看到商店所賣的玩具、糖果和其他零碎東西。

之後，她們駛上公路，她看到灌木籬笆和樹木。接下來，她覺得很長的一段時間，外面的景色都沒有任何變化。

最後馬車開始慢下來，好像在爬坡，而且四周好像沒有灌木籬笆和樹木了。她看著窗外，除了一片漆黑外，什麼都看不見。這時，馬車突然激烈搖晃起來來，她的身體前傾，臉壓在玻璃窗上。

「嗯！現在我們一定是在牧爾上了。」莫德勞克太太說。

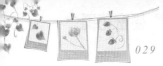

從馬車燈的黃光看過去，瑪麗發現馬車走在一條崎嶇不平的路面，這條路看起來是從灌木和低矮植物中開過的，那些植物一直延伸到廣大無邊的黑暗之中。一道風吹起，

這些植物會發出單調、低沈、急促的聲音。

「那，那不是海吧？」瑪麗轉過去看著莫德勞克太太說。

「不，不是的。」莫德勞克太太回答，「也不是田野和山脈，那是一片無邊無際的荒地，上面什麼也不長，只長著石楠、荊豆和金雀花之類的，那裡的動物也只有野馬和綿羊。」

「我覺得如果上面有水的話，那它可以變成海。」瑪麗說，「因爲剛才它所發出的聲音聽起來像是大海。」

「那是風刮過灌木叢的聲音，」莫德勞克太太說，「對我來說，那地方是既荒涼又陰沈的，不過還是有很多人喜歡它，特別是石楠開花的時候。」

他們的車子在黑暗裡一直一直行駛著，儘管雨停了，風急速地掠過，呼嘯著發出奇怪的聲音。路時高時低，馬車經過了好幾座小橋，橋下水流很湍急。瑪麗覺得這條路像是永遠走不完似的，對她而言，那寬廣、荒寒的牧爾是一片茫茫的海洋，而她正沿著海洋上的一條狹長的土地穿過它。

「我不喜歡這兒，」她心想，「我不喜歡這兒。」她的嘴唇抿得更緊了。

馬車正走在一段上坡路的時候，瑪麗看到了亮光，莫德勞克太太也看到那閃爍的亮光，便舒了一口長氣。

「啊，看到那點閃爍的燈光，我真是高興，」莫德勞克太太說，「因爲那是門房的燈光。等一下我們到了後，無論如何都要好好地喝杯茶。」

確實要「等一下」，就像莫德勞太太說的，因爲馬車進了莊園大門後，又在林蔭道上走了兩英哩的路，這條路兩旁樹木的枝葉似乎在天上相接，使人猶如穿行在一道昏暗的圓頂拱廊中。

她們的馬車從圓頂拱廊駛進一片開闊的地方，停在一棟蓋得相當低的長房子前面，房子似乎是圍著一個石頭鋪成的院子蓋成的。起初瑪麗以爲那些窗戶裡沒有燈，但是當她下馬車後，便看見樓上一個角落的房間裡有暗淡的光線出現。

房子的大門是用厚重的橡木嵌板做成，嵌板形狀很奇怪，上面裝飾著大鐵釘，而且鑲著大鐵棍。大門開向一間巨大的廳堂，裡面的燈光昏暗，讓瑪麗不願多看一眼牆上畫像的臉、穿著鎧甲的人體。

當她站在磨石地面上時，四周的燈光投射下來，在她所站的地方形成一個渺小、奇怪的黑影。在這裡她覺得自己非常的渺小，心裡感到迷失和古怪。

一位服裝整齊的瘦老人站在爲他們開門的男僕旁邊。「妳帶她去她的房間，」老人用他那沙啞的聲音說話，「他不想見她，他明天早晨要去倫敦。」

「好的，皮切爾先生，」莫德勞克太太回答說，「只要告訴我要做什麼，我就會照辦的。」

皮切爾先生說，「妳要做的，莫德勞克太太，是保證他不被打擾，不讓他看到他不想見的人。」

接著瑪麗．倫諾克斯被帶到她的房間去，他們上了一個很寬的樓梯，然後沿著一段長走廊走著，接著又爬上一小段階梯，再穿過一個走廊，一直走到一扇門打開的門前，走進去後，她發現自己置身於一個有爐火的房間，晚飯已經放在桌上。

這時，莫德勞克太太冷冰冰地說：「好了，妳到了妳的房間！這個房間和隔壁的那間全歸妳使用，妳要記住妳只能使用這兩間房間，不要忘了！」

就這樣，瑪麗小姐來到了米瑟韋斯特莊園，她覺得這輩子從沒有比現在更彆扭了。

# 第4章

早晨她被一種很奇怪的大聲音吵醒，醒來時，她看到一位年輕的女僕來到房間裡，她正跪在壁爐前的地毯上用力往外扒煤渣。瑪麗躺著看她一會，接著便好奇地巡視房間四周。她從未見過像這樣的房間，覺得它既新奇又幽暗。

她發現牆上裝飾著掛毯，上面繡著森林的景色，樹下的人物盛裝打扮，遠處隱約露出一個城堡的角樓。畫裡有獵人、馬、狗及貴婦，這讓瑪麗有種自己和他們一起置身於森林之中的感覺。從一堵深陷的窗戶往外看，瑪麗可以看到一大片的坡地，坡地上面好像沒有樹木，讓人看起來覺得是一片無邊無際、陰暗、泛紫色的海洋。

「那是什麼？」她指著窗外說。

那個年輕的女僕瑪莎，站起來往她所指的地方看了過去，也指著說：「那裡嗎？那是牧爾，」她微笑的說著，「妳喜歡吧？」

「不，」瑪麗回答，「我討厭它。」

「那是因爲妳還不習慣它，」瑪莎邊說邊走回壁爐旁，「妳現在覺得它太大太禿了，所以不喜歡它。不過妳將來一定會喜歡它的。」

「那妳呢？」瑪麗詢問。

「啊，我喜歡啊！」瑪莎一邊回答，一邊擦著壁爐上搭柴火的鐵架子，「我非常喜歡那個地方。那裡其實一點都不無聊。因爲在它上面有很多小生命，而且在那裡所開的花聞起來是香的。春天和夏天的時候，當荊豆花、金雀花、石楠都開花時，那裡會變得非常漂亮，而且空氣中充滿花香與蜂蜜的味道。在那裡空氣是那麼的新鮮，天是那麼的藍、那麼的高，蜜蜂和百靈鳥又會唱著好聽的歌。啊！說什麼我都不會離開牧爾啊。」

瑪麗聽著瑪莎說話時，她的表情既嚴肅且困惑，因爲瑪莎和她在印度的僕人態度完全不同。印度僕人總是卑躬屈膝盡力巴結主人，不敢和主人像閒聊般對話。他們總是向主人行彎腰額手禮，稱主人是「窮人的保護者」。對印度僕人只需要命令，而不需請求他們。在那裡沒人會說「請」和「謝謝」，當瑪麗生氣的時候還會打她印度奶媽臉。瑪麗在想，如果打這個女孩的耳光，不知她會有什麼反應。

瑪莎有個圓滾滾的臉，臉色紅潤，看起來性情很好的樣子，不過她似乎有著很果斷的態度，瑪麗猜想，如果是小女孩打她耳光話，她有可能會打回去。

「妳真是一個奇怪的僕人。」瑪麗躺在枕頭上，態度頗爲傲慢的說。

瑪莎跪坐著，手上拿著鞋油刷，聽到後笑了起來，看起來一點都不像會發脾氣的樣子。「啊！我知道，」她說，「要是米瑟韋斯特有個嚴肅的女主人話，我恐怕連個打雜的僕人都當不上，他們最多只能允許我在廚房裡幫忙洗碗盤、做做廚房的事。因爲我長得太平常了，而且我約克郡的口音太重。我能在這裡是因爲莫德勞克太太好心給我這個差事。這棟房子又大又奇怪，好像除了皮切爾先生和莫德勞克太太之外，就沒有男主人與女主人。克蘭文先生，他在這裡的時候什麼都不關心，再說他幾乎全年都在外面。莫德勞克太太告訴我，要是米瑟韋斯特像其他大莊園，她是無法給我工作的。」

「妳是我的僕人嗎？」瑪麗仍然用她在印度時說話的口氣問。

瑪莎聽到後又開始擦亮她的柴火架，並用倔強的口氣回答說：「我是來這兒幫德勞克太太做事的僕人，順帶服侍妳一下。不過，妳並不需要我幫太多忙。」

「誰來給我穿衣服？」瑪麗問。

瑪莎聽到後，便跪直起身，然後睜大眼睛瞪著瑪麗。吃驚之下，她的約克郡口音又跑了出來。

「難道妳不會自己穿衣服嗎？」瑪莎問。

「妳這是什麼意思？我聽不懂妳說的話。」瑪麗說。

瑪莎說，「啊！我忘了。莫德勞克太太告訴過我，我話要慢慢的說，不然妳聽不懂我在說什麼。我是說，妳難道不會自己穿衣服？」

「不會，」瑪麗非常憤慨地回答，「我這輩子從來沒有自己穿過衣服，以前都是我的奶媽幫我穿的。」

「那麼，」瑪莎絲毫沒意識到自己有多魯莽，「現在妳應該學習自己穿衣服了。妳已經夠大了，可以開始學會自己照顧自己了，這樣對妳來說是有好處的。怪不得我媽媽常說，她明白爲什麼大人物的小孩會變成傻瓜，原來是那些褓母老是幫他們洗澡、穿衣服啊，然後帶他們出去散步，他們就跟小狗一樣！」

「在印度不一樣。」瑪麗鄙視地說，當她聽到瑪莎說的話時，簡直快受不了。

瑪莎回答時幾乎帶著同情的口氣，「是啊！我可以想像得出來，那裡是不一樣的。我敢說那是因爲那裡黑人太多，可尊敬的白人太少的緣故。當我聽到妳是從印度來的時候，還以爲妳也是黑人呢。」瑪麗十分憤怒地坐了起來。「什麼！」她說，「妳說什麼！妳以爲我是印度土著！妳！妳這個豬養的！」

瑪莎瞪著眼睛，臉色大變，激動地看著瑪麗，「妳在罵誰？妳沒必要生那麼大的氣。有教養的小姐是不能說那樣的話，我可是一點兒也沒有瞧不起黑人的意思。如果妳去讀一些宗教方面的書，妳會發現黑人其實很虔誠。書中告訴我們，黑人是我們的兄弟，我從來沒有見過黑人，所以當時我還很高興地想著終於可以看到一個黑人了。早晨我進來生火時，溜到妳床邊，還小心翼翼地把被子拉下來看了妳一下，發現妳和我並沒什麼不同。」說到這裡，瑪莎還語帶失望地說，「妳並沒有比我黑，只是比我還黃罷了。」

瑪麗聽到這些話時，一點都不顧所謂的淑女氣質，滿肚子的怒火和屈辱連忍都不想忍就爆發出來，「妳居然以為我是印度土人！妳竟敢這樣想，太可惡了！妳根本不懂他們！他們不是人，他們只是僕人，必須對妳行額手禮。妳對印度根本就不了解！妳什麼都不知道啊！」瑪麗怒火中燒，但在瑪莎單純、無辜的眼神注視下，她感到十分的無能為力，不知怎麼的，她突然覺得非常孤單，覺得自己已經遠離了所有熟悉的人事物。

這時，她不由自主的將頭埋到枕頭上，突然激動地啜泣著。她竟然一發不可收拾大哭起來，這讓瑪莎有點兒被嚇著了，更對瑪麗的處境感到有點難過，便走到瑪麗的床邊，彎下腰對她說，「好啦！妳不要這樣哭了！」

她懇求著說，「妳真的不要哭啊，我不知道妳會生氣。我對什麼都一竅不通，就像妳說的，我都不了解。我求求妳原諒我，小姐。好了！不要哭了啊！」

她那奇怪的約克郡口音裡，有一種令人覺得很安慰，有一種真正的友好的感覺。此外，她的堅定態度，對瑪麗起了有效的作用。瑪麗漸漸停住了哭聲，安靜下來，讓瑪莎鬆了一口氣。她說，「妳該起床了，莫德勞克太太要我把早飯和茶端到隔壁房間。那個房間今後將成爲妳的幼兒室了。妳要是現在起來的話，我就幫妳穿衣服。因爲扣子要是在背後，妳自己是扣不上的。」

瑪麗終於決定起床，瑪莎從衣櫥裡拿出來的衣服並不是她昨天晚上和莫德勞克太太到達時穿著的那套。

她說，「那些不是我的，我的衣服都是黑色的。」她看著那件厚實的白色羊毛大衣和連衣裙後，便冷冷地以贊同的語氣說：「不過這些衣服比我的好看。」

「妳一定得穿這些衣服，」瑪莎回答說，「因爲這些衣服是克蘭文先生吩咐莫德勞克太太從倫敦買來的。他說，『我不想讓一個穿黑色衣服的孩子到處遊蕩，像個遊魂野鬼一樣。那會讓這個地方看起來更加凄涼。給她穿上有顏色的衣服。』媽媽說她明白他的意思，媽媽總是知道別人在想什麼。」

「我也厭惡黑色的東西。」瑪麗說。

在穿衣服的過程中，讓她們兩個都學到了東西。瑪莎以前常幫她的弟弟妹妹們「扣扣子」，但是她從沒見過小孩子站著不動，等別人來幫她做，彷彿她自己沒有手腳。

「妳爲什麼不自己穿鞋子呢？」當瑪麗安靜地伸出腳來，她問。

「因爲這都是由我的奶媽幫我做的，」瑪麗瞪著眼回答，「習俗就是這樣。」

她經常這麼說：「習俗就是這樣」，印度僕人總把這話掛在嘴邊。假如有人要他們去做一件他們的祖先從未做過的事，他們會溫和地凝視著對方說：「這不是風俗。」對方就知道這事到此爲止了。

風俗不是讓瑪麗小姐做事，她要像洋娃娃一樣站著讓別人幫她穿衣服才是風俗。不過在她吃早飯之前，她開始察覺，她在米瑟韋斯特莊園的生活會很有趣的，在這她能學到很多新奇的東西，比如，她要自己穿鞋、穿襪子，撿起自己掉下的東西。

假如瑪莎是一位訓練有素且習慣服侍貴族小姐的僕人話，她可能會更順從、恭敬，她會知道，幫瑪麗梳頭、扣上靴子的扣，把東西撿起來放好，是她分內的工作。

然而，她只是一個在牧爾農舍裡和一群兄弟姐妹一起長大，沒受過訓練、淳樸單純的約克郡農家少女。在這裡的小孩從未有夢想，但他們需要自己照顧自己，同時還要照顧他們的弟妹，當然還包括在臂彎上的嬰兒，或是蹣跚學步，隨時會絆倒的幼兒。

如果瑪麗是個愛笑的孩子，她也許早已因瑪莎的健談而大笑，可是瑪麗只是冷漠地聽她說話，並對她自由無拘的態度感到困惑。起初，瑪麗對她所說的一點都提不起興趣，可是慢慢地，瑪麗開始留意她在說些什麼。

「啊！妳該去看看他們每一個，」她說，「我們家一共十二個小孩，而我爸爸每周只賺十六先令，我媽媽只夠給娃娃們買燕麥粥而已。他們成天在牧爾上玩，媽媽說是牧爾上的空氣把他們養胖的。她說她相信他們和野馬一樣也會吃草，我家的迪肯今年十二歲，他有匹野馬，他說那是他自己的。」

「他在哪裡找到這匹馬的？」瑪麗問。

「他在牧爾上找到的，當野馬和牠媽媽在一起，還小的時候，他就開始和牠做朋友，有時餵牠吃一點麵包、嫩草。後來小野馬慢慢喜歡迪肯，願意跟著他走，允許迪肯騎牠。迪肯是個好小孩，許多動物都喜歡他。」

瑪麗從來沒有養過動物，總想著要寵物，認爲自己應該會喜歡動物。所以她對迪肯有了一絲絲興趣，由於她從未對自己以外的任何人感興趣，這次的健康情感如同拂曉慢慢拉出的縷縷晨光。

當她走進爲她佈置的幼兒室時，他發現這間房間和她睡覺的那間很相似。這不是小孩子的房間，而是大人的房間，牆上掛著幽暗的畫，此外還放著沈重的橡木椅子。在房間中間的桌子上有豐盛的早餐，不過她的胃口一向很小，當瑪莎端給她一盤燕麥粥時，她盯著盤子的眼神比漠不關心還糟糕。

「我不要。」她說。

「妳不要這個燕麥粥?!」瑪莎不敢置信地喊道。

「不要。」

「妳不知道它有多好吃。妳可以在這裡面放一點糖漿或是糖。」

「我不想要。」瑪麗重複說。

「啊！」瑪莎說，「我無法忍受有人將好好的食物浪費掉，要是我們家的小孩坐在這兒，他們用不了五分鐘就會全部吃乾淨。」

「爲什麼？」瑪麗冷冷地問。

「爲什麼？」瑪莎重複她的話說，「因爲他們幾乎沒有塡飽過肚子。他們和小鷹、小狐狸一樣餓。」

「我不知道什麼是餓。」瑪麗用無知、冷漠的語氣說。瑪莎這時生氣起來，「那麼，妳要不要試試挨餓的滋味，或許讓妳餓過後對妳會有好處，妳就比較容易理解什麼是挨餓。」她率直地講，「我沒耐心，對那些只坐在那裡瞪著美味食物而不動手的人。唉！我倒是希望迪肯、菲利普、簡他們全都在這兒，圍著圍兜吃著。」

「妳爲什麼不將這些食物帶回去給他們吃呢？」瑪麗建議。

「因爲這不是我的東西。」瑪麗堅決地說，「而且今天不該我休息。我每月休息一次，和其他人一樣。那天我就會回家幫媽媽打掃，讓媽媽休息一天。」

瑪麗喝了一點茶，吃了一點塗滿果醬的烤麵包。

瑪莎說，「待會妳穿得暖和一點，出去出去玩一下吧。因爲這對妳有好處的，可以讓妳胃口大開。」

瑪麗走到窗前看著外面。她發現外面是有花園、小徑和大樹，可是萬物蕭條，而且感覺蠻冷的。

「出去？這樣的天氣我出去幹什麼？」瑪麗問。

「那，妳要是不出去的話就只有待在屋裡，在這裡妳能做什麼呢？」瑪莎說。

瑪麗看了四處一下，她發現的確沒事可幹，莫德勞克太太所準備的幼兒房並沒有想到要爲她準備一些玩具，也許出去看看花園長怎樣會比較好點吧。

「誰陪我去？」瑪麗詢問。

瑪莎睜著眼睛對她說，「你自己去，你必須學著像其他沒有兄弟姐妹的孩子一樣自己玩，迪肯都是自己跑到牧爾上玩，而且他一去就會待好幾個小時，他就是這樣和小野馬做朋友的。此外，他還有綿羊朋友，綿羊都認識他，鳥兒也會到他手上吃東西，因爲他總會省下一點麵包去哄他的動物朋友。」

正是聽到迪肯的事讓瑪麗決定出去，雖然她自己並沒有意識到。她想，就算外面沒有野馬、綿羊，也會有小鳥，這裡的小鳥應該和印度的鳥不一樣，也許看到牠們會讓她高興也說不一定。

瑪莎爲瑪麗找來外套和帽子，和一雙堅實的小靴子，然後帶領著她下樓，並手指著灌木織成的牆上的一道門，對她說，「妳順那條路繞過去，就是花園了。夏天那裡會有很多花，不過現在是冬天，沒有開花。」她似乎猶豫了一下，又說：「不過有一個花園被鎖起來的，那個花園已經十年沒有人進去過。」

「爲什麼？」瑪麗不由自主地問。她想這幢古怪房子裡有上百個上鎖的門了，現在怎麼連花園也有一道鎖。

「那是因爲克蘭文先生在他妻子去世後，叫人把花園鎖上的。他不准別人進入這花園，那花園以前是她的，所以他將門鎖上，並挖個坑把鑰匙埋了。喔，莫德勞克太太在按鈴了，我得趕快過去了。」

瑪莎走了以後，瑪麗沿著瑪莎所說的小路走下去，走向灌木牆打開了門。她忍不住想著那個十年無人涉足的花園。她想知道花園長什麼樣子，裡面的花是不是還活著。

當她穿過灌木門後，便置身於一個大花園裡，花園裡有寬闊的草坪，蜿蜒的小徑，以及修剪過花木，有些樹木、花壇、常綠植物被修剪成奇怪的形狀；花園的中間是一個大池塘，大池塘中間有個灰色的噴泉。只是現在花壇有點荒涼，噴泉也沒噴水。

瑪麗想，這不是那個被鎖起來的花園，花園怎麼能鎖起來呢？應該有一條路可以走進那個花園去的。當她這麼想時，就發現在腳下的這條小路盡頭似乎有一道長長的牆，長滿了常春藤。她對英格蘭還不夠熟悉，所以她不知道自己已走到用來種蔬菜和水果的菜園，她往牆方向走去，發現常春藤中間有一道門是打開著。顯然的，這不是那個上鎖的花園，她可以進去。

她穿過門後，發現一個四周圍著牆的花園，而這個花園只是幾個有牆的花園之一罷了，這幾個花園的門似乎是互通的。

她看到另一扇打開的綠色門，從這扇門進入，可發現灌木叢和花壇間的小步道，花壇現在被當成苗圃，上面種著冬季的蔬菜。牆邊的果樹枝幹都修成一條條，平貼在牆上，此外還有一些花壇上面蓋著玻璃罩。

瑪麗看了看，心想地方可真夠醜的，她站在那裡目不轉睛地環顧著四周，自言自語的說，或許夏天會好看些，不過現在看起來可是一點都不漂亮。

就在這時，有一個肩扛著鏟子的老人從第二個花園的門走過來。他看到瑪麗時一臉驚愕，碰了碰鴨舌帽。他有一張蒼老而乖戾的臉，當他看到瑪麗時，臉色十分不好看，可以看出他並不喜歡瑪麗，不過那時瑪麗正對他的花園生氣，臉色一樣很難看，顯然瑪麗也不樂意碰到他。

「這是什麼地方？」她問。

「一個菜圃。」老人回答。

「那裡又是什麼？」瑪麗指著另一道綠色門裡頭。

「另一個菜圃，」老人稍微停頓一下說，「牆那邊還有一個，那個菜園的另一邊牆那邊又是一個果園。」

「我能進去嗎？」瑪麗問。

「要是妳想進去，那妳就進去吧，不過那裡一樣沒有什麼可看的。」

瑪麗沒有回應。她沿著小徑，穿過第二道綠色的門，發現更多的牆、冬季蔬菜和玻璃罩子。但是，第二堵牆上有個關著的門，她想也許那是通往十年沒人進去過的花園。

瑪麗不是一個膽小的孩子，她總是隨心所欲，爲所欲爲，所以她就往那個門走過去，當她走到綠色門前便轉了一下把手，她心裡希望這扇門打不開，因爲這樣一來，她就找到那個神秘的花園了。

可是，門卻輕易地被她打開了，她走進去後，發現又是一個果園。這果園的四周一樣也圍著牆，樹木也被修成一條條，伏貼地貼著牆，不過在那裡就看不到綠色的門了。

瑪麗試著要找出另一扇綠色的門，當她來到花園高處的盡頭，她注意到牆好像沒有在果園的盡頭斷掉，而是延伸到果園外，似乎圍住外面另一塊地方。

她這時看到牆上方露出的樹梢，當她站著不動時，她看到一隻胸部有鮮紅色彩的小鳥站在最高的枝葉上，突然間牠開始唱起冬之歌，像是牠發現瑪麗而叫她來似的。

瑪麗停下來聽牠唱歌，不知怎麼的，小鳥愉快的叫聲給她一種欣喜的感覺。這位脾氣暴躁的小女孩在這裡並不快樂，覺得有點孤單，因爲緊閉的大房子、光禿禿的大牧爾和光禿禿的大花園，讓她覺得這世界上好像沒有別人，只剩下她自己了。

假如瑪麗是個心細的小孩，習慣被愛包圍的話，那她可能早已心碎了。儘管她是「倔強的瑪麗小姐」，這裡讓她覺得非常的孤寂，還好有著鮮紅色胸脯的小鳥讓她的小苦瓜臉出現了一個微笑。

她一直聽牠唱歌，直到牠飛走爲止。她覺得這隻鳥和印度的鳥不一樣，她喜歡牠，現在她在想著不知道何時能再見到牠。突然間，在她的腦中出現一個想法，或許牠住在那個神秘花園裡，牠知道這花園的一切。

可能因爲她無事可做，所以她才會念念不忘那個廢棄的花園。她對這個花園十分的好奇，想知道它是什麼樣子。她想，爲什麼阿奇博爾德先生要把鑰匙埋起來了呢？要是他曾經那麼愛他的妻子，爲什麼會那麼討厭她的花園呢？

她想她會不會見到他，不過她知道如果見到他，她不會喜歡他的，他同樣也不會喜歡自己的。那時候她一定只會站在那裡瞪著他而不說話，雖然她很想問他爲什麼會做這麼一件奇怪的事呢？

「從來沒有人喜歡我，我也從未喜歡過大家，」她想著，「我永遠也無法像克勞福牧師家的小孩一樣說話，他們總是不停地大聲說啊笑啊。」

她想著那隻知更鳥對她唱歌的樣子，和牠所棲息的那顆樹時，她突然在小徑上停了下來。「我相信那棵樹是在那個秘密花園裡，我確定、肯定是的，因爲那個地方周圍都是牆，而且沒有門。」她說。

她走回剛才經過的第一個菜園時，看到那個老人在挖土。她走到他身旁站著，冷冷地看著他一陣子。老人對她不理睬，最後瑪麗只好主動開口和他講話。

她說，「我去了其他的花園。」

「沒人攔妳。」那老人老氣橫秋地回答。

「我進去果園了。」

「門口又沒狗會咬妳。」他回答。

「那裡沒有門可以通往另一個花園裡面去。」瑪麗說。

「哪個花園？」他停了一下手邊的工作，沙啞地問。

「就是牆那邊的花園，那邊有樹，我看到有好多樹梢的那個花園。在那裡有一隻鮮紅色胸脯的小鳥站在樹梢上唱歌。」瑪麗回答。

這時她突然看到，有著一張乖戾的、飽經風霜的臉的老人，居然變了個表情，臉上慢慢地露出微笑。看到老人的笑臉，瑪麗心裡想，真是奇妙，一個人微笑的時候，他會變得很好看，這是她以前從未想過的。老人轉身到花園靠近果園的那一邊，開始吹口哨。那口哨聲音低柔，她無法明白一個如此乖戾的人怎能發出如此低柔的聲音。幾乎就在同時，有趣的事發生了，瑪麗聽到空中傳來一道小小的、輕柔、急促的聲音破空而來，那隻有著鮮紅色胸脯的小鳥朝他們飛來，而且竟停在花匠腳下不遠的土堆上。

「是不是就是牠？」老人輕聲地笑著，他對小鳥說話的口氣像是對一個孩子。

「你到哪裡去啦，你這個厚臉皮的小乞丐！」他說，「昨天怎麼沒看到你？你是不是看到女生就出現，你這麼早就開始追女生啦？也未免太性急了。」

小鳥把丁點兒大的頭偏到一旁，側頭看著他，明亮柔順的眼睛像兩顆黑露水。牠好像和老人很熟，一點都不怕他。牠在老人的四周跳來跳去，用利喙在地上啄著土，尋找著種籽和蟲子。瑪麗心裡忽然產生一種奇怪的感覺，因為小鳥像個人一樣，牠有個飽滿的小身子，一枚精巧的喙和一雙纖細漂亮的腿，牠是這麼的漂亮、快樂。

「你每次叫，牠都會來嗎？」她低聲地問。

「當然，通常牠一會兒就會來。在牠長毛學飛的時候我就認識牠了。當時牠從那個花園的巢裡飛出來，第一次飛過圍牆時，因為還太弱了，就飛不回去了，被我撿到，那時我們便成了好朋友。等牠再度飛過圍牆時，其他的幼鳥都長大飛走了，只剩下牠自己，所以牠會飛回來找我。」

「那牠是什麼鳥？」瑪麗問。

「妳不知道嗎？牠是隻紅胸脯的知更鳥，是世上最友善、最好奇的鳥。牠們和狗一樣友善，要是妳知道怎麼和牠們相處的話，妳們一定能成爲好朋友的。妳看，牠在裡那一邊啄土一邊看我們，牠知道我們在說牠。」

這個老傢伙看起來真是奇怪，他看著那隻身穿鮮紅背心的鼓鼓的小鳥，彷彿他既喜愛牠，又十分以牠爲榮，爲牠驕傲。

「牠相當的自負喔。」老人輕聲笑著，「因爲牠喜歡聽到別人談起牠，而且牠十分的好奇，唉！像牠這麼好奇和好管閒事的小鳥，我想世上已經找不到第二隻。牠總是來看我在種什麼，克蘭文先生不想勞神的事情，牠全都知道，因爲牠是這園林的總管。」

這時知更鳥忙碌地跳來跳去，啄著土，並不時地停下來看他們一眼。瑪麗覺得牠凝視自己的黑露水般的眼睛裡對她充滿著好奇、疑問，好像牠真的想知道她的一切。

「其他的雛鳥飛到哪裡去了？」瑪麗問。

「沒人知道。當牠們長大後，老鳥就把牠們趕出鳥巢，讓牠們各自飛走。所以牠知道知道只剩下自己孤單一個了。」

瑪麗朝知更鳥走近一點，目不轉睛地看著牠，對牠說：「我也是孤單一個人。」

她以前並不知道，她之所以覺得厭煩、不順心的原因之一就是寂寞。現在當她和知更鳥互看的一剎那，她似乎明白了。

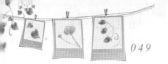

老園丁將頭上的帽子往後推了推，注視了她一陣子後，問道：「妳就是那個從印度來的小娃兒嗎？」瑪麗點點頭。

「怪不得妳會覺得孤單。不過妳到這裡之後，妳會覺得比以前更孤單。」他說。說完，他又開始挖地，把鏟子深深插入花園肥沃的黑土裡，而知更鳥更是忙碌地在四周，跳來跳去。「你叫什麼名字？」瑪麗詢問。

「季元本，」他回答，然後發出一聲怪笑聲，「其實，我自己也很孤單，牠陪我的時候，我才不會有這種感覺。」他用大拇指指向知更鳥，「我就牠一個朋友。」

瑪麗說，「我一個朋友都沒有，我從來都沒有朋友。我的奶媽不喜歡我，我從未和任何人一起玩過。」

約克郡人都喜歡直言不諱地坦白自己心中想的事，老季便是一個典型約克郡牧爾上的人。「妳和我還挺像的，」他說，「我們簡直是同一模子做出來的。我們兩個都長得不好看，樣子、脾氣也都很古怪。我敢說我們兩個脾氣一樣的暴躁。」

瑪麗．倫諾克斯從來沒有聽過別人對她說實話，印度僕人總是向她行額手禮，對她唯命是從。她以前從未想過自己的容貌，但是她懷疑自己是不是和季元本一樣沒人緣，她甚至還懷疑自己的樣子是不是和他發現知更鳥來之前一樣的糟。她開始懷疑自己真的「脾氣不好」。這讓她覺得很不舒服。

突然，在她身邊響起一陣細小的聲音，她轉過身去，發現身邊不遠的地方有一棵小蘋果樹，知更鳥飛到樹的一根枝條上，突然唱起歌來。季元本這時放聲大笑起來。

瑪麗問：「牠想做什麼？」

老季回答，「牠決定跟妳當朋友，牠肯定喜歡妳了。」

「我嗎？」瑪麗說完，便輕輕地走向小樹，抬頭往上看。

「你願意和我交朋友嗎？」她像對人說話一樣對知更鳥說，「你願意嗎？」這時她說話的態度並不是她習慣的冷漠樣子，也不是在印度的專橫跋扈模樣，而是輕柔殷勤的音調。

「妳這時說話的樣子十分的親切，就像是個小孩似的，不再是個刻薄的老太婆。妳現在說話的聲音，就像迪肯對他的那些牧爾上的動物說話時一樣。」他喊道。

「你認識迪肯嗎？」瑪麗匆匆回過頭來問。

「在約克郡大家都認識他，他喜歡到處遊蕩，連每叢黑莓、石楠都認識他。我敢擔保狐狸會把他帶去看自己的小狐狸，連百靈鳥的鳥巢他都會知道。」

由於瑪麗對迪肯幾乎和對那個廢棄花園一樣的好奇，所以她還有很多有關迪肯的問題要問。可是就在這時，剛才唱完歌的知更鳥抖了抖身子，展開翅膀飛走了，這代表牠的拜訪已經結束了，牠還有別的事要辦。

「牠飛過牆去了！」瑪麗一邊看著牠一邊喊著，「牠飛進果園了，它飛過另一道牆，到沒有門的花園裡去了！」

「牠就住在那裡。」老季說，「牠是從那裡出生的。如果牠在追求女伴話，那牠一定是向住在老玫瑰樹叢裡的年輕知更鳥小姐展開追求。」

「玫瑰樹叢？」，瑪麗說，「那裡有玫瑰樹叢？」

季元本重新拿起鏟子，又開始挖起土來。「十年前有。」他喃喃地說著。

「我好想去看看，綠色的門在哪裡呢？這片牆的某處一定有一道門。」

老季把鏟子深深地挖進土中，表現得和剛見面時一樣乖辟。

「十年前有，可是現在沒有了。」他說。

「現在沒有門？」瑪麗叫起來，「不可能，一定有的。」

「沒有人找到過，而且也沒人去找過。不要像個多管閒事的娃子，到處去打聽一些有的沒有的東西。好了，我要幹活了，去別處，自己玩，我沒時間了。」說完，他竟然停止挖土，把鏟子甩到肩膀上，看也不看她一眼就走了，更不要提說再見了。

# 第5章

剛開始，這裡的生活對瑪麗而言，每天都一樣，沒什麼區別。早上，她在掛著壁毯的房間裡醒來，看到瑪莎跪在壁爐前升火，然後在那間毫無趣味的幼兒室裡吃早餐。早餐後，她便凝視著窗外那無邊際的荒野，那荒野好像延伸到各個角落，直到天際。她發現如果她不出去的話，在室內她會無所事事，因此她通常都會在看了荒野一下便出去了。

她並不知道這是最好的選擇，而且她也不知道，當她漸漸快走，甚至沿著通向林蔭大道的小徑奔跑時，她那循環不良的血流正活躍起來，而牧爾上吹來的強風正是讓她強壯起來的原因。

她奔跑只是因爲想讓自己變得更暖和，她討厭會刺痛她的臉的風，風聲咆哮著，像是一個隱形的巨人在叫喊。然而，從石楠上湧來的新鮮空氣，像是給她肺裡灌滿了某種對瘦小身子有好處的東西，讓她的臉色紅潤、眼睛發光，而這一切她都不知道。

經過幾天戶外活動後，一天早晨她醒來時，突然感覺到餓了。當她坐下來吃早餐時，不再是鄙視那碗燕麥粥後皺著眉頭將它推開，而是拿起湯匙開始吃，並將它吃完。

「今天早晨的粥是不是合妳口味啊？」瑪莎說。

「今天早上吃起來味道特別好。」瑪麗自己也覺得有點吃驚地說。

「是牧爾上的空氣讓妳胃口大開的，」瑪莎回答說，「妳真好命，有胃口也有得吃的。我們家裡的十二個小孩，他們都有胃口但就是沒東西餵他們。妳要每天都這樣出去跑一跑，這樣妳的身體才會長肉，皮膚看起來也不會這麼黃了。」

「我沒有玩，」瑪麗說，「我沒有東西玩。」

「沒有東西玩？」瑪莎驚呼起來，「我們家小朋友都是玩樹枝、石頭。他們到處跑、到處叫喊，東看看西看看的。」

瑪麗並不會叫喊，只是東瞧瞧西看看的。由於沒有別的事可做，所以她就圍著那些花園一圈又一圈的走著，在庭院裡的小步道上閒逛。有時候她會去找季元本，但他常常忙得沒空理她，不然就是態度很乖戾。有一次她正朝著他走去，他看到後像是故意的，拎起鐘子轉身就走。

有個地方瑪麗比較常會去，那就是有牆圍著的那個花園外的長走道，走道兩側是光禿禿的花壇，牆上長滿了常春藤。牆上有一處，蔓延的墨綠色葉片似乎比其他處更爲濃密，看起來這地方已經很久沒人來整理了，因爲其他地方都被修剪得整整齊齊的，而走道低的這頭完全沒有被修剪過。

這是在她和季元本聊過話的幾天後發現的，瑪麗發現時，便覺得很奇怪，心裡想著爲什麼會這樣。當她駐足抬頭時，看到一根長長的常春藤在風中搖曳著，突然她看到一飛而逝的鮮紅，並聽到一聲清亮短促的鳥鳴。就在那兒，在牆頂上，季元本的紅胸脯知更鳥停在那兒，牠正俯身看著她，小腦袋歪斜一邊。

「喔！」瑪麗大叫，「是你嗎？是你嗎？」她一點也不覺得自己對小鳥說話很奇怪，彷彿小鳥知道她在說些什麼，會回答她。

小鳥這時一會婉轉清唱，一會而又是短促清啼，沿著牆頭跳來跳去，好像在告訴她最近所發生的事情。瑪麗似乎覺得自己也知道牠在說什麼，牠說：「早安！今天的風很溫和吧？太陽很溫暖吧？一切都很好，不是嗎？我們來叫吧！跳吧！來啊！來啊！」

瑪麗笑了，小鳥沿著牆頭蹦蹦跳跳，她就跟著牠跑。忽然間，那位可憐、瘦小、面有菜色的醜瑪麗看起來十分迷人。

「我喜歡你！我喜歡你！」她一邊大聲喊叫著，一邊順著步道快跑著，鞋子發出清脆的答答聲音。此外，她還學著小鳥唧唧鳴叫著，並試著吹口哨，雖然她根本不會吹口哨。而知更鳥好像也很高興地鳴叫著，像在回應她似的，最後牠展開翅膀，飛到樹梢上，停下來大聲唱歌。

這讓瑪麗想起她第一次見到牠的情形，那時牠停在一棵樹頂上搖晃著，而瑪麗則是站在果園裡。現在她在果園的另一邊，站在牆外的小徑上，只是這道牆要比之前那個牆低多了，而牆裡的樹是同一棵樹。

「這裡頭是那個不許任何人進入的花園，」她自言自語地說，「這是那個沒有門的花園。小鳥牠就住在那裡，要是我能看看裡面長怎樣，那該有多好啊！」

她順著小徑往上跑，到第一天早晨她進去的綠色門。接著她沿小徑跑過另一道門進入果園，她站在那裡抬頭看牆那邊的那棵樹，知更鳥剛唱完一首歌，開始用喙梳理羽毛。

「就是那個花園，」她說，「我肯定那就是那裡。」

她到處走，仔細看果園的那面牆壁，不過她發現那面牆壁一樣是一個沒有門的牆。接著，她再次跑過菜園，來到長滿常春藤的長牆外的那個走道上，她走到盡頭仔細的找，但還是沒有找到門。她又走到另一頭再找，仍然沒有門。

「這太奇怪了，」她說，「季元本說沒有門，真的沒有門嗎？但是十年以前一定有過門，因為克蘭文先生埋過鑰匙。」

這事夠她好好想的，她開始覺得十分有趣，覺得來了米瑟韋斯特莊園是對的。在印度她總是覺得熱，因此對任何事都感到倦怠，萬事不關心。而這個地方，荒野上的新鮮、涼爽的空氣已經讓她這個小頭腦清醒點。

她幾乎整天都在戶外，晚上吃飯時，總覺得又餓又睏又舒服。連瑪莎在閒聊，她也不覺得煩躁，最後當她吃完晚飯後，坐在爐火前的地毯上，她想該問瑪莎一件事。

「克蘭文先生為什麼討厭那個花園？」她問。

她讓瑪莎留下來陪她，瑪莎很年輕，習慣了跟兄弟姐妹擠在了房子裡閒聊、玩耍，所以陪瑪麗聊天讓她覺得像和兄弟姊妹在一起，反而覺得樓下的僕人大廳太沈悶。大廳裡的僕人和女傭們會取笑她的約克郡口音，而瞧不起她，他們自己會一群人坐在那兒竊竊私語，不理會她。瑪莎十分愛聊天，這個在印度住過，曾被「黑人」服侍過的古怪小孩，足以吸引瑪莎的注意。她不等人叫坐，自己就坐爐火前的地毯上。

「妳在想那個花園嗎？」瑪莎說，「我就知道妳會，我剛聽說時也是這樣。」

「他為什麼討厭它？」瑪麗追著問。

瑪莎把腳捲起來，讓自己坐得更舒服些。

「聽聽，房子周圍風的嗚嘯聲，」她說，「晚上妳要是在外頭，根本無法在牧爾上站穩。」

瑪麗不懂「嗚嘯」是什麼意思，直到她去聽了之後才懂。一定是指那空洞、顫慄般的咆哮聲，它像一個隱形的巨人在房子的四周，猛烈敲擊著牆和窗戶，想闖進來。人知道它進不來，不知怎的，坐在溫暖房間內紅紅的炭火前，讓屋裡的人覺得非常安全。

「可是爲什麼他這麼討厭它？」她聽了風聲之後，再一次問道，她打算探看看瑪莎是否知道內情。瑪莎便將她所知道的情報透露出來。

「說真的，」她說，「莫德勞克太太說過這事不能講。這個地方很多事情不能講，那是克蘭文先生的命令。要不是那個花園的話，他也不會變得像現在這樣。那原來是克蘭文太太的花園，他們剛結婚的時候克蘭文太太佈置的。她愛極了那個花園，他們自己照顧裡面的花草，從來都沒有任何一位花匠進去過。他們常常進去那個花園，而且每次進去都會把門關上，在裡面往往一待就是好幾個小時，在那裡讀書、說話。

克蘭文太太個子很嬌小，那裡有棵老樹，彎曲的樹幹像個椅子。她讓玫瑰長滿樹幹，她經常坐在那兒。可是有一天當她坐在上面時，樹幹突然斷了，她從上面跌下來，傷得很重，第二天就死了。當時，克蘭文先生十分的悲傷，醫生以爲克蘭文先生會發瘋死掉，這就是爲什麼克蘭文先生討厭那個花園的原因。從此之後再也沒有人進去過，而且他不准任何人提起那個花園。」

瑪麗聽了之後不再追問，只是眼睛盯著紅色的爐火，耳朵聽著風聲「嗚嘯」。她感覺「嗚嘯」聲似乎比先前更大聲了。從那一刻起，一樣很好的事正在她身上發生。事實上，自從她來到米瑟韋斯特莊園，在她身上已經發生了好幾件好事。

首先，她覺得自己和知更鳥是知己，因爲她了解知更鳥，知更鳥也了解她；其次，她在風中奔跑會使血液沸騰，而且，她第一次健康地感到饑餓；最後，她知道了什麼是同情一個人，替人感到難過是怎麼一回事。

然而，當她聽著風聲時，突然間她發現到別的聲音，她不知道那是什麼聲音，因爲剛開始她幾乎無法把它和風聲區分開。那是個奇怪的聲音，聽起來像是一個孩子在哭。雖然有時候風聲聽起來很像孩子的哭聲，但是這時瑪麗相當肯定這聲音是在房子裡，不是在房子外面，不過距離她相當遠。她轉過身看著瑪莎。

「妳有沒有聽到哭聲嗎？」她問。

瑪莎一下子迷惑起來。她回答，「沒有，那是風。有時候風聲會讓人聽起來像是有人在荒原上迷了路在嚎哭，風能發出各式各樣的聲音來。」

「但是妳聽，」瑪麗說，「那聲音是在房子裡面，在長廊的那一頭。」

就在那一刻，樓下哪裡的門一定打開了，一道猛烈的穿堂風沿著走道吹過來，她們房間的門被猛地推開。她們兩個被嚇得跳了起來，燈被吹滅了，哭聲從遠處的走廊傳過來，格外的清楚。

「妳聽！」瑪麗說，「我告訴過妳！是有人在哭，而且那個人不是大人。」

瑪莎跑去關上門，並將門鎖上，但是當她關上門之前，她們兩人都聽到遠處走道的門被「砰」的一聲撞上，接著一切都回歸安靜，連風聲都停止「嗚嘯」。

「那是風，」瑪莎頑固地說，「如果不是風的話，就是幫忙洗碗的僕人小貝蒂．巴特華斯。她今天一整天都在鬧牙疼。」

不過，此時瑪莎的神色有些不自然、不安，瑪麗盯著她看，她不相信瑪莎說的話。

# 第6章

第二天，大雨滂沱，瑪麗往窗外看的時候，發現荒野幾乎隱藏在灰濛濛的雲霧之中，今天是別想出去了。

「像這樣下雨的時候，妳們在農舍裡會做什麼？」她問瑪莎。

瑪莎回答，「主要是想辦法不要相互踩到。啊！那個時候我們就會覺得家裡的人太多了。媽媽的脾氣很好，不過她也有心煩的時候，因而最大的孩子會出去到牛棚玩。迪肯不會在乎下雨濕濕的，他會和大晴天時一樣出去，他說雨天他能看到晴天時看不到的東西。有一次他在狐狸洞穴發現一隻小狐狸，當時狐狸洞穴淹了水，狐狸的媽媽在附近被殺死了，其他的小狐狸都死了，牠在洞裡差一點就被淹死了，所以迪肯把牠放在胸口的衣服裡暖著，並帶了回來。還有一次，他發現一隻快淹死的小烏鴉，把牠帶回家飼養，因爲牠很黑，所以幫牠取名叫煤煙。現在牠很健康，整天圍著他四處又跳又蹦。」

漸漸地，瑪麗已經不再討厭瑪莎的說話方式，她甚至覺得瑪莎的閒聊很有趣，當瑪莎停止說話，或有事走開時，她還會覺得很可惜，因爲瑪莎所說的，跟她在印度時奶媽講的故事大不相同。

瑪莎所說的都是她家的故事，故事總是有荒野上的小農舍，裡面很多人住在幾個小房間裡，吃的東西永遠不夠。孩子們到處跌跌撞撞，像長毛牧羊犬一樣到處玩，自得其樂。這些人裡最吸引瑪麗的是她的媽媽和迪肯，瑪莎說起「媽媽」說過什麼、做過什麼，聽起來總是那麼舒服。

「要是我有一隻烏鴉，或是一隻小狐狸，我就可以和牠們玩了，」瑪麗說，「可是我什麼都沒有。」

瑪莎看起來很困惑。「妳會織東西嗎？」她問。

「不會。」瑪麗回答。

「妳會縫東西嗎？」

「不會。」

「妳會看書嗎？」

「會。」

「那妳爲什麼不看書呢？要不然學點單字，妳年齡已經夠大，能夠看好多書了。」

「可是我沒有書啊，」瑪麗說，「我以前的書都留在印度了。」

「好可惜喔！」瑪莎說，「要是莫德勞克太太肯讓妳進書房的話，那裡倒有成千上萬冊的書。」

瑪麗沒有問書房在哪裡，因爲有個新點子突然在她心頭出現，她決定自己去找到書房。她不擔心莫德勞克太太，因爲她總是待在樓下那間管家用的舒適的起居室裡。

這個古怪的地方經常是看不見人影。其實，這地方除了僕人外就沒有別人了，所以當他們的主人不在時，僕人們就會在樓下享受著奢侈的生活。樓下有個奇大的廚房，廚房四處掛著明亮的銅器和錫製的器皿，還有一個寬敞的僕人大廳，他們在那裡每天要吃四、五頓豐盛的餐點。莫德勞克太太不在時，他們經常在那裡興高采烈的玩樂。

瑪麗的餐點都是按時送上來的，都是由瑪莎服侍她，不過並沒有任何人會問她需要些什麼，對她稍稍付出關心。每隔一、兩天，莫德勞克太太會來看她，但是沒有人問她在做些什麼，或告訴她要做些什麼，她猜想這可能是英國人對待小孩的方式。

在印度，總是有奶媽在伺候她，隨時隨地跟著她，等候她的吩咐。那時她經常被奶媽跟煩了，現在沒有人跟著她，她還學著自己穿衣服，有時她想要瑪莎把東西遞給她，或幫自己穿衣時，瑪莎都會像在看傻瓜笨蛋似的看著她。

有一次，瑪麗站著等瑪莎幫她戴手套時，瑪莎說，「妳手腳不靈活嗎？我們家蘇珊

・安只有四歲，可是她看起來比妳機靈兩倍。有時候妳看起來還真有點笨。」

瑪麗聽到後，自然是十分的生氣，更會將所有的怒氣表現在臉長達一個小時之久，不過這也讓她對事物開始重新思考與全新的體會。

這天早上，瑪莎最後一遍把爐毯掃完後，便下樓去了，瑪麗一個人在窗前站了十分鐘。她心裡在盤算著那個聽到書房時想到的新點子，她關心的並不是書房本身，因為她讀過的書很少。但是當她聽到書房時，讓她記起那些上鎖的一百個房間。她好奇地想知道那些房間真的都鎖上了嗎？要是她能進去其中的任何一間，她究竟能發現什麼呢？而且真的有一百間嗎？

想到這裡，她突然想到，幹嘛自己不去數數看是否有一百間？今天早晨天氣不好，她不能出去，能做這點事也不錯。

由於從來沒有人教過她做事要得到准許，而且她也沒有「許可」這個概念，所以，即使她見到了莫德勞克太太，也不覺得自己有必要問她是否能在房子裡到處走動。

當她想到這裡，便立即打開房門走到走廊上，開始她的探險活動。這條走道很長，還有岔道與別的走廊相連，她順著走道走到一個分岔點，走向另一個走道後，發現一個樓梯，便上了一小段樓梯，上這樓梯後又是一走廊。

這裡到有好多門，牆上有一幅幅的畫。畫上有的是陰暗奇怪的風景，但最多的是男男女女的肖像，肖像中的人物身著緞子和天鵝絨做的華麗服裝。不知不覺中她來到一個長長的畫廊，牆上掛滿了這類的畫像，她從沒想到這座房子裡有這麼多畫像。

她慢慢地沿著這走道走，眼睛盯著那些畫像，感覺那些畫像也都在盯著她。她想他們一定很納悶：這個從印度來的小女孩在他們的房子裡做什麼？

這些畫中有些是兒童的，其中有一個小女孩穿著厚厚的緞質裙子，寬鬆的裙子拖到腳邊。畫中的小男生袖子都很蓬鬆，衣領都帶點蕾絲花邊，留著長頭髮，要不然就脖子上就套著一圈大縐領。

她總是會停下來看那些小孩，猜想他們叫什麼名字，都去了哪裡，為什麼穿著這些奇怪的衣服。她發現其中有個小女孩，臉繃得緊緊的，呆板又不漂亮，很像她。那個小女孩穿著一件綠色裙子，錦緞上用金銀絲織著浮花，手指頭上停著一隻鸚鵡。她的眼神敏銳而好奇。

「妳現在住在哪兒？」瑪麗大聲對她講，「我真希望妳在這兒。」

其他小女孩肯定不會像瑪麗一樣，度過這麼奇怪、充實的早上。這座巨大的房子裡，好像空無一人，只有她獨自一個人在這裡似的，讓她上樓下樓四處亂走，穿過大大小小的走道。

她想，這些走道好像除了她似乎就沒人走過了，而既然這屋子裡有這麼多的房間，就應該有人住過才對，但是現在看起來，這裡全都是空的，對此她實在不太能相信。

直到她爬上三樓，才想到要去開門看看。這些門正如莫德勞克太太說的都緊閉著，但是她還是每個門都試試看，希望能夠打開。當她把手放在最後一個把手上轉動時，她發現把手竟能毫不費力地轉動起來。她推開門時覺得門自己慢慢而緩緩地開了，一時間她嚇住了。

這個門很大很厚，房間裡頭是一間大臥室，牆上有刺繡的掛飾，四處擺著像她在印度家中鑲嵌的傢俱一樣，還有一扇寬闊的窗戶鑲著彩色帶鉛玻璃，窗戶是面向牧爾；壁爐台上掛著的是那個緊繃、不漂亮的小女孩另一幅畫像，小女孩像是好奇地盯著瑪麗。

瑪麗想，「也許這是她的房間，她盯著我看，讓我覺得不自在。」

離開那間房間後，她又打開了其他房間的門。她在看過很多房間後，開始覺得有些累，心想這裡的房間一定有一百個，雖然她並沒有真的去數。這些房間裡都有老畫或是舊掛毯，掛毯上面織著奇怪的景物。幾乎所有房間都有精緻的家具和精緻的裝飾。

有個房間，很像是女士的起居室，因爲這裡掛飾都是刺繡的天鵝絨，壁櫥裡大約有一百隻象牙做成的小象。而且尺寸、形狀都不同，有些象還背著趕象人或轎子。其中有些象要比其他的象大得多，像是大象，有些小的就像是大象寶寶。

瑪麗在印度見過象牙雕刻，對此非常的了解。她打開壁櫥門，站在一個踩凳上，玩了好一會。等她玩累了，就把大象依次放好，關上壁櫥門。

她在長廊和空房間探險的時候，並沒有看到任何活的東西，但是在這個房間裡她看到了一雙帶著驚恐的眼睛。就在她剛要關上壁櫥門時，她聽到細碎的窸窣聲，這聲音的突然出現讓她跳了起來，察看火爐附近的沙發，因爲聲音似乎是從那裡傳來的。

沙發的一角裡有個靠枕，靠枕上的天鵝絨有個洞，洞裡探出一個小小的腦袋，這個小東西帶著一雙驚恐的眼睛。

瑪麗輕輕地走過房間去看看，原來那雙明亮的眼睛屬於一隻小灰鼠，小灰鼠在靠枕上咬出一個洞，在那裡做了一個舒服的窩。裡頭有六隻小老鼠蜷在一起，睡在牠旁邊，原來這是灰鼠的家。

「要是你們沒這麼害怕的話，我會把你們帶回去的。」瑪麗說。

這時她覺得自己也探險得夠久了，已經累得不想再走了，就開始往回走。但有兩三次，她都因爲走錯走廊而迷路，被迫上上下下亂走一通，才找到對走廊，不過最後她還是回到自己房間的那層。儘管如此，由於她離自己的房間還有一段距離，所以她也弄不清自己的正確位置。

她想，「我相信我又拐錯彎了，」她停在一個短走道的盡頭，這裡牆上有掛毯，「我不知道該往哪裡走，這裡感覺是那麼的安靜啊！」

就在此時，安靜被一個聲音打破了。是哭聲，不過這跟她昨晚聽到的不大一樣；這一聲很短促，像是焦躁的、孩子氣的哀怨聲，哭聲穿過牆傳過來時，變得有點低沈模糊。

「這次聽起來比上次要近多了，」瑪麗想，此時她心跳加速，有點緊張、興奮。碰巧她將手放到身旁的掛毯上，但她忽然大吃一驚的跳開。因爲掛毯後面竟然有一道門，門打開後，現出走廊的另一部分，而莫德勞克太太正從那裡走過來，她手上拿著一大串鑰匙，臉色十分的不高興。

莫德勞克太太看到她後，便問，「妳在這裡幹什麼？」說完，就抓起瑪麗的胳膊走了，又說「我是怎麼跟妳說的？」

瑪麗解釋，「我拐錯了彎，我不知道自己該往哪裡走，當我在找路時，我就聽到有人在哭。」

這一刻她很恨莫德勞克太太，不過接下來她更恨莫德勞克太太。莫德勞克太太說，「根本沒有妳聽到的那種聲音，妳現在就回到自己的幼兒房，不然我就要打妳耳光。」

她抓著她的胳膊，半推半拉的帶往另一個走道，最後把她推進她的房間裡。她說，「從現在開始，妳只能待在讓妳的地方，不然我們就要把你鎖起來。主人最好給妳找個家庭教師來。妳是個要有人盯著的孩子。我的事情已經夠多了，沒空再理妳了。」

說完，莫德勞克太太就走出房間，並將房門重重摔上。瑪麗走到地毯那裡坐下來，氣得臉都白了。不過她並沒有哭，只是咬牙切齒。

「有人在哭，真的！」她自言自語。目前爲止，她已經聽到兩次了，她想遲早都要弄清楚。這天早上她已經發現很多事情，她覺得自己好像在做一個漫長的旅行，至少她曾經玩過象牙大象，看到灰老鼠和牠的寶寶，她知道牠們的窩是在天鵝絨靠枕裡。

# 第7章

兩天之後的早晨，當瑪麗睜開眼看窗外時，忽然筆直地坐起來，呼叫著瑪莎。「妳快來看牧爾！快看牧爾！」

暴風雨已經結束了，夜晚的風掃淨了灰色的霧靄和雲翳。風停了，一片明朗、深藍色的天空，高高拱跨在原野之上。瑪麗做夢都沒有想到能見過這麼藍的天，在印度，天氣相當炎熱，空氣像火焰般灼熱。

這裡的天空有一種涼爽的深藍，像一面無底的湖水閃閃發光，在高高的藍色天空中，飄浮著朵朵小雲彩，像雪白的羊毛一樣。牧爾上的顏色現在是溫柔的藍色，不再是陰鬱的紫黑，或者淒涼得可怕的灰色。

「啊哈，」瑪莎露出牙齒愉快地笑著說道，「只要暴風雨停了，天空就會出現如此的美景。每年這個時候就是這樣，暴風雨會在一夕之間停了下來，而且還會讓人以爲之前的風雨交加是幻覺，或是再也不會再來了。這是因爲春天已經快來了，不過還要再等一陣子春天才會真的來臨。」

瑪麗說，「喔！我原先以爲，英格蘭總是下雨，或是天看起來永遠都是黑黑的。」

「喔！不是！」瑪莎說，她坐在一堆黑色的鉛刷子中間，「根罷是這響。」

「妳說什麼？」瑪麗好奇地問。在印度，當地人會說一些不同的方言，那些方言只有他們當地人才會懂，所以瑪莎的話她聽不懂，她一點也不覺得驚奇。

瑪莎就像第一天早晨那樣笑起來。她說，「哎喲，我剛才又講約克郡的方言，莫德勞克太太已經要我絕對不能這樣說話的。『根罷是這響』是說『根本不是這樣的』。」

瑪莎慢慢地，小心地說，「可是這麼說，要說好久。約克郡天晴的時候，是世界上最晴朗的地方。我告訴過妳，過些時候妳會喜歡牧爾的。等妳看到金色的金雀花，石楠花與全是紫色的鈴鐺，和成百上千隻蝴蝶拍著翅膀，蜜蜂嗡嗡著飛，百靈鳥一飛沖天，唱著歌的時候。妳會太陽一出來就想出去，像迪肯一樣整天待在牧爾上。」

「我真的能到那裡去嗎？」瑪麗透過窗戶看著遠方的藍色，小心期盼地問著。廣大的牧爾是那樣新、那樣大、那樣奇妙，還有像天堂般的顏色。

「我不知道，」瑪莎回答，「我覺得妳從生下來就沒有用過腿，不習慣走路，我看妳走不了五英哩，我家的小屋離這兒五英哩。」

「我好想看看妳家的小屋。」

瑪莎好奇地瞪著她看了一會兒，然後又拿起她的刷子，重新開始磨壁爐架。她在想，剛才這張不漂亮的小臉顯得不像第一天早上她見到的那麼暴躁，這張臉看起來有那麼一點點像小蘇珊·安想要東西時的表情。

瑪莎說，「我得回去問問我媽媽，她是那種能想出好點子的人，今天是我休假日，待會我就要回家了。啊！好高興。莫德勞克太太很尊敬我媽媽，也許她和媽媽聊天時，媽媽能向她提提看。」

「我喜歡妳媽媽。」瑪麗說。

「我想，妳會喜歡我媽媽的。」瑪莎一邊說，一邊擦著。

「可是，我從來沒有見過她。」瑪麗說。

「是，妳是沒有見過。」瑪莎回答。她又坐起來，用手背揉揉鼻子，似乎有點迷惑，但是她最後又用很肯定的語氣說。「嗯，她明理、勤快，又好心又乾淨，任何人不管有沒有見過她，他們都會忍不住喜歡她。當休假時走在回家的路上，走過牧爾的時候，我都會忍不住高興得跳起來。」

「我喜歡迪肯，」瑪麗補充說，「可是我從來沒有見過他。」

「喔，」瑪莎堅決地說，「我告訴過妳，每隻鳥都喜歡他，還有兔子、綿羊和那些狐狸。我在想啊，迪肯會怎麼看妳呢？」瑪莎若有所思地瞪著她看。

「他不會喜歡我，」瑪麗用她一貫的刻板冷漠的樣子說，「沒有人會喜歡我的。」

瑪莎又露出若有所思的樣子。「妳喜歡自己嗎？」她詢問著，好像真的很想知道。

瑪麗猶豫了一陣，反覆地想著。她回答，「不喜歡，真的不喜歡，但是我以前從沒想過這個問題。」

瑪莎微微的笑著，好像想起什麼熟悉的記憶。她說，「有一次媽媽曾這樣問過我說，當時她在洗衣，而我的心情很不好，所以一直在說別人的壞話，因此她就轉過身來對我說：『汝是個小潑婦！汝站在那兒，說汝不喜歡這個，不喜歡那個。汝喜歡汝自己嗎？』她的這番話把我逗笑了，也讓我馬上清醒了。」

瑪莎在照料瑪麗吃完早飯後就興高采烈地走了，她要穿過五英哩的牧爾，回到小屋，她要幫媽媽打掃房子，幫她烘烤下一週的食物，還要好好的玩一玩。

當瑪麗知道瑪莎不在時，更加覺得孤單。所以她迅速跑到花園裡，要做的第一件事就是圍繞有噴泉的花園跑上十圈。她認真地數著，跑完後她覺得自己精神好些了。

陽光讓這地方整個變了。牧爾上的深藍色天空也拱跨在米瑟韋斯特莊園之上，她不停地仰起臉來望著，想像著，躺在那些雪白的小雲朵上四處飄會是什麼感覺。

當她走進第一個菜園時，她看到季元本和另外兩個花匠在幹活，看來天氣變好對季元本頗有好處，讓他的氣色看起來很不錯。

季元本主動和她說話：「春天來了，妳聞到了沒有？」

瑪麗嗅了嗅，覺得自己好像聞到。她說，「我聞到了好香、新鮮的，潮濕的味道。」

「那是肥沃土壤的味道，」他一邊回答，一邊挖土，「土壤現在心情正好，準備讓植物生長。播種的時候到了，它就會很愉快，冬天時它無事可做，悶得很。現在，那邊花園裡頭，地底下的東西會偷偷的成長，因爲太陽使它們暖和。過不久，妳會看到一些綠色的尖芽冒出來。」

「會有哪些東西？」瑪麗問。

「番紅花，雪花蓮，旱水仙。妳見過這些花嗎？」

「沒有。在印度，下雨之後到處都是綠色的，所有的東西都是又熱又濕，」瑪麗說，「我以爲東西都在一夜長出來。」

「這些花不會一夜間長出來，」季元本說，「妳一定得等一陣子，它們會在這裡冒出一點來，在那裡冒出一點來。妳能親眼看著它們長出來。」

「我會的。」瑪麗回答。

很快地，她又聽到柔弱的振翅聲，她馬上知道知更鳥來了。牠是一隻非常活潑、整齊、漂亮的小鳥，牠緊挨著她的腳，在她四周跳來跳去，而且還會把頭歪到一邊，害羞地看著她。她不禁問了季元本一個問題，「你覺得它記得我嗎？」

「記得妳啊！」季元本有點不高興地說，「牠不僅記得妳，牠還很清楚園子裡每個甘藍菜的莖，更不用說人了。牠從沒在這裡見過小姑娘，所以牠想知道妳的事，妳有什麼事都沒有必要瞞牠。」

「在牠住的花園裡頭，地底下的東西也在偷偷地長嗎？」瑪麗詢問。

「什麼花園？」老季嘟噥著，又變得乖戾起來。

「那個有老玫瑰樹的花園嘛！」她忍不住要問，因爲她實在太想知道。「那些花都死了嗎？是不是有一些夏天會開花？有玫瑰花嗎？」

「去問牠，」季元本說，便朝知更鳥看了一眼，「牠是惟一知道的『人』。過去十年沒有任何人進去過，所以不知道。」

瑪麗想，十年是很長的一段時間，她是在十年前出生的。

她邊走邊慢慢地想著。她開始喜歡那個花園，就像她漸漸喜歡上那隻知更鳥、迪肯和瑪莎的媽媽一樣。當然，她也開始喜歡瑪莎了。以前的她從不喜歡任何一個人，現在看來有好多人可以讓她喜歡。

她走到那道覆蓋常春藤的長牆外的步道時，看到了牆上方的樹梢；她來回走第二次的時候，發生了一件極有趣、極令人興奮的事情，而這一切全靠季元本的知更鳥才發生。

她聽到一聲短鳴一道囀聲時，便朝左邊的空白花壇看過去，她發現知更鳥正在那裡四處跳躍，假裝在土裡啄食，彷彿要讓她相信牠沒有跟蹤她。可是她知道牠一直在自己身旁，這個意外讓她滿心喜悅，幾乎有點顫抖了。

「你真的記得我！」她喊起來，「你真的！你是世界上最漂亮的小東西！」

她發出短鳴，說著話，哄逗著牠，而牠則是蹦蹦跳跳跳，擺動著尾巴，婉轉的啼叫著，彷彿在說話似的。

牠身上的紅色小背心像絲綢做的，小小的胸脯鼓起，看起來是如此的精緻、莊嚴、漂亮，好像是在對瑪麗說，知更鳥可以多麼神氣，多麼像一個人。當牠逐漸靠近瑪麗時，瑪麗似乎已經忘記自己曾有過不順心，她彎下腰來和知更鳥說話，想辦法要發出像知更鳥的聲音。

牠竟然願意讓瑪麗如此接近牠，這是因爲牠知道無論什麼原因，瑪麗都不會對牠出手，或者驚嚇牠。牠知道，如果牠是個真正的人，只會比世界上其他的人更善良。瑪麗高興得幾乎無法呼吸。

花壇不完全是光禿禿的，上面沒有花，是因爲園丁把那些多年生的植物都砍下來準備過冬，不過花壇後面還有一些高矮不一的灌木叢。當知更鳥就在下面的時候，她看到牠跳過一小堆新翻的泥土。牠停下來找蟲子吃，土被翻起來，是因爲有一隻狗想挖出鼴鼠，因此抓出一個頗深的坑。

瑪麗看著這個洞，不太清楚爲什麼那裡會有個洞，突然間，她好像看到什麼東西被埋在新翻起來的泥土裡，仔細一看，好像是一環生銹的銅鐵。知更鳥飛到附近一棵樹，她伸出手撿起圓環，但她發現這不是圓環，而是一把舊鑰匙，而且似乎埋了很久。

瑪麗站起來，幾乎是恐懼地盯著懸在她手指上的鑰匙，耳語般說，「也許它已經被埋了十年，也許這是通往那個花園的鑰匙！」

# 第8章

瑪麗看著那把鑰匙很久，把它翻來覆去，望著它思索著。就像之前所說過的，她是一個想做什麼就會行動，從不會想要去徵詢長輩同意的小孩。因此，對於這把鑰匙，她想的只是，它是不是通往那個上鎖的花園，她是否能找到門在哪裡，她也許可以打開門，看看裡面長什麼樣子，那些十多年的玫瑰樹現在變成怎麼樣了。

正因爲它被關閉了這麼多年，使得她更想去看看。她覺得那裡一定有和其他地方不一樣的地方，而且那裡封閉了十多年，裡面一定有奇異的事情發生。

除此之外，她覺得如果自己喜歡那地方，她還可以每天都進去，並將那個門關上，獨自一人在那裡玩，因爲沒有人知道她在那裡，還以爲門仍然鎖著，鑰匙仍然被埋在地下。這個想法讓她很高興。

自己單獨住在一座有上百間上鎖房間的神秘房子裡，而且屋子裡又沒有什麼東西可

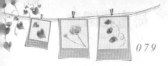

供她玩，這樣的生活讓瑪麗的小腦袋變笨了。因此，現在她的新生活開始讓她遲鈍的頭腦開始工作，她的想像力竟被喚醒了。

毫無疑問，牧爾上新鮮、有力、純淨的空氣與此大有關係。就像風就給了她好胃口，與風對抗讓她血液迅速的流動，她的頭腦也備受刺激。在印度，她總是覺得太熱，因此天天都覺得昏沉沉、無精打采，虛弱而沒力氣關心其他事情。但是在這裡，她開始願意嘗試去關心其他的事。她已經不那麼「彆扭」了，儘管她還不知道是爲什麼。

她把鑰匙放到口袋，在步道上走來走去。除了她以外，這裡似乎從來沒有人來過，所以她便慢慢走，看著牆上長的常春藤。因爲她覺得很困惑的是，無論她如何仔細的看，除了密密麻麻的、光滑的墨綠葉片外，什麼也都看不見。

她相當失望，在走道上踱著步，看著那裡面的樹梢，心裡一股彆扭勁又爬上來了。她心想自己真是愚蠢，就這樣近在咫尺卻進不去。她把鑰匙放在口袋裡帶回房裡，她決定出去時都要帶上鑰匙，這樣一旦讓她發現隱藏的門時，她都能隨時打開它。

莫德勞克太太准許瑪莎在她家農舍過夜，隔天一大早，她回來上班時，臉色比過去任何時候都還紅潤，精神也極佳。

瑪莎說，「我四點就起來了啊！那時的牧爾可真好看，小鳥都起來了，兔子到處活蹦亂跳，太陽正要升起。我不是一路走來的，是剛好有人順道用馬車載了我一段，我在家玩得十分開心。」

關於她休假一天，家裡所發生的各種快樂事，說也說不玩。她媽媽很高興見到她，她們做完了所有烘烤食物和打掃後，還給每個孩子做了糕餅，還在糕點中加點紅糖。

「當他們從牧爾上玩回來時，糕點剛出爐都還熱騰騰的。整個房子聞起來都是香噴噴的、熱騰騰的烘烤味道，爐火燒得很旺，他們高興得都叫起來。我們迪肯說我們家的農舍，好得可以給國王住。」

晚上他們圍坐在火爐旁，瑪莎和她媽媽縫補著破衣服和破襪子，瑪莎跟他們提起那位來自印度的小女孩，這位小女孩曾經由瑪莎所說的「黑人」一直伺候著，因此她不會自己穿襪子。

瑪莎說，「啊！他們真的很喜歡聽我說妳的事呢！他們想知道所有關於黑人的事，和妳來時坐的船長怎樣，他們也都很有興趣。只是這些事我所知有限，沒辦法統統告訴他們。」

瑪麗停了一下，想了想說，「下次妳放輪休假之前，我再多告訴妳一些，這樣妳就有更多的東西可以講了。我敢說他們一定想聽騎大象、騎駱駝，還有軍官出去獵捕老虎的事。」

「我的天！」瑪莎高興地驚呼起來，「這些會讓他們充滿新奇。汝真的會跟我說這些嗎，小姐？這景象就像，我們聽說的在約克郡曾有一個野生動物展覽一樣。」

「印度和約克郡很不一樣，」瑪麗經過思考後，慢慢地說，「我從沒有想到這一點，迪肯和妳媽媽喜歡聽妳談到我的事嗎？」

「當然了，迪肯他聽得眼睛睜得大大的，眼珠子都快掉出來了。」瑪莎回答，「不過媽媽聽到妳就只剩下自己一個人後，十分的擔心。她說，『克蘭文先生沒有給她找個家庭教師，或者褓姆嗎？』我說，『沒有，不過莫德勞克太太說，克蘭文先生想到的話是會做的，但是她又說他可能兩、三年都想不起。』」

「我不想要家庭教師。」瑪麗突然說。

「但是媽媽說，這個時候的妳應該自己學看書了，而且也該有個女人來照顧妳，她又說，『瑪莎，妳想想看，要妳自己住在那麼大的一個地方，一個人到處遊蕩，沒有媽媽是什麼感覺。所以妳要盡力讓她開心。』她這麼對我說，我說我會的。」

瑪麗聽到後用一種鎮定的眼神，看著她一陣子後說，「妳確實讓我高興起來，我喜歡聽妳說話。」

瑪莎突然走出了房間，回來時，雙手拿著東西，放在圍裙下面。她愉快地露出牙齒笑著，「我給妳帶了件禮物，妳覺得怎麼樣。」

「禮物！」瑪麗大叫。她想，一個農舍裡擠滿了十四個饑餓的人，怎麼還能給出一件禮物？

瑪莎解釋說，「這是有一個人在牧爾上叫賣，他在我們家門口停下馬車，我們看到他有鍋碗瓢盆和一些雜七雜八的東西，可是媽媽沒有錢買任何一樣東西。正當他要走的時候，伊麗莎白．愛倫突然喊，『媽媽，他有根跳繩，把手是紅的和藍的。』這時媽媽她出聲問，『喂，停一停，先生！那個多少錢？』他說『兩便士』。媽媽就在口袋裡摸錢，她跟我說，『瑪莎，汝是個好女孩，總是把工資給我，這些錢我總是花在刀口上，每分錢要如何用我都算得好好的，不過我現在要從這裡頭拿出兩便士，給那個孩子買根跳繩。』結果她就買了現在妳看到的跳繩。」

她從圍裙下面拿出跳繩來，很驕傲地展示著。那是一根結實、細長的繩子，兩端的把手帶著紅藍兩色的條紋，可是瑪麗從來沒有見過跳繩，所以她很迷惑地看著它。

「這是用來做什麼的？」她好奇地問。

瑪莎大聲說，「做什麼的？妳的意思是印度沒有跳繩，這怎麼可能呢？他們連大象、老虎、駱駝都有了！怪不得他們多半都是黑人。看著，跳繩是用這麼用的。」

瑪莎跑到房間中心，雙手各拿一個把手，便開始跳、跳、跳，跳起來了，瑪麗從椅子上轉過身來盯著她看，而那些老舊畫像裡那些奇怪的臉，好像也盯著她看，像是在想這個平凡的農村小姑娘，竟然公然在他們面前做這事。不過，瑪莎根本沒有注意到他

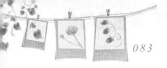

們，瑪麗臉上露出來的興趣和好奇讓她覺得十分高興，她一邊跳一邊數，直到一百下。

「我本來可以跳更多，」她停下來時說，「我十二歲的時候就可以跳滿過五百個，不過那時候，我沒有現在這麼胖，而且那時經常練習。」

瑪麗這時從椅子站了起來，她覺得自己漸漸興奮起來。

「這個看起來好像很好玩，」她說，「妳媽媽是個好心人。妳覺得有一天我也能跳得像妳那樣好嗎？」

「妳試試看再說，」瑪莎鼓勵她並把跳繩遞給她，「剛開始時妳可能跳不到一百下，但是只要妳常常練習，就會越跳越多。這是我媽媽說的。她說，『對她而言，跳繩是最好的運動了，沒有什麼比跳繩更好的了。這是最理想的小孩玩具。讓她到外面去跳，在新鮮的空氣裡跳，可以舒展她的筋骨，讓她的手腳更有力。』」

瑪麗剛開始跳的時候，手腳沒有什麼力氣，而且動作有點笨拙，也不是那麼的靈巧，可是她很喜歡跳繩，不願意停下來。

瑪莎說，「穿上妳的衣服，到外面去跑、去跳。媽媽叫我一定要告訴妳，妳要儘量多待在屋外，就算外面下一點小雨，只要妳穿暖和一點就好了。」

瑪麗穿上外套，把跳繩放在手臂上。她打開門出去，突然想起什麼，慢慢地轉回身來，「瑪莎，那是用妳的工資買的，用了妳的兩便士買的。謝謝妳。」

她說這些話時，語氣有點僵硬、不自然，因爲她不習慣向人道謝，也不會注意到別人爲她所做的事。「謝謝妳，」說完便伸出雙手，除此之外，她不知道該做何表示。

瑪莎尷尬地握了一下她的手，她似乎也不習慣做這種事。接著她笑了起來。「啊！汝真是個怪人，像個老太婆。」她說，「要是我們家艾倫的話，她就會親我一下。」

瑪麗聽到後更加不自然了，她說，「妳要讓我親妳嗎？」

瑪莎再次笑起來。她回答，「不，不是我要。要是汝的個性是這樣，恐怕汝自己就會想來親我。但是妳不是，所以汝不想。出去玩汝的跳繩吧。」

瑪麗出去的時候覺得有點奇怪。她覺得約克郡的人好像很奇怪，瑪莎一直讓她覺得很困惑，開始時，她非常討厭她，但是現在她不會了。

跳繩是件很奇妙的事。瑪麗一邊跳一邊數，跳著，數著，直到她的雙頰通紅爲止。她出生以來，從未對任何一件事感到如此有趣味。

陽光明媚，一陣微風吹來，那不是粗暴的風，而是一道愉快的陣風，帶著新翻泥土的新鮮氣味。她繞著噴泉花園跳，順著這條走道跳下去，又從另一條走道跳回來。

最後，她跳到菜園裡，看到季元本一邊挖土一邊和他的知更鳥說話，知更鳥正圍著他蹦蹦跳跳。她沿著步道朝他跳過去，他抬起頭，好奇地看著她。瑪麗原本不知他是否會注意到她，不過她真希望讓他看到她在跳繩。

「哎喲！」他驚叫，「我的天啊，妳果真是個年輕人，妳的血管裡流的是小孩的血，不是發酸的老太婆的血。妳已經將妳的臉蛋跳紅了。我真不敢相信妳居然辦到了。」

「我以前從沒跳過。」瑪麗說，「剛剛開始時，我只能跳二十下。」

「妳要繼續練習，」老季說，「妳的身體算好的，能夠跳繩。妳看，牠也一直在妳，」他把頭朝向知更鳥。「昨天牠就一直在跟蹤妳。今天還要跟。這下牠可要弄清楚跳繩是什麼東西。因爲牠從來沒見過這玩意啊！」

他對小鳥搖頭說，「你要是不加倍留心，有一天你的好奇心會送了你的命。」

瑪麗繞著花園、果園跳，不過每隔幾分鐘就會停下來休息一下。最後她來到自己的特別步道上，她決定試試看能不能跳完全程。這段路好長，她起初慢慢的跳，沒跳一半，覺得又熱又喘不過氣來，因而被迫停下來。

不過她並不太在乎，因爲她已經數到三十了。她停下來時，發出一聲愉快的輕笑，然後，她發現，知更鳥正在一枝長長的常春藤上搖曳著。原來牠剛剛一直都在跟蹤她，現在牠發出一聲短啼向她問好。

瑪麗朝牠跳去，每跳一下，她就覺得口袋裡有重物碰她一下，當她一看到知更鳥，就笑起了。她說，「昨天你給我鑰匙，今天你該跟我說門在哪兒了吧，不過我不相信你會知道！」

知更鳥從那根搖曳的常春藤枝條飛上牆頭，張開鳥喙，大聲地地發出一道可愛的顫音，這感覺純粹是用來炫耀的。這世界上沒有什麼事會比知更鳥炫耀時更加迷人，牠們也幾乎隨時隨地都在炫耀。

瑪麗從她奶媽的故事裡聽到很多關於魔法的事，而此時此刻所發生的事，對她來說就是魔法。

一陣小小的微風沿走道吹了過來，這陣風要比其他的陣風強，強到足以搖動樹枝，更足以使在牆上那些垂下來，未被修剪的常春藤搖動起來。

當瑪麗走近知更鳥時，突然的那陣風把一些蓬鬆的常春藤吹到一邊，這讓瑪麗往前一跳，用手抓住它們。她這麼做是因爲她看到下面有東西，一個圓形的手柄，一直被掛在上面的葉子覆蓋住。這是一個門的把手。

瑪麗把手放到葉子下面，然後把枝葉撥到另一邊。垂下來的常春藤如此的濃密，幾乎就像一道鬆散的簾子，瑪麗的心開始怦怦跳，她快樂興奮得手有點微微發抖。知更鳥一直唱著歌，鳴聲婉轉著，頭歪到一側，似乎和她一樣興奮。

她用手去摸，覺得這下面有一個方形鐵做的東西，她的指頭摸到上面發現有個洞，那是那扇被封閉已有十年的門上的鎖，她伸手到口袋裡拿出那把鑰匙，發現它與鎖孔相符合。她將鑰匙插進去扭轉，得要用兩隻手才夠力氣轉動它，不過鑰匙的確被轉動了。

接著，她深吸一口氣，看看背後走道那頭有沒有人來。看了一下並沒有人來，看來這裡從來不會有人來，她無法克制地又深吸一口氣，把搖曳的常春藤簾子往後抓著，然後推那道門，門慢慢慢地開了。

接著，她輕輕地穿過那扇門，然後將它關上，她背靠著門環顧四周，由於興奮、驚奇和快樂，她的呼吸加速。此刻，她正站在秘密花園裡面。

第9章

這是一個每個人所能想像得到的最美好、最神秘的地方。花園四周的高牆覆蓋滿了葉子全掉光的爬藤玫瑰枝幹，枝幹濃密得糾纏在一起。瑪麗知道這些是玫瑰，因爲她在印度時看過很多玫瑰。

整個地上鋪滿了枯黃的草，枯黃的草中長出一叢叢灌木，她想這些植物要是還活著的話，一定是玫瑰叢。有一些玫瑰枝條蔓延得很開，看起來像是一棵小樹。

花園裡還有其他的樹，不過讓這個地方看起來極爲奇怪、可愛的原因之一，是爬滿這些樹木的爬藤玫瑰。這些爬藤玫瑰垂下的長蔓像是隨著風輕輕搖曳的簾幕，它們相互糾結在一起，或是纏住較遠的樹枝，而從這棵樹爬到另一棵樹，把自己造成一座座很漂亮、可愛的橋。

但現在，枝幹上沒有葉子也沒有玫瑰花，瑪麗不知道它們是死的還是活的，但是它們纖細的灰褐色枝幹和小樹枝，看起來像是一個灰色的罩子覆蓋在所有東西之上，包括了牆、樹，甚至還蔓延到枯黃的草地上。

就是這些樹木間所形成的糾纏枝幹，讓這花園看起來顯得有點神秘。瑪麗早就懷疑，這裡一定和其他未被遺棄的花園不一樣，現在她更加確認這裡與她見過的任何地方都不同。

「這兒真安靜啊！」她喃喃地說，「真的好安靜！」

之後她停了一下，凝聽此刻的安靜。知更鳥早已飛上樹梢，牠也和四周環境一樣的安靜，翅膀連都不動，只是看著瑪麗。

「怪不得這裡這麼安靜，」她又開口喃喃地說，「我是這十年裡第一個在這裡說話的人。」

她從門邊移開，輕手輕腳地彷佛怕會吵醒誰似的。還好在她腳下有草，使她的腳步全無聲響。她從樹木間一個如同童話般的灰色拱門下走過時，抬頭看著搭出拱門的枝蔓。

她想，「我想知道它們是不是都是死的，這整個花園是否完全荒廢？我真希望並不是這樣。」

她想，假如她是季元本，就能憑著觀察樹木，知道它們是不是還活著，可是她現在只看到褐色、灰色的小枝子和枝幹，枝幹上並沒有任何葉芽的蹤跡。

不過她已經在這個奇妙花園裡面了，而且她可以隨時從常春藤下的門進來，她覺得她發現了一個屬於自己的新世界。

牆內陽光明媚，高聳的藍天在米瑟韋斯特莊園這一帶，似乎比牧爾上的天空更加亮麗溫柔。知更鳥從樹梢飛下，時而在她周圍蹦跳，時而跟著她從這棵樹飛到那棵樹。牠不停地嘰嘰喳喳叫著，一副很忙的模樣，彷彿是在爲她做嚮導。一切事物都那麼奇怪而寂靜，她彷彿與其他人相隔千百里之遠，不過她並不覺得孤單。惟一困擾的，是她想知道這些玫瑰是不是死了，或者還有些活著，等天氣轉暖時就會長新葉、開花。

她實在不願意這是一個完全被荒廢的花園，不希望這花園的植物全都枯死了。假如它是個生氣勃勃的花園，那該有多麼美妙，四周不知會長出幾千朵玫瑰啊！

她進來時，把跳繩掛在手臂上，四處走了一會兒後，心想她可以繞著花園跳繩，如果發現想看的東西就停下來看。她發現這裡到處似乎都有草地和小徑，一兩處角落裡有常綠植物形成的小涼亭，小涼亭裡面有石凳，或是長滿苔蘚的花瓶。

她來到第二個常綠植物涼亭時，便停了下來。亭子裡有一個花壇，她似乎看到有一些尖尖的灰綠小點，從黑土裡冒出。她想起季元本說過的話，跪下來看它們。

「沒錯，這些小點點是會長大的，它們可能是番紅花、雪花蓮或旱水仙。」她喃喃地說。她彎著腰緊緊地靠近它們，使勁聞著濕潤泥土的新鮮氣味，她非常喜歡這氣味。

「也許還有別的東西正從其他地方長出來，」她想，「我要在整個花園到處看看。」想到這，她就停止跳繩，慢慢地走，眼睛一直盯著地上。

她察看昔日的花壇、草叢，生怕遺漏什麼的努力地走了一圈，這時她發現許許多多尖尖的灰綠點點，再次興奮起來。

她柔聲對自己呼喊，「這個花園的植物並沒有全都死了，就算玫瑰都死了，還有其他東西還活著。」

瑪麗雖然對園藝一竅不通，可是她看到有些地方草長得太茂盛了，那些小綠點點必須用擠的才能往外長，覺得它們沒有足夠的空間生長。於是，她便到處找尋，最後讓她找到一塊很尖的木頭，跪下來挖草、鋤草，直到在綠點點周圍清出一片乾淨的空地。

「現在它們看起來像是可以呼吸了，」瑪麗整理完第一塊地方後說，「我要再幫其他地方除草。只要我看見的地方我都要做完，要是今天我做不完，明天我還要再來做。」

瑪麗便開始四處挖土鋤草，這對她而言是無法言喻的快樂，她從一個花壇走到另一個花壇，當然也會走到樹下的草地上。運動讓她覺得很暖和，使她想要脫掉外套、帽子。她並不知道，自己一直對著那邊的草和灰綠點點微笑著。

知更鳥也非常地忙碌。牠很高興看到有人在牠的地盤上開始種花除草。牠以前就常對季元本感到驚奇，因爲有種花除草的地方，就會有各種美味的食物隨著泥土被翻出來。現在眼前這個小人物，身高雖不到季元本的一半，不過她知道一進牠的花園後，就要馬上翻土除草。

瑪麗在她的花園裡一直工作到午餐時間。實際上，當她想到要吃午餐時，午餐時間已經過了。她穿上外套和帽子，拿起跳繩，不敢相信自己已經做了兩三個小時了。她真的一直很快樂，數十幾個灰綠的小點點在清理乾淨的地方露出來，它們看起來顯得比雜草覆蓋著它們時，還多出兩倍左右。

「下午我還要再回來。」瑪麗環顧她的新王國，對樹木和玫瑰花叢說，彷彿它們能聽見她說的話。

瑪麗輕輕地跑過草地，慢慢地推開那道老舊的門，從常春藤下溜出來。她的臉蛋如此紅潤，眼睛如此明亮，飯也吃得比之前的還多，瑪莎看到後十分的高興。

她說，「兩塊肉，兩分布丁！啊！我要告訴媽媽，跳繩對妳產生的作用，她一定會高興的。」

瑪麗突然想到，剛剛她用尖木頭挖土時，曾意外地挖出一個像洋蔥的白根。她看了看便將它小心翼翼地放回泥土中，輕輕地埋入土裡。她希望瑪莎能告訴她那是什麼。

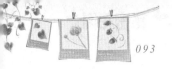

「瑪莎，」她說，「那種像洋蔥的白色根是什麼東西？」

瑪莎回答，「那是球根，許多春季開的花都是從那裡面長出來，小球根的有雪花蓮、番紅花，大球根的有水仙花，長壽花，旱水仙。最大球根的是百合和紫菖蒲。啊！它們都很漂亮喔，迪肯在我們家那邊的花園裡種了好多。」

「迪肯認得所有的花嗎？」瑪麗問，這時有一個新點子突然出現在她的腦中。

「迪肯能讓鋪磚的走道長出花來，媽媽說他能讓東西從地底下鑽出來。」

「球根能活很久嗎？要是沒有人管，它們能活很多很多年嗎？」瑪麗焦急地詢問。

「它們通常都會自己長大，」瑪莎說，「這就是爲什麼窮人能買得起它們。要是妳不打擾它們，它們大都會一直待在地下長著，播種新苗。在林區裡有個地方，那裡有成千上萬的雪花蓮。春天來時，那裡是約克郡裡最漂亮的一個地方。那裡的雪花蓮沒人知道是什麼時候種下的。」

「我希望現在就是春天，」瑪麗說，「我想看所有在英格蘭長的東西。」吃完飯後，她到她最喜愛的座位，在壁爐地毯上的那地方。

「我希望我有一把小鏟子。」她說。

「妳要鏟子做什麼？」瑪莎大笑著問，「妳要挖土啊？我得把這個順便告訴媽媽。」

瑪麗盯著火，心中想了一下。要是她打算保留她的秘密王國的話，她一定要小心。雖然她沒有破壞那個花園，但要是克蘭文先生知道門被打開了話，他可能會非常憤怒，會將鎖換了，把花園永遠鎖起來，讓她無法進去。

她先將事情在腦中思考一下，再慢慢地說，「這個地方又大又冷清，房子冷清，院子冷清，花園冷清，而且許多地方似乎都鎖了起來。雖然我在印度從沒做過事，可是那裡可以看的人要多一些，像是當地士兵行軍，有時候也會有樂隊演奏，我的奶媽有時也會跟我說故事。但在這裡除了你和季元本外，我找不到人說話。而你要工作，季元本也不會常和我說話。所以我想，如果我有一把小鏟子，我可以像他那樣找個地方挖土，要是他肯給我一些種籽，也許我能造一個小花園。」

瑪莎聽到後露出高興的臉色。「對啊！」她大叫，「媽媽也是這麼說來的。她說，『那個地方有那麼多空地，他們為什麼不給她一塊屬於她自己的地，好讓她種點東西，像芹菜和小紅蘿蔔都可以，她可以在那又挖又耙，這能使她高興的。』」

「是嗎？」瑪麗說，「她知道很多事情，是不是？」

「是啊！」瑪莎說，「就像她說的：『一個帶大十二個小孩的女人除了知道基本常識外，還得知道點別的。因為小孩子就像算數一樣，能讓你學到很多事情。』」

「一把小的鏟子多少錢？」瑪麗問。

「嗯，」瑪莎深思後回答，「在斯威特村有個店，我見過一套小園藝工具，有鏟子、耙子、叉子，綁在一起賣，好像要賣兩先令。這幾樣東西看起來都很耐用。」

「我錢包裡不止有兩先令，」瑪麗說，「莫瑞森太太給了我五先令，克蘭文先生也會要莫德勞克太太給我一些錢。」

「他還記得要給妳錢？」瑪莎驚呼。

「莫德勞克太太說我每週有一先令零用。她每週六都會給我，但我不知道要怎麼花。」

「我的天！那是一大筆錢，」瑪莎說，「妳可以買世界上妳想要的任何東西。我們農舍的租金只有一先令三便士，可是這對我們來說，簡直就要搾乾我們的積蓄才夠。我剛剛想到一件事。」瑪莎把手插在腰上。

「什麼？」瑪麗急切地問。

「在斯威特村的店裡有包好的花種籽，一便士一包，迪肯他知道哪些種子開的花是最好看的，而且他知道怎麼種。他去那間店好多次，只是爲了好玩。你知道怎麼寫印刷體的字母嗎？」瑪莎突然問。

「我知道怎麼寫連寫體的字。」瑪麗回答。

瑪莎搖頭說，「迪肯只會認印刷體。要是妳能寫印刷體，我們可以給他寫封信，叫他去把園藝工具和種籽買來。」

「喔！妳真是個好人！」瑪麗喊，「妳真好心！！我不知道原來這麼好。我可以試著寫印刷體。現在我們去向莫德勞克太太要一支筆、墨水和一些紙。」

瑪莎說，「我有，因爲星期天我常會寫信給我媽媽，所以我有買。現在我去拿。」

瑪莎跑出房間，瑪麗則站在爐火邊，高興得扭動著她纖細的小手。

「要是我有一把鏟子，」她低聲說，「我就可以把泥土弄得更軟，將雜草全都挖出。要是我有種籽，就可以讓花長出來，花園就完全不會是死氣沉沉的了，它一定會再甦醒過來。」

瑪麗那天下午就沒有再出去了，因爲瑪莎拿來紙、筆、墨水後，還必須清理桌子，然後把碗碟拿下樓去，當她進入廚房時，莫德勞克太太正好在那裡，她交代瑪莎去辦一些事，因此瑪麗等了很長時間她才回來。

接下來，寫給迪肯的信是一件很重大的工程。因爲瑪麗會寫的字實在太少了，之前她的家庭教師都太不喜歡她，所以都待不久就走了。她的拼寫並不是很好，不過她發現如果自己努力的話就能寫印刷體。

於是她便依瑪莎所唸的，寫了這封信：

親愛的迪肯：

我寫這封信的時候，希望你一切安好。瑪麗小姐有很多錢，你能不能去斯威特村為她買些花種籽、一套園藝工具？還要麻煩你為她選最漂亮的，最容易種的花種子，因為她以前住在印度時從來都沒做過。代我向媽媽和其他人問好。瑪麗小姐要告訴我更多事情，這樣我下次輪休回去時，你們就可以聽到有關大象、駱駝和紳士們出去獵捕獅子和老虎的事了。

愛你的姐姐，瑪莎・菲比・索爾比

「我們把錢放到信封裡，我讓肉店夥計用馬車帶去，他是迪肯的好朋友。」瑪莎說。

「迪肯買了東西後，我們要怎麼去拿呢？」

「他會自己送來給妳。他很喜歡一路走到這來。」

「喔！」瑪麗驚呼，「那我要見到他了！我從來沒想到我能見到迪肯。」

「妳想見他嗎？」瑪莎突然問，因爲瑪麗看起來是那麼高興。

「是的，我想見他。因爲我從來沒有見過一個狐狸和烏鴉都喜歡的男生。所以我非常想見他。」

瑪莎身體稍微一怔，好像突然想起什麼來。她突然說，「我突然想到一件事，我居然就這麼給忘了；本來今天早上一來，我就要告訴妳。我問過媽媽，她說她會去問莫德勞克太太。」

「你是說……」瑪麗說。

「我星期二說的那件事啊。問莫德勞克太太哪天能不能讓妳到我們家，嘗嘗我媽媽做的熱騰騰燕麥蛋糕，還有奶油、牛奶。」

好像一切有趣的事都在一天之內發生。想想，在白天的藍天下穿過牧爾，到一個容納十二個孩子的農舍裡去！

「她覺得莫德勞克太太會讓我去嗎？」她相當緊張地問。

「當然，媽媽覺得莫德勞克太太會同意的。因爲她知道媽媽是一位愛乾淨的人，她把我們家收拾得多乾淨！」

「要是我去了，我就可以看到妳媽媽，還有迪肯，」瑪麗邊說邊想這件事，她實在很喜歡這個主意。「妳媽媽和印度的媽媽好像不一樣。」

白天在花園裡工作和下午的興奮情緒，讓她感動、寧靜，因而沈思。瑪莎一直陪她到下午茶時間才離開，不過她們只是安靜舒服地坐著，並不多話。然而就在瑪莎下樓拿茶盤之前，瑪麗問了一個問題。「瑪莎，那個洗碗的僕人今天又牙疼嗎？」

瑪莎聽到後，稍稍的被驚嚇。「爲什麼妳會這樣問？」她說。

「因爲我等妳等久了好久，就打開門到走廊那頭看妳來了沒有。結果我又聽到遠處有哭聲，就像我們之前聽到的一樣。今天沒有風，所以妳看，這不會是風聲。」

「啊！」瑪莎不安地說，「妳千萬不要在走廊到處走，到處偷聽。克蘭文先生會十分生氣，如果讓他很生氣，不知道他會做出什麼事來。」

瑪麗說，「我沒有偷聽，我只不過在等妳時聽到了。我已經聽到三次了。」

「我的天！啊，莫德勞克太太在搖鈴了！」瑪莎邊說，邊跑出房間。

「這真是古怪的房子，」瑪麗昏昏欲睡地想，她的頭垂到旁邊另一把扶手椅子上的靠枕。新鮮空氣和跳繩讓她覺得舒服、疲倦，讓她睡著。

# 第10章

這一週，秘密花園幾乎都是陽光普照的日子。秘密花園是瑪麗想起這個花園時給它的稱呼。她喜歡這個名字，她更加喜歡那種感覺：美麗的老牆把它圍起來，沒有人知道它在何處，它就像被關入一個與世隔絕的童話世界中。

瑪麗所讀的幾本書都是童話故事，在其中一些故事裡，她讀到過秘密花園。故事中有的人會在裡面睡上一百年，她覺得這些人實在很蠢。她並不想在花園中睡覺，事實上，在米瑟韋斯特莊園裡她每天都很清醒。

她漸漸喜愛到戶外，她不再討厭風，反而很享受它的吹拂。她跑得比以前更快更久，還可以跳繩跳滿一百下。

秘密花園裡的球根是有感覺的，它們覺得很驚愕，它們所生長的環境現在是一片乾淨的空地，不再需要與一堆雜草爭取生存空間，現在它們想要的呼吸空間都有了。

對此，瑪麗並不知道。花園裡的球根在黑色的土裡振作起來，努力的生長；太陽可以照到它們，溫暖它們，雨水落下時可以立即灌溉它們，它們漸漸覺得非常有活力。

瑪麗是個意志堅定的小怪人，只要有讓她感興趣的事情吸引她，她就會全心全力的投入心思來做。現在她不倦怠地工作，挖土，拔草，這樣的工作對她而言一點都不累，反而越做越有趣。

她覺得在秘密花園中的工作像是一種著魔的遊戲。她發現了更多的灰綠點點冒出來，數量比她期待的還多。它們好像是從各個地方突然冒出來，每天她都確信會發現新的小不點，有些小到僅僅從泥中探出頭來窺視。

那麼多的綠色小點點讓她想起瑪莎說的「成千上萬的雪花蓮」，與球根是怎麼的延伸發芽的。這些球根被遺棄已有十年，也許它們曾經像雪花蓮一樣播散開來，所以整片花園都可能有它們的存在。

瑪麗不知道它們要多久才會開花。有時候她會停下挖土的工作，抬頭來看看花園，努力想像這裡開滿成千上萬可愛的花會是什麼情況。

在這個陽光普照的星期裡，她和季元本親密起來。她好幾次讓季元本認爲她彷彿是從地下鑽出來的，出現在他的身邊，實際情況是，瑪麗擔心他看到自己走過來時，會撿起工具就走開，於是她總是盡可能地悄悄走向他。

其實，季元本也不再像原先那樣地排斥她了。可能是瑪麗明顯想要和他這個老人當好朋友，偷偷地取悅他，讓他十分感動而不再排斥她。

另外，瑪麗也比以前有禮貌。她不知道她第一次見到他時，是用對印度僕人的態度對他說話，她不知道一個彆扭、脾氣暴躁的約克郡人沒有向主人行額手禮的習俗，只會接受主人的吩咐去做事，不會百依百順。

「妳像知更鳥一樣，」一天早晨他抬頭看到瑪麗站在他身邊時說，「我從來不知道妳什麼時候會出現，會從哪邊來。」

「知更鳥現在是我的朋友。」瑪麗說。

「這很像牠的作風，」季元本厲聲說，「爲了虛榮而輕浮地討好女生是牠會做的事，爲了擺動尾巴上的羽毛，牠沒有不做的。牠自負到極點了。」

他從不多說話，有時甚至不回答瑪麗的問題，只是嘟囔一聲，可是今天早上他比平常說得多。他站起來，一邊仔細端看瑪麗，一邊把一隻穿釘靴的腳踩在鏟子上。

「妳來這裡有多久了？」他突然問。

「我想大概有一個月吧。」她回答。

他說，「妳開始替米瑟韋斯特帶來好名聲了，因爲妳比剛來時胖了一點，臉色有沒那麼黃。妳第一次踏進這個花園時像個剛拔過毛的烏鴉。我心裡想，我從來沒有見過這麼醜、臉色這麼難看的娃娃了。」

瑪麗並不虛榮，而且她從不多想自己的外表，所以聽到他的話，並不會讓她覺得難過不平衡。她說，「我知道我胖了，我的襪子變緊了。過去襪子都會皺皺的、鬆鬆的。季元本，知更鳥來了。」

在那邊，真的是知更鳥，她覺得牠比以往更漂亮了。牠的紅色毛衣如同絲綢一樣富有光澤，牠擺動著翅膀和尾巴，歪著頭，跳來蹦去，做出各種活潑優雅的姿態。牠好像決定要讓季元本欣賞牠，可是老季的態度十分冷漠。

「是啊，這就是你的把戲！」他說，「沒有別的人作伴時，你就會想到我。這兩週，你的毛衣越來越紅的，變得十分的亮麗，你常在梳理你的羽毛。我知道你想要做啥，你是在討好那個冒失的年輕女孩，對她謊稱自己是米瑟牧爾上最出色的公知更鳥，並準備好擊倒其他公知更鳥。」

「喔！你看牠！」瑪麗驚呼。

知更鳥顯然正有興致去施展魅力，且做大膽冒險。牠越跳越近，越來越專注地看著季元本。牠飛上離他們最近的紅醋栗樹叢中，歪著頭，然後對著他唱起歌來。

「你以爲你這麼做就能騙過我嗎？」老季一邊說，一邊皺起臉來，瑪麗覺得他一定是故意不要露出愉悅的表情來，而裝做不高興的樣子。「你以爲沒有人會抗拒你的殷勤吧！沒錯！你一定是這麼想的。」

知更鳥伸展開翅膀飛過來，瑪麗簡直不敢相信自己所看到的，牠飛到季元本的鏟子上，牠停在鏟子頂端。

這時，老人的臉慢慢地皺出另一種表情，他一動也不動地站著，彷彿不敢出聲，怕這一出聲，他的知更鳥會突然飛走。

「好吧，我認輸了！」他說話時，語氣變得十分輕柔，和平時說話的口氣不太一樣。「你確實知道怎麼收買人心，你一定知道自己非常的漂亮，而且知道太多事了。」

季元本紋風不動地站著，幾乎不敢用力吸氣，直到知更鳥拍拍翅膀飛走。之後他站著看著鏟子的頂端，好像那裡有魔法似的，接著他又開始重新挖地，有好幾分鐘他都沒說話。不過他有時會咧嘴笑，瑪麗便不怕和他講話。

「你有自己的花園嗎？」她問。

「沒有。我是單身一人，和馬丁住在門房裡。」

瑪麗說，「如果你有一個花園，你會種什麼？」

「甘藍菜，馬鈴薯，洋蔥。」

瑪麗再追問，「可是，如果你想種花時，那你會種什麼？」

「球根類和聞起來香香的東西，不過主要還是會種玫瑰。」

瑪麗臉色一亮。「你喜歡玫瑰嗎？」她說。

季元本連根拔出一棵雜草扔到一邊，才回答。

「嗯，我喜歡。我以前是一位年輕女士的花匠，她教我種過的。她那裡有很多玫瑰花，她很喜愛它們，她愛它們就像愛孩子或愛知更鳥一樣。我曾經親眼看過她彎下腰來親吻玫瑰花。」他又慢慢拔出另一棵雜草，對著它皺眉。「那都有十年了。」

「她現在在哪裡？」瑪麗很有興趣地問。

「天堂，按一般人的說法。」他回答後，把鏟子深深插入土中。

「那玫瑰怎麼樣了？」瑪麗更加感興趣問。

「它們只有自生自滅了。」

瑪麗變得相當激動。「它們都死了嗎?玫瑰沒人照顧的話，會死嗎？」她大膽的問。

「嗯，我很喜歡它們，我也很喜歡那位女主人，女主人喜歡它們，」季元本不情願地承認，「每年我都會整理它們一、兩次，我會去修剪枝葉，鬆鬆根部附近的土。它們會到處亂長，不過那裡的土很肥，所以有一些活下來了。」

「它們沒有葉子，而且看起來是又灰又褐又乾，你怎麼知道它們是死還是活？」

「等到春天時，太陽照在雨水上，雨水落進太陽時，你就知道了。」

「怎麼做？怎麼做？」瑪麗忘記要小心而大叫。

「只要順著細枝和枝條看，要是妳看見到處有一點褐色的小包隆起話，等春雨後，妳再來看看那些小包會有什麼變化。」他突然停止不說，好奇地看著她迫切的臉問，「妳怎麼突然間對玫瑰這麼關心？」

瑪麗小姐感到臉紅，幾乎不敢回答。

「我……我想玩那個……那個我假裝自己有個花園，」她結結巴巴地說，「因為我……在這裡沒有什麼事可做，而且也沒有朋友。」

「嗯，」季元本一邊慢慢地說，一邊瞅著她看，「真的！妳在這沒有朋友。」

他用奇怪的口吻對她說，瑪麗懷疑他是不是有點替她難過。

她從來不覺得自己有那麼可憐，她只是覺得有點暴躁、厭倦，因為她是那麼的討厭人和事。不過，她覺得現在世界看來在變，而且變得更好。如果沒人發現秘密花園的話，她就能一直高興下去。

她繼續待在他身邊大約十到十五分鐘，而且還大膽的問了很多問題。他則是用古怪的嘟囔聲，和發牢騷的方式回答所有問題，並沒有撿起鏟子走開。正當瑪麗要離開時，他談到玫瑰花，讓瑪麗想起他說的，曾經喜愛過那些玫瑰。

「你要去看那些玫瑰嗎？」她問。

「今年我不會。因為我的風濕病，讓我的關節僵硬得不行了。」

他用一貫的嘟囔聲說著，突然間他似乎對瑪麗非常的生氣，儘管瑪麗不知道他為什麼要生氣。「妳聽著！」他嚴厲地說，「妳別問這麼多問題。妳是我碰到的娃兒裡，問題最多的一位。走開到別處去玩，今天我跟妳說的夠多了。」

他說這些話時口吻已經十分不悅了，瑪麗知道沒有必要再待下去了。因此，她沿著外側的走道慢慢跳繩走開，她一邊跳，一邊對自己說，說來奇怪，她確實喜歡他，不管他脾氣有多乖戾。她喜歡老季元本。是的，她確實喜歡他，她總是努力讓他和自己講話，而且她相信他知道世上所有關於花草的事。

秘密花園牆外圍著一條帶月桂籬笆的小徑，小徑的盡頭是一道門，門通往公地上的樹林。她想也許能沿這條小徑溜出去，看看樹林裡有沒有兔子在那四處蹦蹦跳跳。

她很喜歡跳繩，當她來到那道小門時，她打開門穿過去，因為她聽到一道低沈的、奇異的哨音，她想知道那是什麼聲音。

這真的是一件怪事。她停下來看時，幾乎停止了呼吸。她發現有一個男孩子坐在樹下，背靠著樹，正吹著一隻粗糙的木笛。

這個看起來很快樂的男孩子，大約十二歲，他看起來很乾淨，鼻子朝天，他的臉頰深紅得像罌粟花一樣。瑪麗從來沒有在男生臉上見過這麼圓、這麼藍的眼睛。

而且在他靠著的樹幹上，有一隻棕色松鼠緊跟著他、看著他，附近不遠的灌木叢後，有一隻公野雞優美地伸著脖子在看，公野雞附近有兩隻兔子坐得直直得，鼻子四處聞著。看情形，牠們都被他吸引而靠近，並聽著他的笛子發出奇怪、低沉的聲音。

當小男孩看到瑪麗時，便伸出手來對她說話，他的聲音低得幾乎和他的笛聲一樣。

「不要動，」他說，「妳一動就會把牠們嚇走。」

瑪麗聽後動也不動的，這時他不再吹笛子了，而是從地上站起來。他動作十分的緩慢，簡直看不出來他有在動，不過他還是站起來了。這時松鼠竄入上面的枝葉裡，野雞縮回灌木叢，兔子四腿落地跳開了，不過牠們好像一點都不怕他。

「我是迪肯。」男孩說，「我知道你是瑪麗小姐。」

瑪麗發現，不知為什麼她從一開始就知道他是迪肯了。否則誰能像印度人迷惑蛇一樣迷惑兔子和野雞呢？迪肯有著又寬又彎的紅嘴，而且笑容滿面。

「我剛剛慢慢地爬起來，」他解釋，「因為要是動作很快的話，是會驚嚇到牠們的。有野生動物在旁邊的話，身體的動作要慢，說話聲音要低。」

他跟瑪麗講話時，完全不像不認識，反而像是很熟悉了。瑪麗沒有任認識過其他的男生，所以她對迪肯說話時顯得有點拘謹、有點僵硬，她覺得很害羞。

「你收到瑪莎的信了嗎？」她問。

他點點一頭紅褐色捲髮的頭，「這就是我為什麼來的原因了。」

他彎下腰，撿起地上的東西，那是他剛剛吹笛時放在身旁的。

「我拿來了園藝工具。這有一把小鏟子、耙子、叉子和鋤頭。啊！都是些好的。此外還有一把移植花草時用的小鏟子。我去買種籽時，店裡的老闆娘送了我一包白罌粟和一包藍色飛燕草。」

「你能給我看種籽嗎？」瑪麗說。

她希望自己講話能像他那樣明快且從容。他所說的話，讓人聽起來好像喜歡瑪麗，而且根本不必擔心瑪麗會不喜歡他，儘管他只是一個平常的牧爾男孩，穿著補丁的衣服，長著滑稽的臉孔，有著一頭粗糙棕紅的頭髮。

「我們坐在這根圓木上看花種籽吧。」瑪麗說。

他們坐下後，迪肯從外套口袋裡拿出一個難看的小牛皮紙袋。他解開繩子，裡面還有很多個整齊的小袋子，每個小袋子上面都有一個花的圖形。

「這裡有很多木犀花和罌粟花，」他說，「木犀花最香，而且不管妳撒到哪裡，它都會長大，至於罌粟花也一樣。這些花好像只要妳對它們吹聲口哨，它們就能開花，而且非常的好看。」

他突然停止說話，很快的轉過頭去，深紅色的臉蛋露出高興的樣子，「那隻叫我們的知更鳥在哪裡？」

一陣短啼從一叢冬青傳出來，冬青上長滿了猩紅鮮亮的漿果，瑪麗知道是哪隻鳥在叫。她問，「牠真的在叫我們？」

「是啊，」迪肯說，彷彿這是世界上最自然的事一樣，「牠在呼喚牠的朋友。那就像說『我在這兒。來看著我啊。我想聊聊天。』牠在灌木叢裡。牠是誰？」

「牠是季元本的鳥，可是我想牠有一點認識我。」瑪麗回答。

「是啊，牠認識妳，」迪肯又用低沉的聲音說，「而且很明顯的牠很喜歡妳喔。牠已經把妳當成自己人。牠等一下會告訴我有關妳的一切。」

迪肯靠近那叢灌木時，就像之前瑪麗注意到的那樣慢慢地，然後發出一聲像知更鳥的囀音一樣。知更鳥注意地聽了幾秒鐘，然後便像是回答他問題似的。

「哎呀，牠是妳的朋友。」迪肯輕聲低笑。

「是真的嗎？」瑪麗急切地大叫，她真的很想知道。「你覺得牠真的喜歡我嗎？」

迪肯回答，「牠要是不喜歡妳的話，牠就不會靠近妳了，鳥兒是十分會挑人的，知更鳥瞧不起一個人的時候會比人類更厲害。瞧，牠正在討好妳。『妳想不想聊天？』牠在說。」

看來這是真的。牠一邊在灌木叢上跳著，一邊側身走，一會兒歪著頭囀鳴著，瑪麗說。「你知道鳥說的話嗎？」

迪肯開心的笑著，他的笑容讓他的臉只剩下一張寬寬的、彎彎的紅嘴，他揉揉粗糙的頭髮說。「我想我知道，牠們也都覺得我聽得懂，我和牠們在牧爾上生活了這麼久。我看著牠們破殼出來、長毛、學飛，開始唱歌，有時我覺得自己也成了牠們的成員了。有時候我覺得自己也許是狐狸、兔子，松鼠，甚至是一隻甲蟲。」

說著說著，他便笑起來，然後又回到圓木上坐著，在將話題引到花種籽。他告訴她，它們開花時是什麼樣的，告訴她要如何栽種、照顧它們，怎麼給施肥、澆水。

他突然說，「對了，我來幫妳種這些花吧。妳的花園在哪裡呢？」

瑪麗纖細的雙手在大腿上緊握在一起。她不知道該說什麼，整整一分鐘什麼都沒說。她從來沒有想過這件事，她可以感覺到自己的臉現在是一陣紅一陣白。

「妳應該有自己的花園吧？」迪肯說。

迪肯看到她臉色突然一陣紅一陣白後，仍然不發一言，便覺得困惑了。

他問，「他們不肯給妳一塊地嗎？妳還沒有自己的花園嗎？」

瑪麗將手緊緊地握著，然後轉向他慢慢地說，「我一點都不了解男生，你要是能保守一個秘密，我就告訴你，這是一個大秘密。要是有人發現的話，我不知道該怎麼辦。我相信我可能會死掉！」最後那句她說得十分的重。

迪肯聽到後更加困惑，再次用手揉著粗糙的頭髮後，以愉快的語調回答，「我是能一直保守著秘密的人，要是我不能保守秘密，那小狐狸的秘密，鳥的巢穴，野生動物的洞穴，其他兄弟就知道了，這樣牧爾就不安全了。所以啊！我是個能保守秘密的人。」

瑪麗聽到後，突然伸出手抓緊他的袖子，並急促地說，「我偷了一個花園，它不是我的，但它不屬於任何人的。因為沒有人要它，沒有人在乎它，甚至已經沒有人會進去了。也許裡面所有的植物都已經死了，我不知道。」

她漸漸地感到激動和彆扭。她突然地說，「我不管，我不管！沒人能把它從我這兒奪走，我在乎它、關心它，但其他的人並不關心。他們只會將它鎖起來，讓它自生自滅。」當她滿腔怒火地說完後，便將雙手蒙住臉，放聲大哭，可憐的小瑪麗。

迪肯好奇的藍眼睛變得越來越圓。「啊……啊……啊！」他慢慢地拖出一聲驚歎聲，表示既是驚奇又同情。

瑪麗說，「我無事可做，一無所有。這花園是我自己發現的，是我自己走進去的。我只不過就像那隻知更鳥，他們不會把花園從知更鳥那裡奪走。」

「花園在哪裡？」迪肯放低聲音說。

瑪麗立即從圓木站起來。她知道自己又彆扭又古板，但她一點都不在乎了，她表現得就像在印度時一樣傲慢，同時也覺得憤怒而悲傷。「跟我來，我指給你看。」

她帶領他繞著月桂樹的小徑，走到常春藤濃密的步道上。迪肯緊跟著她，臉上則是一副近乎憐憫的奇怪表情。他覺得自己像是被帶去看一隻陌生鳥兒的巢，所以動作必須輕輕地。

當她向牆角走去時，掀起垂拂的常春藤，迪肯驚嚇一下。那裡有一道門，瑪麗慢慢推開，他們一起進入花園中，瑪麗站定後，便傲慢地揮著手。

「就是這兒。」她說，「它是一個秘密花園，我是世界上惟一想讓它活著的人。」

迪肯不斷地環顧著這個花園，他幾乎是用低鳴的聲音說，「啊！這是一個奇怪又漂亮的地方！好像在夢境中。」

## 第11章

迪肯站著環顧四周大約有兩、三分鐘，瑪麗看著他，接著迪肯開始輕柔地走著，他的腳步甚至比瑪麗初次驚覺自己置身花園時還要輕巧。他的眼睛好像不放過任何東西，像是灰色的樹上爬滿灰色的爬藤，從樹枝上垂下來，並在牆上和草叢裡纏結，還有常綠植物所搭成的小涼亭，裡面有石凳、高甕。

「我從沒想到我能看到這個地方。」最後迪肯低聲地說。

「你以前知道它的存在嗎？」瑪麗問。

她說得大聲，迪肯對她作個小聲一點的手勢。他說，「我們必須放低聲音說話，不然會有人聽見我們說話，懷疑我們在這裡做些什麼。」

「喔！我忘了！」瑪麗說，她被嚇住了，用手猛烈地掩住了嘴。「你以前知道這個花園嗎？」她回過神來後再次問。

迪肯點點頭說，「瑪莎告訴我有個花園從來沒人進去過，我們常常好奇地想它是長什麼樣的？」

他停下腳步來，看看四周那些可愛的灰色纏結物，他的圓眼睛看起來像是非常的快樂。他說，「啊！這個地方，春來的時候會有很多巢，在這裡築巢，應該是全英格蘭最安全的地方。因爲從來沒人走近這裡，而且這些纏結的樹木、玫瑰叢裡都能築巢。我想，全牧爾的鳥說不定會來這築巢。」

瑪麗又不知不覺又把雙手放到他的胳膊上。她低聲地說，「這些花是玫瑰花嗎？你認得它們嗎？我想它們或許都死的。」

「是啊！它們都是玫瑰花，不過，它們並沒有死，至少它們並不是全都死了！」迪肯回答說，「妳看這兒！」

他走到最近的一棵樹前，那是一棵很老很老的樹，樹上長滿灰色的地衣，還長著一簾糾纏的大小樹枝。他從口袋裡拿出一把厚厚的刀，打開其中一把刀片。

他說，「這裡很多死的樹枝應該割掉，還有很多老樹枝，不過這些樹去年長出一些新的樹枝。妳看，這裡都有一些新的樹枝出現。」

他摸著一個嫩枝，那嫩枝看起來不是乾硬的灰色樹枝，而是綠中帶褐的枝條。瑪麗也跑過來熱切虔誠地撫摸著它。

瑪麗說，「是那個嗎？那這根還活嗎？它是否還活得好好的？」

迪肯彎起微笑的嘴。「它就跟妳和我一樣靈，」他說，瑪麗想起瑪莎告訴過她，「靈」是說「活著」或者「活潑」。

「我真希望它是靈的！」她低聲地呼喊，「我希望它們都是靈的！我們到花園裡數數看有幾棵是靈的。」

瑪麗帶著熱情渴望的語調，氣吁吁地說，迪肯也和她一樣。他們從這棵樹到另棵樹，從這叢灌木到另一叢灌木。迪肯手上拿著刀，指著各式各樣東西給瑪麗看，這讓瑪麗覺得他很了不起。

他說，「它們到處繁殖，比較強壯的長得非常茂盛，而較弱的則都死光了，不過其他有一些卻一直長，一直蔓延、蔓延，這真是一個奇觀。妳看那兒！」

他拉下一根灰色、外表看起來乾枯的粗枝說，「人們或許會以爲這是一根死掉的樹枝，但是我不相信它死了，除非它的根部也都枯死了。我割下面來看看。」

說完，他就跪著，在離地面不遠的地方，用刀割穿了看起來沒有生命的枝條。

他非常高興地說，「妳看這兒！我告訴過妳的，樹枝裡還有綠色的地方。」他還沒說，瑪麗就已經跪在他的旁邊，仔細的注意看。

「看，像那樣，看起來有點綠綠的而且還有水分，那就表示它是靈的。」他解釋說，「如果木頭裡面是乾的，而且容易折斷，就像這根我現在割下來的這根，這就表示這棵樹死了。這些新冒出來的嫩枝都是從這大根部長出來的，如果我們把這些枯枝都割掉的話，順便將這周圍的土鬆鬆，並好好的照顧它，那麼……」

說到這裡，他停頓下來，頭抬起來，看看頭頂攀緣、垂掛的枝條，「今年夏天，這兒會有許多的玫瑰花。」

他們繼續穿梭在灌木叢和樹枝之中。他很有力氣，動作也很靈巧，知道如何割掉枯死的木頭，能分辨出哪一根是已經死的，哪一根還活著。

半小時過去了，瑪麗覺得她也能辨認出來了，每當迪肯割斷一根看起來毫無生命的枝條時，她卻一眼就發現極淺的濕綠色，便會高興地低聲呼叫。

鏟子、鋤頭、叉子相當有用，當迪肯用鏟子在根周圍挖土、攪拌泥土讓空氣進去時，同時會交她怎麼用叉子和鏟子。他們選了攀爬在樹幹的玫瑰裡最大的一株，在附近勤奮地工作著，突然他看到某種東西，發出一聲驚奇的叫聲。

「怎麼！」他指著幾公尺外的草喊著說，「那裡是誰做的？」

那是瑪麗自己一個人那天早上圍繞著灰綠色點點的附近，所整理出來的一小塊地方。

「我做的。」瑪麗說。

「啊，我原本以爲妳完全不懂園藝呢！」他驚呼。

「我是不懂，」瑪麗答道，「只是我覺得它們那麼小，而雜草那麼濃密，它們看起來像是已經沒有地方可以呼吸了，所以我就給它們整理出一塊地方。」

迪肯過去跪在它們旁邊，露出微笑說，「妳做對了，真正的園丁也會告訴妳要這麼做。現在它們會像傑克的魔豆一樣長著，很快就會長大。它們是番紅花和雪花蓮，那裡還有棵水仙，」他轉向另一條小徑，「這裡是旱水仙。啊！它們會長得很壯觀。」

迪肯在這些被清出的空地上跑來跑去。

「對這麼小個女孩來說，妳做了很多的事喔。」他注視著她說。

瑪麗說，「我長胖了，而且也變結實、強壯了。以前我總覺得累，但在挖地的時候我根本不覺得累。我喜歡聞泥土被翻開的味道。」

迪肯一邊說，一邊明智地點點頭，「這對妳特別有好處，沒有什麼像乾淨的土那麼好聞，除了雨水落到正長著的新鮮植物上頭的味道之外。下雨天，我常常跑出去，躺在灌木叢下，聽著雨滴落在石楠上發出柔和的沙沙聲，我在那裡就聞啊聞。媽媽說，我的鼻子抖得像兔子一樣。」

「你從不覺得冷嗎？」瑪麗好奇地詢問著他。她從沒見過這麼好玩的男生，或者說這麼討人喜歡的人。

「我不會啊！」他咧嘴笑著說，「我從生下來就沒感冒過。我從沒被細心的呵護過。我和兔子一樣，不管天氣怎樣，都會在牧爾上跑來跑去。媽媽說我是因爲吸了十二年的牧爾新鮮空氣的緣故，所以不會感冒，我就像山楂一樣的強壯。」

他一邊工作一邊說話，瑪麗跟著他做，她用她的叉子、小鏟子幫助他。

「這裡有很多工作要做！」他高興興奮地看著四周說。

「你能再來幫我嗎？」瑪麗懇求著他，「我一定會來幫你的。我可以挖土，拔出雜草，做你讓我做的任何事。喔！你一定要來喔，迪肯！」

「要是妳想要我天天來，不管天氣是好是壞，我都會來。」迪肯堅決地回答，「這是我做過最有趣的事了，喚醒一個花園。」

瑪麗說，「要是你來，要是你能幫我讓它活過來話，我就……我不知道我該如何謝你。」她無力地說完。這樣一個男孩，自己能爲他做什麼呢？

「我來告訴妳，妳能做什麼，」迪肯帶著快樂的微笑說，「妳要長胖，要像小狐狸一樣餓，要學會怎麼和我一樣能和知更鳥說話。啊！我們會玩得很開心的。」

迪肯四處走，抬頭仰看樹，看著圍牆和灌木叢，表情若有所思。

「要是我的話，我不想把它變成像一個花匠式的花園，一切都經過修剪，整整齊齊的，妳覺得呢？」他說，「這樣會更好看，植物本來就是到處長，相互纏結到一起。」

「我們不要把它弄整齊，」瑪麗焦慮地說，「整齊了就不像一個秘密花園了。」

迪肯站在那裡揉著紅色的頭髮，表情很迷惑的說，「這肯定是個秘密花園，但是，看來除了知更鳥外，還有別的人在上鎖之後都還來過。」

「可是，門鎖著的，鑰匙埋了起來，」瑪麗說，「沒人能進來。」

「是這樣的嗎？」他回答，「我覺得像有人來這四處修剪過。」

「可是，是誰做的呢？他怎麼能進來呢？」瑪麗說。

迪肯察看一枝玫瑰樹之後，搖搖頭。「是啊！怎麼能呢？」他嘟囔著，「門是鎖著，鑰匙埋了。」

瑪麗覺得她這一輩子無論活多老，永遠也不會忘記這個她的花園開始生長的早晨。當然對她而言，那個早晨她的花園似乎是開始爲她而長的。迪肯開始清掃地方播種籽時，她突然想起巴茲爾捉弄她時對她唱的歌。

「有什麼花長得像鈴鐺？」

「鈴蘭就是了，」迪肯一邊回答，一邊用泥刀挖著土，「還有坎特伯雷風鈴，和其他各種風鈴草。」

「我們也種一些吧！」瑪麗說。

「這裡已經有鈴蘭了，我有看到。它們長得太密了，我們得把它們分開。其他的要種兩年才能開花，不過我能從我們家的花園裡給你帶一些。你爲什麼想要鈴鐺花？」

瑪麗便告訴他，有關印度的巴茲爾和他的兄弟姐妹們的事，她說那時她有多麼恨他們，恨他們叫她「倔強的瑪麗小姐」。

說完，她皺了皺眉，狠狠地把小鏟子往土裡一插。「我才不像他們那麼愛鬧彆扭。」

迪肯聽完後笑起來。「是啊！」他一邊說，一邊弄碎肥沃的黑土，她看到他在聞它的氣味。「沒有人有必要故意作對，當他的身邊有這麼多的花，有許許多多友善的野生動物到處在跑，建造自己的家，忙著築巢唱歌吹哨子，不是嗎？」

瑪麗此時正拿著種籽跪在他旁邊，看著他，聽完他所說的話後，便停止皺眉。

「迪肯，」她說，「你就像瑪莎所說的一樣好。我喜歡你，你是第五個我喜歡的人。我從沒想到我會喜歡五個人。」

迪肯坐起來，就和瑪莎在擦爐架時一樣。瑪麗覺得他的確是好玩、有趣，圓圓的藍眼睛，紅紅的臉蛋，快樂的朝天鼻。

「妳只喜歡五個人啊？」他說，「另外四個是誰？」

「你媽媽和瑪莎，」瑪麗掰著指頭數，「知更鳥和季元本。」

迪肯笑得更大聲，他不得不用胳膊捂住嘴巴上，將聲音止住。

「我知道妳一定覺得我是個奇怪的傢伙，」他說，「但是我覺得妳是我見過的女生裡最奇怪的。」

這時候瑪麗做了件怪事。她身體前傾，問了迪肯一個做夢也沒想到的問題。她努力著用約克郡話問，因爲那是他的語言，在印度，如果你說當地的話，他們會很高興。

「汝喜歡我嗎？」她說。

「喜歡啊！」他真心實意地說，「我覺得妳非常好，我相信知更鳥也覺得！」

「那麼，這樣就有兩個人了，」瑪麗說，「對我來說，這算有兩個了。」

接下來他們更加賣力、更加快樂的做，因此當瑪麗聽到大院裡的大鐘在敲中飯吃飯的時候，她嚇了一跳，覺得很可惜。

「我必須要走了，」她傷心地說，「你也必須走，是不是？」

迪肯咧著嘴笑。「我的午餐都是隨身攜帶，媽媽總是在我的口袋裡放點什麼東西讓我當午餐。」

說完，他就從草地上撿起外套，從口袋裡掏出一包凹凸不平的小包裹，包裹是用一張乾淨、粗糙的藍白手帕包著，裡面有兩片厚麵包，麵包中間夾著薄薄一片不知是什麼東西。他說，「以前經常只有麵包，可是今天我多了一片油油的鹹豬肉。」

瑪麗看到後覺得這頓飯真奇怪，但是迪肯看起來好像已經準備就緒，要好好享受了。

他說，「妳快去吃妳的午餐，我先吃了。回家之前，我想我還能再多做一些事。」

說完，他就坐下來背靠著樹。

他說，「我會叫知更鳥來，把鹹豬肉的硬邊給它啄，牠們很愛吃肥肉。」

瑪麗實在不想離開他。忽然之間，覺得他彷彿像一個森林的精靈，也許等她再回到花園時，他就會不見了，他好得不像人世間的人。她慢慢地往牆邊的門走去，然後停下又跑回去。「無論發生了什麼事，你都絕對不會說吧？」她說。

迪肯罌粟般深紅的臉蛋被一大口麵包和鹹豬肉撐得鼓鼓的，不過他仍設法要露出一個鼓勵的笑容。「要是妳是隻米瑟原上的畫眉鳥，帶領我去看妳的窩，妳覺得我會告訴別人嗎？妳放心，我才不會這麼做，」他說，「妳就和畫眉鳥一樣安全。」

瑪麗聽後，便相當肯定她是安全的，迪肯不會說的。

# 第12章

瑪麗跑得很快，當她回到房間時，早就上氣不接下氣了。她額前的頭髮被風吹亂了，臉蛋呈現明亮的粉紅色。

她的午餐早就擺在桌上，瑪莎在旁邊等著。

她說，「妳回來晚了，妳跑到哪兒了？」

瑪麗說，「我見到了迪肯！我見到了迪肯！」

瑪莎高興地說，「我知道他會來，妳覺得他怎麼樣，妳喜歡他嗎？」

「我覺得……我覺得他很好看！」瑪麗聲調肯定地說。

瑪莎聽到後有點驚訝，不過也很高興。

「嗯，對啊！」她說，「他是個最棒的小夥子，不過我們從來都沒有人覺得他很英俊。他的鼻子翹得太厲害了。」

「我喜歡他的翹鼻子。」瑪麗說。

瑪莎有一絲猶疑地說，「雖然他眼睛的顏色很好看，可是太圓了。」

「我喜歡它們那麼圓，」瑪麗說，「它們的顏色就和牧爾上的天空一模一樣。」

瑪莎聽到瑪麗這麼說後，十分的高興。「媽媽說他的眼睛之所以會成那種顏色，那是因爲他總是抬頭看鳥和雲朵。不過他有一張大嘴，不是嗎？」

「我喜愛他的大嘴，」瑪麗固執地說，「但願我的嘴能像他那樣的大。」

瑪莎聽了瑪麗的話，不禁愉快地笑了。她說，「在妳那麼點兒的小臉上，如果有一個像迪肯那樣的大嘴，會顯得很好笑，不過我早就知道，妳見到他一定會有那樣的反應。妳喜歡他幫妳帶來的種籽和工具嗎？」

「妳怎麼知道他幫我將東西送來了呢？」瑪麗問。

「啊！我從來不認爲他會忘記別人囑託他的事，只要是約克郡有的，他答應妳的，他肯定會給妳送來。他就是那麼可靠的一個小夥子。」

瑪麗開始擔心接下來瑪莎可能會問一些她難以回答的問題，還好她並沒有再繼續發問。因爲瑪莎此時對種籽和工具十分感興趣，只有當瑪莎問了瑪麗準備把花種在哪裡的時候，瑪麗被嚇住了。

「妳問過誰了嗎？」她詢問。

「我還沒來得及問人。」瑪麗猶豫著說。

瑪莎說，「嗯，我是不會去問園藝主管。因爲他太愛裝模作樣，饒奇先生就那樣。」

「我從來沒見過他，」瑪麗說，「我只見過他手下的花匠和季元本。」

「我要是妳，我就問季元本，」瑪莎建議，「雖然所有人都覺得他很陰沈，但他其實並不像他給人感覺那樣壞。克蘭文先生留下他，隨他做他想做的事，因爲克蘭文太太在世的時候他就在這兒，過去他經常逗克蘭文太太開心，她很喜歡他。或許他能幫妳找個不妨礙的地方讓妳種花。」

「要是哪個地方不會妨礙到人，而且也沒人要的話，就沒有人會在乎哪塊地歸我所有，是不是？」

「我想是沒有理由會去反對的，」瑪莎說，「因爲妳不會妨害到任何人。」

瑪麗聽完，用最快速度吃完飯後，便站起來要跑到房間戴上帽子，準備跑出去，但是瑪莎止住了她。她說，「我有事告訴妳，我想讓妳先吃完飯再說。今早克蘭文先生回來了，他好像想要見妳。」

瑪麗臉色一下子變得很蒼白。

「喔！」她說，「爲什麼？爲什麼？我剛來時他不願意見我。我聽皮切爾說他不願意看到我啊。」

「嗯，」瑪莎解釋說，「莫德勞克太太說是因爲媽媽的緣故。媽媽去斯威特村時遇到了他。她以前從沒跟他講過話，不過克蘭文先生去過我們家農舍兩三次。雖然他忘記了，可是媽媽並沒忘，因此媽媽就冒昧地叫住了他。我不知道她對他說了什麼，可是她的話讓他想在明天要走之前看妳。」

「喔！」瑪麗呼喊，「他明天就走嗎？我真高興！」

瑪莎說，「他要出去很久，可能要到秋天或冬天才會回來，因爲他要去國外旅行。他經常會去旅行。」

「喔！我真的太高興！太真高興了！」瑪麗幾乎是歡呼地說。

她心裡想，如果他冬天才回來，就算秋天回來好了，那我還是有時間看著秘密花園醒過來。到那時被他發現了，他要從她那裡奪走秘密花園，她也較不會那麼難過。

瑪麗說，「妳覺得他什麼時候想見我……」

當她那句話還沒說完，門就打開了，莫德勞克太太走了進來。她穿著她最好的黑色洋裝和帽子，衣領別上一枚大領針，領章上有個男人的臉。那是去世多年的莫德勞克先生的彩色照片，每當莫德勞克太太盛裝打扮時總會戴上它。她現在看起來，顯得有點緊張、興奮。

她說得很快，「妳的頭髮亂了！毛糙了！快去梳理整齊。瑪莎，幫她穿上最好的衣裙。克蘭文先生要我把她帶到他的書房。」

所有的紅暈從瑪麗臉上褪去。

她的心開始怦怦跳，她覺得自己又變回那個僵硬、乏味、沈默的孩子。她甚至沒有回答莫德勞克太太，便轉身走進她的臥室，瑪莎跟在後面。

瑪莎給她換衣服的時候，她一言未發，等她穿戴整齊後，她就跟著莫德勞克太太順著走廊默默地往下走。

她想待會他要說些什麼呢？她必須去見克蘭文先生，克蘭文先生不會喜歡她的，因爲她也不會喜歡他，她知道他會怎麼看她。

瑪麗被帶到房子另一處她從未到過的地方。最後莫德勞克太太敲門，有人回應說：「進來。」她們便一起進門去。她看到有一個男人坐在爐火旁。

莫德勞克太太說：「老爺，這是瑪麗小姐。」

克蘭文先生說，「妳可以走了，讓她留在這裡。我要妳帶她走的時候，會按鈴叫妳的。」

等莫德勞克太太離開後，瑪麗只能當一個乏味的小東西，站著等。她細小的手絞在一起。她看得出來，椅子裡的男人並不怎麼駝，他只是有一個又高又斜的肩膀，他的黑髮中參雜著一根根白髮。他轉過頭來，對瑪麗說話。

「妳過來這裡！」他說。

瑪麗聽到後，便朝他走過去。她發現，其實他並不醜。只要他的臉不要表現出那麼悲苦的話，他應該算是英俊的人了。他看到瑪麗時，彷彿她讓他苦惱、煩躁，不知道到底要和她說些什麼。

他問：「妳還好嗎？」

「還好。」瑪麗回答。

「他們有好好照顧妳嗎？」

「是的，他們都對我很好。」

他一邊煩躁地揉著額頭，一邊看著她說，「妳很瘦。」

「我正在長胖，已經比以前還胖了。」瑪麗用極生硬的語氣回答他說。

克蘭文先生的臉看起來很不開心！他的黑眼睛似乎已對她視而不見，彷彿在看別的什麼東西，心思早已不在她身上了。

「我似乎忘了你在這裡，」他說，「我常會忘了妳在這裡，本來我想找個家庭教師或者褓姆給妳，但是我卻忘記了。」

「請你，」瑪麗說，「請你……」這時，有一團氣嗆住了她，讓她說不出話來。

「妳想說什麼？」克蘭文先生詢問。

瑪麗說，「我……我已經夠大了，早已超過需要褓母的年紀了，而且請你……請你不要幫我請家庭教師。」

克蘭文先生揉了揉前額，並瞪著她。

「這是那個索爾比太太說的嗎？」他心不在焉地說。

這時瑪麗鼓起勇氣。

「她是……她是瑪莎的媽媽嗎？」她結結巴巴地說。

「是的，我想應該是的。」他回答。

瑪麗說，「她了解小孩的，因爲她自己有十二個小孩，所以她懂小孩要什麼。」

克蘭文先生這時似乎回了神。他問，「那妳想要做什麼呢？」

「我想到屋外玩，」瑪麗希望自己的聲音不要發抖，「在印度，我從不喜歡到戶外，可是到這裡以後，我常到戶外去活動，這樣讓我有餓的感覺，自然有胃口，這讓我正在長胖。」

克蘭文先生看著她說。「索爾比太太說這樣對妳有好處的。也許是吧，她覺得給妳請家庭教師之前，妳要先變強壯些。」

「在牧爾上的風中玩，讓我覺得變強壯了。」瑪麗爭論說。

「妳都到哪裡玩？」克蘭文先生接著問。

瑪麗喘氣的說，「到處去玩啊，瑪莎的媽媽送了一根跳繩給我。我會一邊跳著繩跑，一邊到處看看有沒有東西從土裡冒出來。我沒有破壞任何東西喔。」

他聲音苦惱地說，「不要那麼害怕，像妳這樣的小孩，我相信妳不會破壞任何東西的！妳想做什麼就做什麼吧。」

瑪麗把手放到喉嚨上，因爲她不想讓克蘭文先生看到她早已經興奮得在顫抖。她朝他走近一步。顫抖地問，「我可以嗎？」

她焦慮的小臉似乎讓克蘭文先生更爲苦惱。他呼喊道，「不需這麼的害怕，妳當然可以的。我是妳的監護人，雖然對任何孩子而言，我都不是一個很好的監護人。而且我並沒花時間或者心思來照顧妳，我的個性太暴躁了，太沮喪，沒耐心，但是我希望妳在這裡能快樂、舒服。我一點都不懂孩子在想什麼，不過莫德勞克太太會照顧妳，她會讓妳應有盡有。我今天派人帶妳來，是因爲索爾比太太說我應該看看妳。她聽她的女兒說起妳時，她覺得妳需要新鮮空氣，自由自在地到處跑。」

「她很了解小孩的，」瑪麗不由自主地說。

「她按理應該了解小孩的，」克蘭文先生說，「我覺得她在牧爾上攔住我時，讓我覺得相當唐突，但是她對我說，克蘭文太太曾經對她很友善。」克蘭文先生似乎很難提起亡妻的名字。

「索爾比是個値得尊敬的女人。看到妳後，我覺得她說的話真的很合情理。只要妳高興，妳可以盡情地到戶外玩，這個地方很大，妳可以隨便想去哪裡就到哪，隨妳自己開心。妳有想要什麼東西嗎？」他若有所思地問，「妳想要玩具、書、布娃娃嗎？」

「我可以要求嗎？」瑪麗顫抖著問，「那我可以要一小塊地嗎？」

瑪麗她並沒有想到，她說這話讓人聽起來會有多麼奇怪，而且這不是她本來想說的，克蘭文先生看來大爲吃驚。

「一塊土地！」他重複的說，並問，「妳這話是什麼意思？」

「我想要一塊地，是想在上面播種……我想在上面種花，看它們活過來。」瑪麗支吾著說。

他凝視著她一會兒，然後迅速地把手放在眼睛上。

「妳……這麼關心花園嗎？」他慢慢地說。

瑪麗說，「在印度我不懂花園，因爲我總是生病、疲倦，而且那兒的天氣太熱了，只是有時候我會在沙子上做個小花床，把花插上。但是這裡與印度不同。」

克蘭文先生站了起來，開始慢慢地在房間裡踱步。

「一小塊土地，」他自言自語地說，瑪麗想，她一定讓他回憶起什麼東西。等他停止蹺步並對她講話時，他的黑眼睛看起來幾乎溫柔而仁慈。

他說，「妳想要有多大的地都可以，妳讓我想起另外一個深愛泥土和植物的人，所以妳如果有看到妳想要的地，那就拿去吧，孩子，讓它長滿植物。」這時克蘭文先生表情近於微笑。

瑪麗再問，「真的不管哪裡都行嗎？……如果那裡是沒人要的也可以嗎？」

他回答，「任何地方都可以，好了！現在妳必須走了，我累了。」說完，他就觸鈴喚莫德勞克太太來，「再見。我整個夏天都會外出，不在這裡的。」

莫德勞克太太進來得很快，瑪麗想她一定在走廊外等著。

「莫德勞克太太，」克蘭文先生對她說，「現在我看到了孩子，終於明白索爾比太太的意思了。等她身體好一些，再讓她開始上課。給她簡單、健康的食物吃，讓她到花園裡跑。不要太照顧她。她需要的是自由、新鮮空氣和到處蹦蹦跳跳。索爾比太太有空時會來看她，她偶而也可以到她家農舍玩。」

莫德勞克太太看起來好像很高興，因爲她聽到不需要過分「照顧」瑪麗，讓她如釋重負。她一直覺得照顧她是件累人的差事，因此能不見她，她都儘量少管她。除此以外，她也很喜愛瑪莎的媽媽。

「謝謝，老爺。」她說，「蘇珊．索爾比和我是同學，她是一位相當明理、好心的女人。我沒有孩子，而她有十二個小孩，而且她的每個小孩都十分健康、乖巧，他們對瑪麗小姐而言是不會有任何壞的影響。我在管教孩子方面，總是採納蘇珊．索爾比的意見。她可稱做是一位『心智健全』的人，如果你理解我的意思。」

「我理解。」克蘭文先生回答，「把瑪麗小姐帶走，叫皮切爾來。」

當莫德勞克太太在走廊盡頭和瑪麗分開後，瑪麗飛奔回她自己的房間，她驚覺瑪莎還在那裡等她。事實上，瑪莎拿走午餐後就急急忙忙趕回來等她。

「我可以有自己的花園了！」瑪麗喊，「我可以挑任何我想要的地方當我的花園了！而且有很長的一段時間我都不會有家庭教師！妳媽媽也會來看我，我可以去妳們家的農舍住了！他說，像我這樣的小女孩不會有任何破壞，所以我可以在任何地方，隨便做自己想做的事情！」

「啊！」瑪莎快樂地說，「他真是一位好人，對吧？」

「瑪莎，」瑪麗正經地說，「他真的是一個很好心的人，只不過他的臉看起來很不高興，而且他的額頭都皺在一起了。」

她以最快的速度跑到花園。她覺得她離開花園的時間遠比她預想的還久，她知道迪肯需要早早出發，來走五英哩的路回家。當她從常春藤下溜進門的時候，她發現迪肯不在了，園藝工具全都放在樹下。

瑪麗跑過去，看看四周，她知道迪肯走了，秘密花園裡除了知更鳥剛剛飛過來，停在玫瑰叢上看著她外，沒有人了。

瑪悲傷地說，「他走了，喔！他只是，只是，森林中的精靈嗎？」

這時，她看到了玫瑰叢上綁著一樣白色的東西，是一張紙，確切地說，是她幫瑪莎寫給迪肯的信。

紙綁在一根長刺上，她立即明白那是迪肯留下的。上面有潦草的字跡和一幅圖，開始時她看不出那是什麼，之後她才知道，那是一個鳥巢，鳥巢裡有一隻鳥。圖下面的字母說：「我還會回來。」

第13章

瑪麗回去吃晚飯的時候，把圖帶回去給瑪莎看。瑪莎十分驕傲地說，「啊！我從來都不知道我們家迪肯這麼聰明。這裡畫的是一隻米瑟原畫眉鳥在巢裡，大小和真的一樣，還比真的自然兩倍。」

這時瑪麗知道了，迪肯這張畫是在傳遞某種訊息。他的意思是，請她放心，他會爲她保守她的秘密。

因爲，瑪麗的花園對瑪麗來說是她的巢，而她就像是一隻米瑟原畫眉鳥。喔！她真的很喜歡那個奇怪而又平凡的男生！她希望迪肯第二天會回來，因此在入睡時她期待明天早晨快點來。

不過，約克郡的天氣變化莫測，你永遠不知道明天將是一個怎樣的天氣，特別是春天。夜裡，她被雨點重重敲打窗戶的聲音吵醒。如豆般的大雨傾盆而下，風聲在這座巨大古老房子的角落、煙囪裡「嗚嘯」著。

瑪麗這時坐起來，覺得十分的憤怒。她說，「這雨和我以前一樣討人厭，它知道我並不想要它來的。」

接著，她便很沮喪地栽回枕頭上，將臉埋進枕頭裡。她並沒有哭，只是躺著對雨滴重擊的聲音感到生氣，也討厭風所發出的「嗚嘯」聲。現在她再也睡不著，因爲這些聲音讓她睡不著，讓她覺得很喪氣。如果她心情愉快的話，那風雨聲很可能能安撫她入睡。現在風「嗚嘯」得多厲害啊，大雨傾盆而下，重打著窗玻璃啊！

她想。「這些聲音，聽著就像一個在荒野迷路的人，不斷流浪，不斷哭泣。」

瑪麗醒著在床上翻轉大約有一個小時，突然好像有一種聲音，讓她從床上坐起來，把頭轉向門仔細地聽著。「現在這不是風，」她低聲地說，「不是風聲了，這是不一樣的聲音，這個聲音是我之前聽過的哭聲。」

此時，她房間的門微微開著，她發現聲音是從走廊那頭傳過來，一種遙遠模糊的焦躁哭聲。她聽了幾分鐘，而每一分鐘她都肯定。她覺得她必須要找出那哭聲的來源。

因爲這哭聲似乎比秘密花園和埋藏的鑰匙更令她覺得奇怪，更能引起她的好奇，也許是叛逆的情緒讓她大膽起來，使她離開床，準備去尋找聲音。

她說，「我要去查出那是什麼聲音，現在大家都睡了，而且我才不在乎莫德勞克太太呢！我不在乎！」

瑪麗拿起床邊的蠟燭，輕輕地走出房間。走廊很長很黑，但由於她太興奮了，使她沒有恐懼感。她依稀記得那天她走過的那些路，也記得那個門上蓋著掛毯的短走廊，也就是她迷路時，莫德勞克太太出現的那個走廊。聲音像是從那個走廊傳來的。

瑪麗靠著微微的燭光繼續走著，她幾乎是憑感覺在找路，她現在的心跳很厲害，她彷彿聽到自己的心跳聲了。遠處仍持續傳來模糊的哭聲，引導著她前進。有時哭聲會停下來，有時又會出現。

應該在這拐彎嗎？她停下來想一下。是的，沒錯。她跟自己說，走到這個走廊盡頭然後左轉，再上兩個寬台階後，再右轉。對了，一個有掛毯蓋著的門。

她輕輕推開門，然後關上，她站在走廊裡，哭聲聽得非常的清楚，儘管那聲音並不是非常的大聲。她發現聲音是從左邊牆那邊傳來，再走過去一點的地方有道門。瑪麗從門微微透出的光現發現有人在那個房間裡哭著，而且是一個小孩。

於是她走到門前，推開門，進入房裡！

這是一個寬敞的房間，裡面有古老、氣派的傢俱。火爐裡，有微弱的爐火在燒著，一盞燈點在一架四角帶柱、掛著錦緞的雕花床旁邊，床上躺著一個男孩，那個男孩焦躁地哭著。瑪麗驚疑不定，她不知道自己是不是在一個真實的世界中，還是她在不知不覺又睡著了，是在夢中。

男孩的臉尖瘦、細緻，臉色就跟象牙一樣的蒼白，他的眼睛似乎太大了。他的頭髮很多，前額上也有幾捲大捲大捲的頭髮，讓他的臉顯得更加的小。男孩看起來已經病了很久，不過他哭似乎讓人覺得應該是疲憊、彆扭，而非疼痛的緣故。

瑪麗手拿蠟燭站在門旁，屏住呼吸。然後她溜進房間裡，當她靠近時，燭光吸引男孩的注意，他轉動在枕頭上的頭，將灰色眼睛睜得大大，盯著她看。

「妳是誰？」他用一種恐懼的低沉聲音問她，「妳是個鬼嗎？」

「不，我不是，你是嗎？」瑪麗也用同樣的聲音回答他。

那男孩睜大眼睛瞪啊瞪啊瞪著瑪麗。瑪麗注意到他有一雙非常奇怪的眼睛。他眼睛的顏色是瑪瑙般的灰色，而且在它的四周長滿了黑色的睫毛，因此讓他的眼睛看起來非常的太大。

「不是，」他停了一陣才回答，「我叫柯林。」

「柯林是誰？」她支吾著問。

「我是柯林．克蘭文。妳是誰？」

「我是瑪麗．倫諾克斯。克蘭文先生是我姑丈。」

「他是我爸爸。」男孩說。

「你爸爸！」瑪麗倒吸一口氣，「從來沒有人告訴我，克蘭文先生有個兒子！他們爲什麼不說呢？」

「過來這裡。」男孩說著，並用他那奇怪的大眼睛盯著她，表情顯得有點焦慮。她走近床邊，他伸出手摸她。「妳是真的人，沒錯吧？」他說，「我經常在做夢，妳可能只是我的一個夢而已。」

瑪麗離開房間時，隨手套上一件羊毛袍子，她把袍子的一角放在他的手指間。

「摸摸看，它是一個既厚又暖和的袍子，」她說，「要是你願意的話，我可以掐你一下，讓你知道我是一個真實的人。剛剛我也以爲自己是在作夢，你是夢境中的人。」

「妳從哪裡來？」男孩問。

「從我自己的房間裡來的。風嗚嘯的聲音讓我睡不著，後來我聽到有人在哭，使我想找出是誰在哭。對了，你爲什麼要哭呢？」

「因爲我也睡不著，我頭好疼。再告訴我妳的名字。」

「瑪麗．倫諾克斯。沒有人告訴你我來這裡住嗎？」

男孩仍然揪著她的袍子，不過他已經比較相信她是一位活生生的人了。

男孩回答，「沒有，他們不敢對我說。」

「爲什麼？」瑪麗問。

「因爲我會怕妳會看到我。我不准別人看到我，或和我說話。」

「爲什麼？」瑪麗又問，此時實在令她覺得很迷惑。

「因爲我總是生病，而且必須躺著。我爸爸不准別人和我說話，僕人也不准談論我。如果我活下來的話，我也許會駝背，不過我想我是不會活下來的。我爸爸不喜歡看到我可能會像他一樣。」

「喔，這是多麼古怪的一座房子！」瑪麗說，「多麼古怪的一座房子！所有的事都像是個秘密。房間鎖起來，花園鎖起來，還有你！你是不是也被鎖起來？」

「不。我待在這個房間裡，因爲我不想出去。出去會讓我覺得太累了。」

「你爸爸會來看你嗎？」瑪麗進一步問。

「有時候。通常都是我睡著的時候，因爲他不想見到我。」

「爲什麼？」瑪麗忍不住又問。

這時一種憤怒的陰影掠過男孩的臉。他說，「我媽媽生我的時候去世了，所以他厭惡看到我。他以爲我不知道，但是我聽到人們這麼說，他幾乎恨我。」

「他恨花園，因爲你媽媽死了。」瑪麗半是自言自語地說。

「什麼花園？」男孩問。

「喔！不過是……不過是一個她過去喜歡的花園，」瑪麗結結巴巴地說，「你一直都待在這裡嗎？」

「幾乎是。有時候我會被帶到海邊，不過我在那待不久，因爲大家都會盯著我看。過去我都會戴著鐵環來撐直我的背，後來倫敦來了一個大醫生，他說那很愚蠢的做法。他叫他們把那東西拿掉，讓我常待在戶外呼吸新鮮空氣。可是我討厭新鮮空氣，我不願意出去。」

「我剛來時也不喜歡出去。」瑪麗說，「你爲什麼那樣不停地看我？」

他相當焦躁地回答，「因爲那些夢太真實了，有時候我睜開眼睛，都不能相信我是醒著的。」

「我們兩個人都醒著，」瑪麗說。她看了房間一下，她發現這個房間有一圈高高的天花板，陰影滿佈了角落，而爐火也很微弱。「現在看起來真的很像是個夢，半夜三更，除了我們之外，房子裡的每個人都睡了。」

「我不希望這是個夢。」男孩焦慮不安地說。

瑪麗突然想起了什麼來。

她開口問，「既然你不喜歡別人看到你，那你想要我走嗎？」

他仍然抓著她的那片袍子，略略拉了一下袍子說，「不，要是妳走了，我肯定會覺得是在做夢。如果妳是真的人，那就坐在那個腳凳上，陪我聊天，我想聽聽妳的事。」

瑪麗將蠟燭放在床邊的桌子上，在帶褥墊的腳凳上坐下。她其實一點都不想離開，她想留在這個神秘的、被隱藏的房間裡，和這個神秘的男孩說話。

「你想讓我告訴你什麼？」她說。

他想知道她來米瑟韋斯特莊園多久了，她的房間在哪一個走廊上，她平時在做什麼，是不是和他一樣討厭牧爾，來約克郡之前是住在哪裡。瑪麗一一的回答這些問題，還有其他別的問題，而柯林則是躺在枕頭上聽著。

他讓她講了很多印度和遠渡重洋的旅行。瑪麗發現他一直都在生病，因此其他孩子知道的事情，他都不知道。他還很小的時候，有個褓母曾教他讀書，所以他總是在讀書，在看一些精美的書裡的畫。

雖然他醒著的時候，爸爸很少來看他，不過他會給他各式各樣奇妙的東西，讓他無聊時可以玩。然而，這並不會讓他覺得很高興；他可以要什麼有什麼，不會有人強迫他做他不喜歡做的事。

「每個人都必須讓我高興，」柯林不在意地說，「因爲我一發脾氣就會生病，所以沒人相信我能長大。」

他說這話時，彷彿他已經習慣了這個想法，所以他並不在乎。他似乎很喜歡瑪麗的聲音。她發現，他已經是昏昏欲睡，不過卻興趣盎然地聽她說話。有一兩次她懷疑他已經打起了瞌睡，不過最後他又打開一個新話題。

「妳多大了？」他問。

「我十歲，」瑪麗不小心就脫口而出地說，「你也是。」

「妳怎麼知道？」他語帶驚訝地問。

「因爲你出生的時候，花園門被鎖上了，鑰匙被埋起來，這已經有十年了。」

柯林半坐起來，身子撐在雙肘上往前傾，轉向她。

「什麼花園門被鎖起來？是誰做的？鑰匙埋在哪裡？」他突然非常感興趣地問。

「是克蘭文先生討厭的那個花園，」瑪麗神經緊張地說，「他把花園的門鎖起來，沒人知道鑰匙埋在哪裡。」

「是什麼樣的花園？」柯林熱切地追問。

「已經有十年了，任何人不准進去的花園。」瑪麗小心翼翼地回答。

可是已經太遲了，因爲柯林十分像她自己。而且他也同樣無事可以想，這個秘密花園就像當初吸引著她一樣引著他詢問。他一個問題接一個問題的問，它在哪裡？她去找過門了嗎？她詢問過花匠了嗎？

瑪麗說，「他們不會說，我想一定有人告訴他們不准回答這個問題。」

「我能讓他們說。」柯林說。

「你能嗎？」瑪麗漸漸感到害怕，變得支吾起來了，要是柯林讓僕人們回答問題，到時誰知道什麼會發生事情？

他說，「每個人都必須讓我高興。我告訴過妳的。要是我活下來，這地方有一天會屬於我的，這是他們都知道的事情，因此只要是我提起的，他們都必須告訴我。」

瑪麗原本不知道自己是個被慣壞了的小孩，但現在她能清楚地知道這個神秘的男孩是被慣壞了，他以為全世界都是他的。他是多麼的奇怪，當他說他活不久時的神情有多冷漠啊。

「你覺得你活不長嗎？」她半好奇，半希望他忘記花園的事。

「我想我不會活下來的。」他回答時的口氣就像剛才說話時漠不關心一樣。「從我有記憶以來，我就一直聽到人們說我活不久了。起初，他們認為我太小不懂他們在說什麼，現在他們以為我沒聽到，但是其實我什麼都知道。我的醫生是我爸爸的堂弟，他很窮，要是我死掉的話，等我爸爸死的時候，整個米瑟韋斯特莊園都歸他的。因此，我認為他不會希望我活下來。」

「你想活嗎？」瑪麗詢問。

「不，我不想。」他以一副乖戾、厭倦的樣子回答。「但是我不想死。每當我生病的時候，就躺在這兒想這件事，然後我就會一直的哭。」

「我聽過你三次的哭聲，」瑪麗說，「不過，當時我不知道是誰在哭。你是在為那個而哭的嗎？」她這麼問，是希望讓他忘記花園的事。

他回答，「我想多半是的，好了，不說了，我們來說別的。就說說花園吧，妳想不想看到呢？」

「想啊。」瑪麗聲音低沉地回答。

他繼續地說，「我想，我以前從未對任何東西表示感興趣，或想去看什麼，但是現在我好想去看那個花園。我想把鑰匙找出來，把門打開，讓他們將我放到輪椅上，推我過去並呼吸新鮮空氣。我打算讓他們把門打開。」

此時他已變得相當激動，他奇怪的眼睛像星星一樣發光發亮、變大，讓人感覺深不可測了。他說，「他們必須想辦法讓我高興，我要去哪裡他們都會送我去，當然我會讓妳也去。」

瑪麗的手相互糾結在一起。心中想著，糟了！一切都完了！一切都完了！迪肯永遠無法再回來了。她永遠不能再像一隻米瑟原的畫眉鳥一樣有一個自己安全隱藏的巢了。

「喔！不要！不要！不要！不要那麼做！」她喊出來。

柯林不可置信的盯著她看，覺得她好像發瘋了一樣！

「為什麼？」他驚呼，「妳不是說妳想看到它的嗎？」

瑪麗幾乎是哽咽地回答，「我是想看到它，可是你如果讓他們把門打開，那樣每個人都可以隨意的進入，它就永遠不再是秘密了。」

柯林聽過「秘密」兩個字時，便將身體往前傾。

他說，「一個秘密，那是什麼意思？告訴我。」

瑪麗這時又開始不知所措了。

她支支吾吾地說，「你看……你看喔，假設除了我們之外，沒人知道它有一道藏在常春藤下什麼地方的門，假設有門，也讓我們找到它，我們就可以從門那裡偷溜進去，並關上它，這樣就沒有人知道裡面有人，知道我們在哪裡，那樣我們就可以將它叫做秘密花園。在這個花園裡，我們可以假裝……假裝是米瑟原的畫眉鳥，而花園是我們的巢，我們可以每天都在那裡玩，挖土種花，讓花園全活過來，開滿了花……」

「那個花園死了嗎？」柯林打斷她的話問。

瑪麗說，「花園因爲沒有人關心它、照顧它，因此它好像快死了，不過球根都還活著，可是玫瑰……」

柯林聽了瑪麗所說的，便和她一樣興奮，插斷了她的話，「什麼是球根？」

瑪麗回答說，「是水仙、百合和雪花蓮的根。它們現在還埋在土裡……不過春天要來了，所以從土裡冒出灰綠色的小點點。」

柯林說，「春天要來了嗎？春天是什麼樣子？我常年生病，在屋子看不見春天。」

瑪麗說，「就是太陽照進雨水，雨水落進太陽，所有的東西都會往上冒，在地下生長。想想假設花園是個秘密花園，那我們就能每天都跑進去觀察那裡長的東西，看看那些植物是否越長越大，看到底有多少玫瑰是活的。喔，你看不到嗎？假如你能看到這個秘密花園不知該有多好？」

他聽了瑪麗說的話後，就跌回枕頭躺在那裡，臉上帶著古怪的表情。

柯林說，「我從來都沒有秘密，除了活不久之外。因爲他們不知道我已經知道了，所以它算是個秘密。不過我更喜歡這一種。」

瑪麗繼續的請求說，「如果你不叫他們帶你去花園，也許，我肯定可以找到進去這個花園的方法。那時，如果醫生要你坐在椅子上出去散散步的話，如果你可以做你想做的事，或許……或許我們可以找到一個男生來幫你推輪椅，那樣我們就可以單獨跑去那兒，使那個花園一直是個秘密花園。」

柯林聽到瑪麗所說的話後，慢慢的說，「我應該……會喜歡……那樣，」他的眼睛看起來像在作夢一樣，「我喜歡那樣，我會保守秘密的。我不會介意在秘密花園裡的新鮮空氣。」

瑪麗聽到柯林的這段話後，覺得安全些，因爲柯林似乎也喜歡有個秘密花園這個想法。她幾乎可以確定，如果她繼續說，讓他在腦海裡看見這個花園，就像她自己所看到的那樣，他肯定會非常喜歡它，無法忍受每個人都能隨時進去。

「我會告訴你我想像中的它到底是長怎樣的，」她說，「花園被鎖起來很多年了，裡面的植物可能都已經糾結在一起了。」

柯林靜靜地躺著，聽瑪麗繼續地說。玫瑰花可能已經從這樹爬到那樹，垂掛下來的蔓藤，可能有很多鳥兒在那築巢，因為那裡很安全。

接著，瑪麗又告訴他知更鳥和季元本的事，關於知更鳥，她有很多可以說的，而且說知更鳥的事是最容易又安全的事，她可以不用擔心會說漏嘴。知更鳥的事讓柯林覺得很稀奇，他一直微笑著，可以看得出來他似乎也喜歡知更鳥。

現在的柯林臉上一直帶著笑容，讓他看起來很好看，剛開始瑪麗覺得，柯林巨大的眼睛，大捲大捲的頭髮，讓他看起來可能比她自己還要難看。

他說，「我從來都不知道小鳥會做這些動作，不過妳如果都待在屋裡，是永遠都看不到那些東西的。妳知道這麼多事情，我覺得妳好像已經到過花園裡似的。」

瑪麗不知道要說些什麼，便什麼也都沒說。顯然柯林也不期待她回答他，接下來，柯林讓她著實的吃一驚。柯林說，「我有一樣東西要讓妳看，妳看到在爐台上方的牆上掛著的玫瑰色絲簾了嗎？」

瑪麗原先沒有注意到，不過當她抬頭後就看見了。那是一道柔軟的絲簾，好像覆蓋在什麼畫上。

「有啊！」她回答。

柯林說，「上面有一根細繩，妳去拉它。」

瑪麗非常迷惑地站起來起來，去找那根細繩。她一拉，絲簾便捲回去了，此時，出現一幅畫。畫中有一個面帶微笑的小女孩。她明亮的髮絲是用藍色絲帶綁起來，她快樂可愛的灰色眼睛和柯林憂鬱的眼睛是一模一樣，只是柯林的眼睛是瑪瑙灰色，而且眼睛四周長滿了黑色睫毛，使它看起來有實際的兩倍大。

「她是我媽媽，」柯林抱怨地說，「我不明白她爲什麼要死。有時候我恨她就這麼死了。」

瑪麗說，「好奇怪！」

他嘟囔著說，「假如她沒死，我相信我不會一直都在生病，我敢說我也會活下來，而且爸爸也不會厭惡看到我，我敢說我會有個強壯的背。把簾子拉上吧。」

瑪麗照他的話做，之後又回到凳子上。

她說，「她比你漂亮多了，可是她的眼睛和你的一模一樣，至少形狀和顏色一樣。爲什麼要用簾子蓋著她？」

柯林不高興地動動。他說，「是我讓他們這麼做的，因為有時候我不喜歡她這樣看著我。尤其是在我生病的時候，我會覺得她笑得太開心了。另外，她是我的，我不要別人也能看到她。」

突然間，瑪麗詢問他說，「要是莫德勞克太太發現我來過這裡，她會怎麼做？」

他回答，「她會照我說的辦，我會告訴她，我想要妳每天來這和我聊天。我很高興妳來這。」

瑪麗說，「我也是，我會儘量經常來，可是……」她猶豫了一下說，「我必須要去找花園的門。」

柯林說，「對，妳必須去找花園的門，然後妳可以告訴我進度。」他像之前那樣，躺著想了幾分鐘後又說，「我覺得妳也應該是個秘密，我不會告訴他們，直到他們自己發現。不過我可以叫護士到房間外，說我想一個人待著。妳認識瑪莎嗎？」

瑪麗說，「認識，我和她很熟，都是她服侍我。」

柯林朝外面的走廊點頭說。「她就睡在另一間房裡。護士昨天去住她姐姐家，每當她要外出過夜，都是讓瑪莎來照顧我。瑪莎會來告訴妳什麼時候來這兒。」

這一刻瑪麗終於明白了，當她問起哭聲時，瑪莎為難的表情了。

「瑪莎一直都知道你的事嗎？」她說。

「是，她經常來照顧我。因爲護士喜歡離我遠遠的，瑪莎就會過來。」

瑪麗說，「我來這兒已經很久了，我想我該走了吧？你的眼睛看起來已經睏了。」

「我希望我能在妳走以前睡著。」柯林害羞地說。

瑪麗把凳子拉近些，說，「閉上眼睛，我會像在印度時我奶媽對我那樣對你。我會輕拍你的手，低聲唱著歌。」

柯林昏昏欲睡地說。「我或許會喜歡那樣。」

不知怎的，瑪麗覺得他很可憐，不希望他醒著時還躺在那裡，所以她將背靠在床上，開始輕輕拍他的手，低聲唱著興都斯坦語歌謠。

「很好聽，」他此時更加昏昏欲睡，她繼續吟唱、輕拍，當她再看他時，他黑色的睫毛緊貼在臉頰上，他的眼睛已經閉上，睡著了。於是，她輕輕地起來拿起她的蠟燭，悄悄地溜走了。

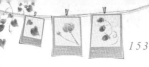

# 第14章

隔天早晨，牧爾隱藏在霧靄之中，大雨不停地下著。瑪麗心想今天是不可能出門了。瑪莎很忙，沒有機會和瑪麗說話，不過下午時瑪麗還是將叫瑪莎來幼兒房。她來時，手上就帶著她沒事做時所編的襪子，一直在編它。

「妳怎麼了？」她們一坐下後，瑪莎就問，「妳看起來好像有事情要說。」

「我是有話要說。昨晚我已經查出哭聲是怎麼回事了。」瑪麗說。

瑪莎聽到後嚇到了，一時之間她手上所編織的襪子掉了，此時她用震驚的眼神盯著她看。她驚呼，「不會吧！不可能啊！」

瑪麗繼續說，「昨天夜裡我聽見哭聲時，就爬起來循著哭聲找過去，看看哭聲是從哪裡來的。我發現了柯林，我找到了他。」

瑪莎嚇得臉都變紅了。她幾乎是哭著說，「啊！瑪麗小姐！妳不應該這麼做，妳不該做的！妳會給我招來麻煩的。我雖然從未對妳提起他，但是妳這麼做，會給我惹來麻煩的。我會因此而丟工作的，那媽媽該怎麼辦啊！」

「妳不會丟掉工作的，」瑪麗說，「他很高興看到我。我們聊啊聊，他說他高興我來了。」

「是嗎？」瑪莎叫道，「妳肯定嗎？妳不知道，他生氣時是什麼樣子。他雖然已經夠大了，但還經常像個小孩子一樣的哭，而且他一發起火來話，就會尖叫，好嚇我們。他知道我們不順從他。」

瑪麗說，「他並沒有生氣，我問他我是否該離開，他還要我留下。他要我坐在凳子上，並問了我很多問題，我跟他談起印度的事、知更鳥、花園，不肯讓我走。他還讓我看他媽媽的畫，在我要離開之前，還唱歌哄他睡。」

瑪莎聽了顯然有點吃驚，用手摀住嘴巴。

「我簡直無法相信！」她說，「妳這樣就像直接走進獅子籠一樣。要是依他平時的態度話，他早就勃然大怒，把整個房子掀起來了。因爲他不准陌生人看到他。」

「他允許我看著他。我一直看著他，他也看著我。我們互瞪對方！」瑪麗說。

「糟了，我真的不知道該怎麼辦才好！」瑪莎焦慮不安的喊著，「要是莫德勞克太太發現了話，她鐵定會以爲是我告訴妳的，那我就會被送回家。」

「他不會告訴莫德勞克太太。這件事會是個秘密，」瑪麗堅定地說，「而且他說每個人都必須依他喜歡的方式去做。」

「唉哎，那是真的，他是令人傷腦筋的孩子！」瑪莎歎氣，用圍裙擦著額頭。

「他說莫德勞克太太必須這樣做，而且他希望我每天去和他聊天。他說當他想找我的時候，她會要妳來告訴我。」

「我?!」瑪莎說，「那我一定會丟掉工作的，我肯定會！」

「妳不會的，因爲妳是做他要妳做的事，每個人不是都要服從他的命令嗎？」瑪麗辯解。

「妳難道想說，」瑪莎睜大眼睛喊道，「他對妳很好喔?!」

「我想他甚至有點喜歡我。」瑪麗回答。

「那妳一定是蠱惑了他！」瑪莎深深吸了一口氣。

「妳是說魔法嗎？」瑪麗詢問，「我在印度時聽過魔法，但是我不會。我只是走進他的房間，見到他我很吃驚，就一直瞪眼睛站著。然後他轉過身發現我，也瞪著我。他以爲我是個鬼，或是在作夢，我也以爲我在作夢。那真是奇怪，三更半夜的，兩個人單獨在一起，卻相互不認識。所以我們就開始問對方問題。因此我才問他，我是不是必須走開，他叫我不要走。」

「世界末日到了！」瑪莎屏息著說。

「他怎麼了？」瑪麗問。

「肯定沒有人知道他到底是怎麼了，」瑪莎說，「他生下來的時候，克蘭文先生像發瘋似的，醫生們還想把他送進療養院。這是因為克蘭文太太死了，我告訴過妳的。所以他不願意看那孩子一眼。他只是一直在亂說，說這孩子會像他一樣又是一個駝背，因此最好死了算了。」

「柯林是駝子嗎？」瑪麗問，「他看起來不像。」

「他還不是，」瑪莎說，「但是從他一出生後，就有很多事不對勁，媽媽說這房子裡麻煩和怒氣太多了，所以任何一個孩子在這兒都會出問題。他們擔心他的背不結實，所以一直很小心的照料，就一直讓他躺著，不讓他起來走動。有一次他們還讓他戴上一個支架，可是這樣反而使他非常生氣，結果他就大病一場。後來，來了一個大醫生，那個醫生叫人將他的支架拿走，並狠狠地訓了其他醫生一頓，並說我們太順著他了，且讓他吃太多的藥了。」

「我覺得他是個被慣壞的男生。」瑪麗說。

「從來沒有見過像他這麼糟的孩子！」瑪莎說，「我並不是他，沒怎麼病過。有兩三次的咳嗽和感冒幾乎要了他的命。此外，他還得了一次風濕病和一次傷寒。啊！莫德勞克太太真的嚇壞了。他昏迷時，莫德勞克太太在和護士講話，她以爲他什麼都不知道，她說：『這次他肯定會死，這樣對他和對我們大家都最好。』說完後她便去看他，發現他就在那裡睜大眼睛瞪著她。莫德勞克太太不知道接下來會發生什麼事，不過少爺只是瞪著她，說：『妳給我水，不要說話！』」

「你覺得他會死嗎？」瑪麗詢問。

「媽媽說，任何一個小孩，如果不呼吸新鮮空氣，只是躺著看圖畫書、吃藥，什麼都不做，怎麼可能會活下來呢?他身體很虛弱，也討厭別人將他推出去外面，因爲到外面，他很容易感冒、生病。」

瑪麗坐著看著火，慢慢地說，「我很懷疑，讓他到花園裡看東西生長不會對他有好處嗎?至少對我而言是有好處的。」

瑪莎說，「他最厲害的一次發病，是他們把他帶到噴泉旁的玫瑰叢那裡的時候。聽說他是得到一種在文章中說的『玫瑰寒』的病，剛開始時他只是先打噴嚏，之後他就說自己染上所謂的『玫瑰寒』了。之後來了一個新來的花匠，由於他並不知道這兒的規矩，便好奇地看著他。柯林少爺便勃然大怒，他說花匠看他是因爲他就要變成一個駝子的關係，他激動的哭，然後病了一整晚。」

「要是他對我發脾氣，我就永遠不去見他。」瑪麗說。

「假如他要妳去的話，妳就得去。」瑪莎說，「妳最好一開始就知道了。」不久，一陣鈴響了，瑪莎拿起他的針織活，站起來說。「我敢說是護士想讓我陪少爺一會兒，我希望他的心情能好些。」

她走出房間後大約十分鐘後，臉上帶著迷惑的表情回來了。

「嗯，我想妳已經蠱惑他了，」她說，「他現在爬起來，在沙發上看圖畫書。他叫護士到六點之後才回來，我要去隔壁房間等。等護士一走，他就把我叫去說：『我要瑪麗和我聊天，記住妳不能告訴任何人。』妳最好儘快去。」

瑪麗很願意儘快去，即使她並沒有像想見迪肯一樣想見柯林，不過她還是很想見他。

她進入他的房間時，爐子裡有一堆旺火，在日光裡她發現這是個美麗的房間。地毯、窗簾、牆上的畫和書，這裡有著很豐富的顏色，儘管天空是灰色的，且雨下個不停，這些顏色讓房間熠熠生光，顯得舒適。柯林看起來就像一幅畫，他裹著一件天鵝絨晨袍，坐在一個錦緞大靠枕裡，雙頰通紅。

「進來，」他說，「我一早上都在想著妳。」

「我也在想你。」瑪麗回答，「你不知道瑪莎有多害怕。她說莫德勞克太太會以爲是她把你的事告訴了我，因此會讓她丟掉工作。」

柯林皺起眉頭說，「她在隔壁房間，去叫她來。」
瑪麗去把瑪莎帶過來，可憐的瑪莎從頭抖到腳，柯林仍然皺著眉。
「妳是不是必須做我高興的事？」他詢問。
「是的，先生，我必須做你高興的。」瑪莎支吾的說著，臉色變得很紅。
柯林再問「莫德勞克太太是不是也必須做我高興的事？」
瑪莎說，「是的，先生，每個人都必須做你高興的。」
「嗯，那麼，要是我命令妳將瑪麗小姐給我帶來，即使被莫德勞克太太發現的話，她怎麼能把妳趕走呢？」
「請您不要讓她知道，先生。」瑪莎乞求。
「要是她敢對這事說一個『不』字，我就把她趕走走，」柯林少爺嚴肅地說，「我想她不會想那樣的。」
「謝謝您，先生。」瑪莎很快地向他行了個屈膝禮說，「我會盡我的本分的。」
「我就是要妳盡妳的職責，」柯林更嚴肅地說，「我會負責的，妳放心，沒人會要妳走的。現在妳可以出去了。」
當瑪莎關上門後，柯林發現瑪麗正盯著他看，一副讓她覺得不可思議的樣子。
「妳爲什麼那樣看著我？」柯林問瑪麗說，「妳在想什麼？」

「我在想兩件事。」

「什麼事？坐下來告訴我。」

「這是第一件是，」瑪麗走到大凳子上坐下說，「在印度我曾看到一個小王爺，他全身都帶滿了紅寶石、綠寶石、鑽石。他對他的臣民說話的樣子就像你剛剛對瑪莎一樣。每個人都必須立刻做他說的任何事，我覺得要是他們沒做的話可能會被殺。」

柯林說，「我希望妳能告訴我這位印度小王爺的事，不過這之前，請妳先告訴，妳想的第二件事是什麼。」

「我在想，」瑪麗說，「你和迪肯真的很不一樣。」

「誰是迪肯？」柯林說，「好奇怪的名字！」

瑪麗覺得可以跟他說，這樣她就可以只談迪肯，不提秘密花園的事了。她喜歡聽瑪莎說迪肯的事，此外，她也很希望能談迪肯，因爲這樣感覺好像離他近一些。

「他是瑪莎的弟弟。他和世界上所有的人都不一樣，他能魅惑狐狸、松鼠、小鳥，就像印度弄人魅惑蛇一樣。他的短笛可以吹出非常柔軟的曲子，當他吹出曲子時，這些小動物都會跑來聽著。」

他身旁桌子上有幾本大書，他突然拿了一本說，「這裡面有一幅弄蛇人的圖片，妳快過來看看。」柯林手上那本書很漂亮，有著非常漂亮的彩色插圖，他翻到其中一幅，熱切地問，「他能這麼做嗎？」

「他吹笛子，動物很喜歡聽，」瑪麗解釋，「但是他不稱之爲魔法，他說他在牧爾上待的時間長，懂得動物的習性，知道牠們的感覺。他說有時候覺得自己是一隻鳥或者兔子，他太喜歡牠們了。他會跟知更鳥提問題，好像他們能嘰嘰喳喳對話似的。」

柯林躺回靠枕上，眼睛越來越大，臉頰發燙。

「跟我再多說一些他的事。」他說。

「他懂得所有鳥蛋和鳥巢的事情，」瑪麗繼續，「他知道狐狸、水獺、獾住在哪裡，他也替這些小動物保守秘密，這樣其他男生就無法找到牠們的洞穴。他知道牧爾上所有生長與住著的動物與植物。」

柯林說，「他喜歡牧爾嗎？他怎麼會喜歡這個又大又空又陰沈的地方？」

「那是世界上最美麗的地方，」瑪麗抗議著說，「那裡有成千上萬個可愛的東西在成長，有成千上萬的小動物忙著築巢、挖洞造穴，在上面蹦蹦跳跳、唱歌或吱吱叫著。牠們在地下、樹上，還有石楠叢裡非常忙碌，也玩得非常開心。那裡是牠們的世界。」

「妳怎麼知道那麼多呢？」柯林一邊問，一邊用手肘撐起自己看著她。

「其實，我一次都沒有去過那兒，」瑪麗突然記起來說，「我只是在來這裡的那個黑夜裡曾坐馬車經過那妳。當時我覺得那裡很可怕，後來是瑪莎先跟我提牧爾的，然後迪肯也跟我說那裡。當迪肯在講牧爾的時候，你會覺得你看到他所說的各種東西，聞到牠們，你好像正站在陽光明媚的石楠叢裡，而金雀花聞起來就像蜂蜜，那裡到處都是蜜蜂和蝴蝶。」

「妳要是生著病，就什麼都沒見過。」柯林不安地說。他彷彿聽著遠處的某種陌生的聲音，在想那是什麼。

「要是你待在屋裡，那你就什麼都見不到。」瑪麗說。

「我不能到牧爾上去。」他用非常怨懟的語調說著。

瑪麗沈默了一下，便說了十分大膽的話。「或許某一天你可能會去的。」

柯林聽到後，彷彿被嚇了一跳，說。「到牧爾上去！不行，我怎麼可以呢？那樣我會死的。」

瑪麗毫不同情地說。「你怎麼知道？」她不喜歡聽到他談起死的態度，她並不同情他，反而覺得他幾乎是在拿這個當成炫耀的事在說。

「喔，從我有記憶起，我就一直聽別人說，」他很不高興地回答，「他們總是在竊竊私語，以爲我沒注意不到。他們希望我死。」

瑪麗小姐此時覺得非常非常彆扭，她抿緊了雙唇說，「要是他們希望我死，我就不死。誰希望你死？」

「那些僕人們，當然還有克蘭文醫生，因爲只要柯林死，他就可以當米瑟韋斯特莊園的主人，那樣他就能脫離貧窮致富。雖然他不敢這麼講，可是每次我病情加重時，他就顯得非常高興，我得風濕病的時候他的臉就長胖了。我想我爸爸也希望我死。」

「我不相信克蘭文先生希望會希望你死。」瑪麗相當頑固地講。

這讓柯林再次轉過身來看她，他說，「妳不相信？」

接著他躺到靠枕上，一動不動似乎在思考著。突然兩個人之間有好長一段時間的沈默，他們兩個都在想著一些小朋友通常不會想的奇怪事情。

最後瑪麗說，「我喜歡倫敦來的大醫生，因爲他讓他們把你身上的鐵架取下來。他說你會死嗎？」

「沒有。」

「他說了什麼？」

柯林回答，「他並沒有很刻意的小聲說話，可能他知道我恨人竊竊私語。我聽到他很大聲地說了一件事。他說：『要是這個男孩下決心要活的話，他就會活下來。你們只要讓他心情舒暢即可。』當他說這些話時，聽起來好像在發脾氣。」

「我跟你說，或許有個人能讓你感覺心情舒暢。」瑪麗思索著說，似乎很想讓這件事是儘快地解決。「我相信迪肯能夠做到，因爲他總是在談活的東西，他從不談死的東西，或是生病的東西。他總在抬頭望天，觀察飛鳥，要不低頭看地上生長的東西。他總是大大地睜開那雙又圓又藍的眼睛到處看著世界，他大笑起來，嘴巴可以咧得那麼開，還有他的臉紅得像櫻桃。」

她把凳子朝沙發拉近，一想到那張彎彎的寬嘴和睜大的眼睛，表情就十分的不同。

瑪麗說，「我們不要講死，我不喜歡這話題；我們來講活的事情，我們來講講迪肯好了，然後再來看你的圖畫。」

這是她覺得最好的話題。

談迪肯意味著談牧爾，談農舍，談裡面住著的每週靠十六先令過活的十四個人，孩子們像野馬似的被牧爾上的草餵肥。還有迪肯的媽媽，還有跳繩，還有陽光照耀的牧爾，還有黑色草皮上冒出的灰綠色小點點。這裡全都是生機勃勃的事物，瑪麗從沒說過這麼多話，柯林也從未像這樣的又說又聽。

他們兩個就像小孩們在一起玩，高興時那樣，盡情的大笑，盡情的玩樂。他們笑得彷彿他們是兩個正常、健康、自然的十歲小朋友，而不是一個冷酷、瘦小、無愛心的小女孩和一個生病的、自認將死的小男孩。

他們玩得非常高興，因此忘記了看圖畫，忘記了時間。他們爲季元本和他的知更鳥放聲大笑，柯林突然想起什麼，坐了起來，彷彿忘記了他的背十分軟弱這件事。

他說，「不知你是否發現一件事，我們是表兄妹。」

真奇怪，他們聊了這麼久，卻從沒想起這麼簡單的一件事，爲此他們笑得更加大聲了，因爲現在任何事情，他們都可以開懷大笑。就在歡樂之中，門開了，莫德勞克太太和克蘭文醫生走進來了。克蘭文醫生嚇到，突然跳了一下，而莫德勞克太太則因爲他碰巧撞到了她，差點兒朝後摔倒。

「老天爺！」可憐的莫德勞克太太驚呼，眼睛幾乎要掉了，「老天爺！」

「這是怎麼一回事？」克蘭文醫生走向前說，「這是怎麼一回事？」

瑪麗再次想起那個印度小王爺。

柯林回答時，彷彿不把醫生與莫德勞克太太的驚慌放在眼中。彷彿看到進來的是一隻老貓一隻老狗，他絲毫不爲所擾、不爲所懼。

「這是我的表妹，瑪麗．倫諾克斯。」他說，「我讓她來陪我聊天，我喜歡她，所以當我派人叫她來的時候，她必須隨時過來。」

克蘭文醫生面帶責備地轉向莫德勞克太太。

莫德勞克太太氣喘吁吁地說，「喔，先生，我不知道這是怎麼一回事，沒有哪個僕人敢說出去，他們都被命令過不准說的。」

「沒有人告訴她什麼，」柯林說，「她聽到我的哭聲，自己找到了我。我很高興她來了。別傻了，莫德勞克。」

瑪麗看得出來克蘭文醫生非常不高興，但是很明顯地，他不敢違背他的病人，他坐到柯林旁邊給他把脈。「我擔心你激動過度了。激動對你不好，我的孩子。」他說。

「她要是不來，我就會激動。」柯林眼帶威脅地回答。「我現在好多了，是她讓我覺得舒服的。以後，護士必須帶她來我這兒，我們要一起喝茶。」

莫德勞克太太和克蘭文醫生爲難地對看一下，但是顯然無計可施。

「他看起來確實好多了，先生，」莫德勞克太太試著說，「不過，仔細想想，今天早晨瑪麗小姐還未進房間前，他顯得更好一些了。」

「她昨天晚上來過，她在我這待了很久。她還唱了一首興都斯坦歌給我聽，讓我睡著。」柯林說，「所以，我醒來時就覺得好些，也有胃口吃早飯，現在我想喝茶。莫德勞克太太，告訴護士，請她準備一下。」

克蘭文醫生沒有久留。護士進房間的時候，他對護士說了一些話後，又對柯林警告了幾句就離開了。他告訴柯林，一定不能多說話，他不能忘記自己有病，不能忘記他是很容易疲倦的。

瑪麗想，看來有很多不愉快的事他不能忘記。

柯林顯得十分的煩躁，用長長的黑睫毛眼睛盯著克蘭文醫生臉。最後，柯林說，

「我想忘記這些不好的事，而且她能讓我忘記。這就是我爲什麼想要她來。」

克蘭文醫生離開房間時顯得非常不高興。他對坐在大凳子上的小女孩兒困惑地看了一下，因爲從他一進來，瑪麗就又變成一個生硬、沉默的孩子，他看不出來瑪麗的吸引力在哪裡，不過柯林現在確實開朗些，他歎了一口氣，沿著走廊走了下去。

柯林說，「在我不想吃的時候，他們總想讓我吃東西。」那時，護士把茶端進來，放在沙發旁的桌子上，「現在，要是妳吃的話我也吃。那些小鬆糕看起來又熱又好吃的樣子。跟我說印度小王爺的事吧。」

# 第15章

又過了一週的雨天之後，高聳的藍色蒼穹重現，灑下的太陽光讓人覺得非常炎熱。瑪麗小姐雖然這個禮拜一直都沒有機會見到秘密花園和迪肯，不過她一直都很自得其樂，因此這一個禮拜對她而言並不會感覺太長。

瑪麗每天都和柯林在他房間裡共度很多時間，他們聊印度小王爺、秘密花園、迪肯、牧爾上的農舍。他們一起看那些漂亮的、精采的圖畫書，有時瑪麗讀給柯林聽，有時柯林會唸給她聽。當他被逗樂、一副對什麼東西都很感興趣時，瑪麗便覺得他根本不像是一個殘疾的人，除了他的臉色蒼白和總是坐在沙發上。

莫德勞克太太有一次說，「妳真是個頑皮的小孩，像那天晚上那樣，一聽到什麼聲音，便從床上爬起來去尋找。不過也不能說這樣不好，因爲這樣對我們這些人來說是個福音。自從你們成爲朋友後，他就沒發過脾氣，也沒生病。護士本來打算放棄這項工作，因為她已經受夠了他，可是現在她說願意留下來，因為妳在這裡。」莫德勞克太太稍稍笑起來。

瑪麗和柯林聊天時，對秘密花園的事總是小心翼翼，她怕會又不小心透露太多消息。對柯林，她有很多的疑問想知道，只是她覺得她不能直接問他。

首先，由於她開始喜歡和他在一起，因此她想知道柯林是不是那種可以告訴他秘密的男生。他一點都不像迪肯，一個無人知曉的花園意顯然能夠引起他的興趣，瑪麗想或許她可以信任他，可是她認識他還不夠長，無法確認這點。

第二件事是，要是他真的可以信任，而不會將秘密告訴任何人，那是否可以將他帶到秘密花園裡？那位倫敦來的大醫生說過他一定要呼吸新鮮空氣，而柯林說過，他不會介意秘密花園裡的新鮮空氣。要是他呼吸很多新鮮空氣，認識迪肯和知更鳥，看到東西生長，也許他就不會老想著死了。

最近，瑪麗有時看到在鏡中的自己發現，她和那位剛從印度來的孩子看起來不太一樣了。現在的她顯得好看些，甚至瑪莎都看出她的變化來。

瑪莎說，「牧爾上的空氣對妳果然有了好處，妳的皮膚和頭髮已經沒有那麼黃了，也沒有那麼皮包骨了。連妳的頭髮都不那麼伏貼在頭上了，頭髮現在看起來有些生氣，也長長了一些。」

瑪麗說，「我的頭髮就像我一樣，變得更強壯、厚實。我肯定它比以前還多更多，且更加密實了。」

「看來是的，肯定是的。」瑪莎一邊說，一邊將臉周圍的頭髮梳起來一點，「妳不像以前的妳一樣的醜了，而且妳臉蛋也有點紅潤。」

瑪麗想，要是花園和新鮮空氣對她有了好處，也許它們對柯林也有好處的。可是柯林如果那麼恨別人看他，那他一定也不准迪肯見到他。

「為什麼有人看你，你會生氣？」有一天瑪麗詢問他。

「我一直很討厭人們那樣看著我，」柯林回答，「在我還很小的時候，他們會帶我去海邊，那時我總是躺在輪椅裡，每個經過的人看到後，總是會盯著我看。女士們會停下來和我的護士說話，然後便竊竊私語，我知道她們在說我活不到長大之類的話。有的女士會拍我的臉，說『可憐的孩子！』有一次，一個女士那麼做的時候，我就尖叫咬她的手，把她給嚇跑了。」

「她一定以為你變成了一條瘋狗。」瑪麗語帶不屑的說。

「我才不在乎她怎麼想的。」柯林皺著眉說。

「奇怪，我進你房間時，你怎麼沒尖叫、咬我呢？」瑪麗說著，慢慢露出微笑。

他說，「我以為妳是鬼，要不然就是一個夢，妳總不能咬一個鬼或一個夢吧，而且

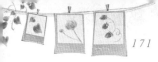

妳也不能對這些東西尖叫。」

「要是有一個男孩看著你，你會生氣嗎？」瑪麗不確定地問。

柯林往後躺回靠枕上，思索著。

「有一個男孩，」他說得很慢，彷彿要仔細思考，斟酌每個字，「如果是一個男孩，我相信我應該不會介意的。妳是指那個知道狐狸住在哪裡的男孩，迪肯？」

「我想你一定不會介意他的。」瑪麗說。

柯林邊說邊思考著，「小鳥和其他動物都不介意了，或許這就是爲什麼我不應該介意的緣故了。他就像是一個動物魔法師，而我就像是男孩的動物。」

說完後，柯林便笑了起來，瑪麗也跟著笑了起來，事實上，最後他們大笑不止，因爲他們認爲，將柯林變成動物藏在洞裡的點子著實非常好笑。

瑪麗覺得她不需要爲柯林會不會喜歡迪肯擔心了。

早晨，瑪麗醒得很早，她發現天空又變成蔚藍色了，太陽穿過遮幕偷偷的跑了進來，瑪麗發現時非常的開心，便蹦蹦跳跳的跳下床，跑到窗邊。她拉起遮幕，打開窗戶，一股新鮮、含香的空氣吹到她身上。

牧爾藍藍的，彷彿整個大地都被施了魔法似的，到處充滿了輕柔的小聲音，像小鳥來出席一個音樂會似的。瑪麗這時將手伸出窗外，沐浴在陽光裡。

「太陽好暖和！好暖和！」她說，「這陽光會讓綠色小點點冒得更高，會讓球根和根在地底下全力以赴地工作。」

她跪下來，儘量地探身到窗外，大口吸著、聞著那空氣，直到笑了出來，因爲她突然想起，迪肯的媽媽說迪肯的鼻頭像兔子一樣顫動不止。

她說，「現在一定還很早，小雲朵都還是粉紅色的，我從來都沒見過這樣美的天空。現在大家一定都還沒起床，馬童的聲音都還沒聽到。」

這時突然出現一個念頭，讓她手忙腳亂地站起來。

「我等不及了！我現在要去看花園！」

瑪麗已經學會自己穿衣服了，因此在五分鐘之內她便穿好衣服。她知道有一道小門，她可以自己打開門的。她迅速地穿上襪子飛奔下樓，在大廳裡穿上鞋子。她打開鏈子，打開鎖，門開時，她便一步跳過台階，來到草地上，草地似乎也變綠了。太陽傾瀉到她身上，溫暖甜蜜的香氣圍繞著她。笛聲、鳥囀聲、歌聲從每叢灌木、每棵樹傳來。她因高興而緊扣雙手，抬頭仰望著天，她發現天是藍色、粉色、珍珠色、白色，而且還泛著春光。

這時，瑪麗覺得自己必須得吹口哨、大聲唱歌才不會辜負這美好的春光。她知道畫眉鳥、知更鳥、百靈鳥都會忍不住吹口哨、大聲唱歌。接著，她便跑著繞過灌木叢和小徑，朝秘密花園跑去。

「這裡已經都不一樣了。」她說，「草變綠了，東西到處冒出來，葉子也舒展開來，綠色的葉芽也露出來了。我肯定迪肯今天下午一定會來的。」

這一場溫暖的雨對矮牆下的香草苗床發生了神奇的作用。一簇簇植物的根部有東西冒出、湧出，而且在番紅花的莖上，竟然出現星點般的深紫紅色和黃色葉子正舒長開來。這是六個月之前，瑪麗小姐不曾見過的世界，不過她現在什麼也都沒錯過。

當她跑到藏在常春藤下的門時，她被一道奇怪響音嚇了一跳。那是烏鴉從牆頭傳來的叫聲，她抬頭一看，發現有一隻羽毛光滑的藍黑色大烏鴉站在那兒，著實地俯瞰她。瑪麗從未這麼近地看一隻烏鴉，因此這讓她有點緊張，不過很快的烏鴉便展開翅膀，穿過花園飛走了。瑪麗希望牠不會留在花園裡，便將門推開，看看牠在不在那裡。等她走進花園深處時，瑪麗發現烏鴉似乎打算長住在那兒，因爲牠已經停在一棵矮蘋果樹上。蘋果樹下躺著一隻微紅的動物，尾巴蓬鬆，牠們兩個都在看著迪肯紅褐色的頭髮和身體。這時迪肯正跪在草地上賣力地工作著。

瑪麗穿過草地跑向他。

「喔，迪肯！迪肯！」她喊道，「你怎麼這麼早就到了？你怎麼會這麼早就到呢？太陽都才剛剛起來！」

他站了起來，容光煥發地笑著，熠熠生光，他的眼睛像天空一樣的藍。他說，「啊！太陽還沒有升起時，我就起床了，我比它還早起，睡不著。今天早晨整個世界都再次復甦了，真的。所有的動物、植物都在幹活，他們一下子哼唱著、抓著、吹口哨、築巢、散發香氣，好像在催促人快起床，別再偷懶了。太陽出來時，牧爾像是高興得發瘋似的，當時我正在石楠叢中，我自己也像瘋了似的跑起來，喊啊唱啊，然後便跑到這兒。我沒法子不來，因爲整個花園正在等著我呢！」

瑪麗把手放到胸口上，喘著氣，也像是她自己剛剛跑過來。

「喔，迪肯！迪肯！」她說，「我高興得快喘不過氣來！」

尾巴蓬鬆的小動物看到迪肯和陌生人說話，便從樹下起來，到他身邊，而烏鴉又叫了一下，從樹上飛下靜靜地停到他肩上。

「這是那隻小狐狸，」他一邊說，一邊揉著那隻微紅小動物的頭，「牠叫『隊長』，這個是『煤灰』。『煤灰』跟著我飛過牧爾，『隊長』跑起來像有獵狗在追牠似的。牠倆和我現在的心情一樣。」

牠們看起來一點都不怕瑪麗似的，迪肯四處走動時，『煤灰』便停在他肩膀上，而『隊長』則在他身旁小跑著。

「看那兒！」迪肯說，「看這些已經長出來了，還有這些，那些！啊！妳看那裡的！」他跪蹲著，瑪麗也在他旁邊蹲下。他們發現一叢有橙色、紫色、金色的番紅花。瑪麗俯下臉對它們吻了又吻。

「我從來不會那麼親吻一個人。」她抬頭時說，「但花就不一樣了。」

迪肯聽了後覺得有點困惑，不過他還是微笑著。

他說，「可是，我都是那樣親吻我媽媽的，每當我在牧爾上遊逛一天回來後，她就站在灑滿夕陽的門口等我回來，她看起來既愉快又舒服。」

他們在花園裡跑來跑去，在那兒發現了許多新奇的事物，他們一直提醒對方要小聲的說話。迪肯指一棵看來似乎已經死了的玫瑰樹枝上鼓脹的葉芽給瑪麗看，又指著無數個破土而出的新綠芽給瑪麗看。

他們熱切地將鼻子湊到地面上，嗅著泥土散發出溫暖的春日氣息；他們挖著、拔著、低聲笑著，最後瑪麗的頭髮也和迪肯一樣亂，臉蛋幾乎和他的一樣成了罌粟紅。

那天早上，秘密花園充滿了歡愉的氣氛，其中有一個更令人快樂的事發生了，他們發現有一個東西輕靈地飛過牆，穿過樹林，來到一個枝葉茂盛的角落裡。一隻有著鮮豔紅胸脯的小鳥，鳥喙上還銜著什麼東西。迪肯站著一動也不動，他把手放在瑪麗身上，他們突然不敢隨便亂動。

「我們不可以亂動，」迪肯用約克郡口音低說，「我們也不能大聲呼吸。上次我看見到牠時，就知道他在求偶。那是季元本的知更鳥，牠正在築巢。要是我們不嚇到牠，牠就會留下來。」他們輕輕地坐在草地上，一動也不動。

「我們絕不能表現出我們正在看牠，」迪肯說，「要是牠覺得我們妨礙到牠，牠就會一走了之，這時的牠很反常，等牠築完了巢後，一切都會不一樣的。牠現在正在建立自己的家庭，所以會比較害羞，容易猜忌。牠沒有時間出訪、找人聊天，所以我們一定得保持安靜，努力裝成是花草樹木。等牠習慣我們了，我們再出聲，這樣牠就知道我們不會妨礙牠了。」

瑪麗小姐不知道自己是否能像迪肯那樣，知道如何把自己變成像花草樹木。迪肯說這事時，就像這是世界上最簡單、最自然的事了，瑪麗覺得這對他而言一定是最自然最普通的事了。因此瑪麗仔細觀察了迪肯幾分鐘，看看他是不是能夠安靜地變綠，長出枝葉。然而迪肯只是靜靜地坐著，當他說話時，聲音非常的低沉、柔和，不過奇怪的是，她還能聽見他所說的話。

迪肯說，「築巢是春天的一部分，我保證，打從這世界一開始，每年都會同樣地進行著這件事。動物們有牠們的思考、做事方式，人們最好不要多管閒事。要是妳太好奇，在春天妳會比在其他季節時更容易失去朋友。」

「要是我們一直談論牠的話，我會忍不住地去看牠，」瑪麗盡可能地輕聲說話，

「我們必須談點別的什麼。有件事我想告訴你。」

「牠會更喜歡我們談別的事，」迪肯說，「妳要告訴我什麼？」

「你知道柯林嗎？」瑪麗低聲說。

迪肯轉過頭看著她。「妳知道關於他的什麼事？」迪肯問。

「我見到他了。這一個禮拜以來，我每天都和他聊天，他要我去和他聊天。他說我能讓他忘記生病和死亡。」瑪麗回答。

迪肯突然覺得鬆了一口氣，臉上沒有剛剛那種驚訝的表情了。

「我真高興聽到這個，」他呼喊著，「我實在太高興了。我原來就知道一點他的事，可是大家都說不能說起他，我不喜歡藏著什麼秘密的感覺。」

「你不喜歡藏著花園的秘密嗎？」瑪麗說。

「我永遠不會說出去的，」他回答，「不過我對媽媽說，『媽媽，我有個秘密要保守。不過它不是個壞秘密，妳知道的。那個秘密跟藏著鳥巢的事不說一樣，妳應該不介意吧，是不是？』」

瑪麗很喜歡聽到他媽媽的事。「她怎麼說？」瑪麗問，絲毫也不擔心聽到答案。

迪肯溫和地笑著說。「就用她平時一貫的態度來回答，她先是摸摸我的頭後便笑了起來，她說，『啊，孩子，你想有多少秘密就可以有多少秘密。我認識你已經十二年了。』」

「你怎麼知道柯林的？」瑪麗問。

「知道克蘭文老爺的人都知道他有個小男孩，而那個小男孩長大後可能會變成瘸子，他們還知道克蘭文老爺不喜歡人們談論他。大夥都為克蘭文老爺覺得可惜，因為克蘭文太太是一個漂亮年輕的女士，他們是那麼相愛。而莫德勞克太太每次去斯威特村時，都會到我們農舍歇腳，她不介意在我們孩子面前和媽媽聊天，因為她知道我們都是有教養、信得過的小孩。妳是怎麼發現他的？上次瑪莎回來時很煩惱。她說，妳聽到他發脾氣的哭聲，便一直在問她問題，她都不知道該說些什麼。」

瑪麗便告訴他，她發現柯林的事，她說那時她被午夜嗚嘯的風聲吵醒，突然聽到遠處傳來模糊的哭聲，因此她便拿著蠟燭沿著黑暗的走廊走下去，尋找那聲音的源頭，最終她打開一間有昏暗燈光的房間，發現了角落裡有個一張雕花的四柱床。當她描述象牙色的小臉，奇怪的黑邊眼睛時，迪肯搖了頭。

迪肯說，「他的眼睛就像他媽媽的眼睛，只不過他媽媽的眼睛總是在笑，他們說，當柯林少爺醒著時候，克蘭文先生沒法子看他，因為他的眼睛太像他媽媽了，可是在他悲傷的臉蛋上，他的眼睛又有點和他的媽媽不太一樣。」

「你覺得柯林會想死嗎？」瑪麗小聲地說。

「不，但是他寧願自己從沒被生下來。媽媽說，對一個小孩子來說，這是世界上最糟的事了，沒人會希望自己的命很短。克蘭文老爺會給那個可憐的孩子買任何錢能買來的東西，可是他卻故意去忽視柯林的存在，這是因爲他怕見到柯林，怕他有一天，會長成像他一樣的駝子。」

「柯林自己也怕得不願意坐起來。」瑪麗說，「他說他總在想，要是有一天他發現自己的背上出現了一個包，他一定會瘋掉，並大叫至死。」

「啊！他不應該躺在那兒想這種事，」迪肯說，「沒有一個小孩子有著這樣的念頭還會健健康康的。」

狐狸挨近迪肯躺在草地上，時而抬頭看他，要求一下輕拍，迪肯彎腰輕輕揉揉牠的脖子，沈默地想了幾分鐘，然後抬起頭來看了看花園四周。他說，「剛進來時，好像到處都是灰濛濛的。現在告訴我說妳有沒看出有什麼不一樣嗎？」

瑪麗看了看說。「哇！灰色的牆在變，好像有綠色的霧氣爬滿了似的，綠色的霧氣就像綠色的薄面紗一樣。」

「是啊，」迪肯說，「還會越來越綠的，直到灰色都消失不見。妳能猜到我在想什麼嗎？」

「我知道是好的，」瑪麗熱切地說，「我相信是關於柯林的。」

「我在想，要是他能出來，到這兒來，他就不會在想著背上會突然長出個包來的事了，他會守著看玫瑰叢裡的花苞長出來，而且他很可能會健壯些。」迪肯解釋說，「我在想，我們能不能夠讓他有心情到這兒來，讓他躺在他的輪椅裡到樹下來。」

「我自己也一直都這麼想著。每次和他聊天時，我都會想這件事。」瑪麗說，「我在想，他能不能保守住秘密，能不能在帶他進來時，不被任何人看見。我想過或許你能推動他的輪椅。醫生說他一定要呼吸新鮮空氣，如果他要我們帶他出去，沒人敢不服從他。他或許不願意和其他人出去，但會樂意跟我們出去。他可以命令花匠們離得遠遠的，這樣他們就不會發現了。」

迪肯一邊努力的思考著，一邊抓隊長的背。

「我保證這樣對他會有好處的，」他說，「我們從來不會覺得他沒生出來更好。我們只不過是兩個看著花園生長的小孩，而現在只是多他一個，就兩個男孩和一個女孩一起觀察花園裡的花花草草。我相信這比醫生的藥更好。」

瑪麗說，「他一直在房間裡躺了那麼長的時間，對他的背憂心忡忡，結果變得古裡古怪。他從書裡知道了很多東西，可是別的他什麼都不懂。他說他病很重，所以沒時間去理會其他的事情，而且他討厭到戶外，討厭花園和花匠。可是，他喜歡聽這個花園的事，因爲它是個秘密，我不敢告訴他太多，不過他說想見它。」

迪肯說，「我們一定要讓他到這兒來，我能夠推動他的輪椅。不知妳是否注意到，我們坐在這裡時，知更鳥和牠的女朋友一直在幹活？瞧牠歇在那枝上，想著要把喙裡的那根小樹枝放到哪裡最好。」

他一聲低哨，知更鳥轉頭探詢地看著他，嘴裡仍銜著牠的小樹枝。迪肯像季元本那樣對牠講話，不過迪肯的口吻像是一種和善的建議。

他說，「不管你放到哪裡都沒問題，因爲在你孵出來之前就知道怎麼築巢了。努力的工作吧，你沒時間可浪費了。」

「喔，我真喜歡聽你和牠講話！」瑪麗一邊說，一邊快樂地笑著，「季元本和牠說話時都是用責備、取笑的語氣。不過牠還是會蹦來跳去，好像他說的每句話牠都明白似的，我知道牠喜歡你。季元本說牠很自負，寧願有人對牠扔石頭，也不願不被注意。」

迪肯也笑起來，繼續說，「牠知道我們不會打擾牠，」他對知更鳥說，「我們自己也是野生動物，我們也在築巢，願上帝保佑你。小心，你別打我們的小報告。」

雖然知更鳥因爲牠的喙銜著東西，而沒回答，不過瑪麗知道，當牠帶著自己的小樹枝飛向屬於牠的小角落時，牠亮如露珠黑黝黝的眼睛，像是在說牠不會把他們的秘密告訴別人。

# 第16章

那天早上，他們發現有很多事要做，瑪麗回到房子裡已經很晚了，接著她又急著趕回去工作，完全忘記了柯林，直到最後一刻才想起他來。

她對瑪莎說，「告訴柯林，我暫時無法去看他，我在花園裡有很多的事要做。」

瑪莎聽後，看起來好像很害怕。她說，「啊！瑪麗小姐，我怕如果我這樣告訴他的話，可能會讓他的心情十分的惡劣。」

不過，瑪麗並不像其他人一樣那麼害怕他，而且她也不是個肯自我犧牲的人。她聽後還是回答，「我不能再待下去了，迪肯在等我呢，我走了。」說完便跑了。

下午比早上更忙更有趣。那天他們差不多將花園中的雜草全都清除乾淨，而且大部分玫瑰和樹下的泥土都已經鬆過的。迪肯帶來自己的鏟子，也教瑪麗怎麼使用她的工具。

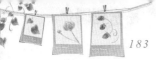

經過他們下午的努力，很明顯地，這個可愛的野地不太會成為一個「花匠式的花園」，而且也會在春天結束之前會長出許多的植物。

「頭頂上會有蘋果花和櫻桃花，」迪肯邊說，邊賣力地工作著，「貼著牆的是桃樹和李樹，草地上也會變成滿是鮮花的地毯。」

小狐狸、小烏鴉和他們一樣忙碌、一樣快樂，知更鳥和牠的女友飛來飛去，像一道道極小的閃電。有時烏鴉會拍拍後翅，飛上公共園地的樹梢去。不過每次牠回來時，都會棲息在迪肯的周圍，都要叫了幾聲，彷彿在講述牠的歷險事情，迪肯對牠講話時就像對知更鳥一樣。有一次迪肯太忙沒回答牠，煤灰就飛到他的肩膀上，用牠的大嘴輕輕地敲迪肯的耳朵。

瑪麗想休息時，迪肯會和她一起在樹下坐下，有一次他從口袋裡拿出笛子，吹出柔和奇怪的小調，突然在牆上出現兩隻松鼠，牠們注視著他，聽著他吹的迪聲。

「妳比以前強壯好多了，」迪肯邊說，邊看著她挖土，「現在的妳和開始的妳，顯得不一樣了，真的。」

瑪麗由於每天都有充分的運動，而且心情很愉快，所以看起來容光煥發。

「我每天都在長胖，」她興高采烈地說，「莫德勞克太太得給我買更大的衣服了。瑪莎說我的頭髮也長密實了，沒有那麼平板、稀疏了。」

當他們分手時，太陽漸漸西下，發出深金色的光線，投照到樹下。迪肯說，「明天會是好天氣，太陽升起之前我就會來幹活。」

「我也是。」瑪麗說。

瑪麗儘快地跑回屋裡。她想告訴柯林，關於迪肯的小狐狸和烏鴉的事，還要告訴他春天是怎麼一回事。她覺得他應該很高興聽到這些事，但是當她打開房間門時，她看到瑪莎站著在等她，臉色十分難看，這讓她覺得很不愉快。

「怎麼了？」她問，「妳告訴柯林我不能去，他說什麼？」

瑪莎說，「啊！我真希望妳今天有去，他聽到我說的話後，又大發脾氣。護士花一整個下午的時間在讓他安靜下來，而他一直都在看錶。」

瑪麗的嘴唇緊閉。她和柯林一樣從不會為別人著想，她心裡在想，這個壞脾氣的男生有什麼理由干涉她的行動，不讓她做她最喜歡的事情。她是一個絲毫不懂得可憐別人的人，所以不知道那些一直在生病的人，不知如何控制自己的脾氣，才不會讓別人也變得暴躁、神經質。

在印度，每當她頭疼的時候，她會認為別人也頭疼，或者也生了一個很糟糕、麻煩的病，現在她的心情十分的愉快，別人也應該和她一樣。所以，她覺得柯林的態度是不對的。當瑪麗進入柯林房間時，他並不在沙發上，而是平躺在床上，她進來時他沒有將頭轉向她。這是個不好的開始，瑪麗生硬地朝他走進。

「你爲什麼不起床？」瑪麗說。

「今天早晨我本來有起來，我以爲妳會要來。」他回答時，並沒看著瑪麗。「因此，下午時我讓他們把我放回床上。我背痛、頭痛，使我覺得很累。妳爲什麼沒來？」

「我在花園裡和迪肯工作。」瑪麗說。

柯林皺起眉頭看著她。「如果你出去和迪肯在一起，而不來和我聊天的話，那我不會讓那個男孩到這裡來。」他說。

瑪麗聽到後大爲光火，她不動聲色地生著悶氣，變得十分的頑固且不高興，根本不在乎會發生什麼，因此她便還擊說，「要是你把迪肯趕走，我就永遠不進這房間！」

「要是我想要妳，妳就必須要來。」柯林說。

「我不會來的！」瑪麗說。

「我會讓妳來的，」柯林說，「他們會把妳拖進來。」

「他們會嗎?王爺先生！」瑪麗怒氣衝天地說，「他們或許能把我拖進來，但是他們沒辦法讓我說話。我會坐在這兒，咬著牙，不和你說任何一句話。我甚至看都不看你，我會一直盯著地板！」

他們倆此時怒目相向，真是絕配。要是他們是街上的小混混，早就撲向對方，互打一場了，不過，現在他們只是相互對罵。

「妳是個自私鬼！」柯林喊。

「那你算什麼？」瑪麗說，「自私的人總是說別人自私，因爲只要別人沒順他們心意都叫自私。其實，你比我更自私，你是我見過的最自私的男生。」

「我不是！」柯林反咬一口，「我哪像妳的迪肯那麼自私！他留你和他在一起玩泥巴，他知道我孤零零一個人嗎？管妳喜不喜歡，我就是覺得他就是自私！」

瑪麗此時兩眼冒火。「他比世界上任何男生都好！」她說，「他是個天使！」這話聽起來或許很蠢，但是她現在一點都不在乎。

柯林滿腔怒火地冷笑說，「好一個天使！他只是牧爾上到處跑跳的農家男孩吧！」

「他比一個粗俗的王爺好！」瑪麗反駁說，「要好上一千倍！」

瑪麗的個性要比柯林還強硬，所以她漸漸占了上風。其實，柯林這輩子到目前爲止，從未和與自己勢均力敵的人吵架，所以，這場架對他來說是大有益處的，雖然他和瑪麗都沒想到。

此時柯林將頭轉向枕頭，緊閉雙眼，一顆大大的眼淚順著臉流下。這眼淚，不是爲別人而流的，而是爲自己流的，他突然覺得自己很悲傷、可憐。他說，「我沒有妳那麼自私，因爲我一直在生病，而且我有個包正要從我背上長出來。我就快死了。」

「你不會死的！」瑪麗毫不同情地駁斥。

他十分憤慨，並大大地睜開眼睛。他從未聽到人們說這樣的話，此時他覺得十分生氣，又略為高興。「我不會死嗎？」他大叫，「我會死的！妳知道我會死的！因為每個人都這麼說。」

「我不相信！」瑪麗不悅地說，「你那麼說，只不過是要讓人們來可憐罷了。我相信你為這個藉口感到十分的得意。我不相信你快死了！要是你是個好心的孩子，那可能是真的，可是你太難纏了！」

儘管柯林的後背還很不舒服，可是此時他十分生氣地從床上坐了起來，帶著怒氣的說，「滾出房間去！」他叫喊著並抓起枕頭丟向瑪麗，由於他的力道不夠，所以扔不遠，枕頭落在她的腳下，而瑪麗的臉已經像個胡桃夾子一樣的緊了。

她說，「我會走的，而且我不會回來！」

她走到門口，手碰觸到門時，又轉身對他說。「我本來要告訴你很多有趣的事，要告訴你，迪肯今天帶了他的狐狸和烏鴉來之事，但是現在我一樣都不告訴你了！」

她走出去，將門關上，此時她大吃一驚，因為她發現護士正站在那兒，彷彿一直在偷聽，更驚人的是，她在笑。

這個護士的個子很高，是個漂亮、年輕的姑娘，按理來說她根本不該做專業護士，因爲她無法忍受病人，總是找藉口把柯林留給瑪莎或其他能代替她的人，所以瑪麗從未喜歡過她。現在，她就站在那兒，用手帕捂著嘴傻笑，瑪麗便朝她看。

瑪麗問她，「妳在笑什麼？」

護士說，「笑你們兩個小孩子，對這個被寵壞的孩子來說，最好的事情就是有個和他一樣被慣壞的人和他作對；」她又用手帕捂著嘴笑，「要是他有個較兇的妹妹和他打架，那他就有救了。」

「他會死嗎？」

「我不知道，」護士說，「他的病有一半是因爲他太歇斯底里和太愛發脾氣的。」

「什麼是歇斯底里？」瑪麗說。

「如果妳讓他接下來大發脾氣，妳就知道了。不管怎樣，妳已經給他一個歇斯底里的開始了，我覺得很高興。」

瑪麗回到她的房間後，和從花園裡回來時感覺完全不同。她覺得很不高興且失望，不過她絲毫不覺得柯林可憐。她本來想告訴他很多事，對於是否將花園那個大秘密告訴他，她本來已經慢慢覺得可以說了，但是現在她完全改變主意了。

她決定永遠不要告訴他，讓他一直待在他的房間裡，永遠不要出去呼吸新鮮空氣，要是他想死就讓他死好了！這是因爲他活該！她非常的不悅、冷酷，有幾分鐘，她幾乎忘記了迪肯，忘記了籠罩世界的綠色面紗，忘記了牧爾上吹來的柔風。

瑪莎一直在等她，她臉上的煩惱暫時被好奇取代，因爲在桌上有個木頭盒子，蓋子被打開了，裡面放著滿滿的、整齊的包裹。

「克蘭文先生寄給妳的，」瑪莎說，「看起來裡面是圖畫書。」

瑪麗記起她去他房間那天，他問她，「妳有想要的東西嗎？布娃娃、玩具、書？」瑪麗打開包裹時，一邊想著他是不是寄了布娃娃，要是他真的寄了，該拿它怎麼辦？

不過他並沒寄布娃娃，而是幾本美麗的書，這些書和柯林的書很像，其中兩本是關於花園的，書中滿滿的圖片。此外，有兩三套遊戲，一個美麗小巧的文具盒子，盒子上有金色的花邊字母。每樣東西都那麼好看，快樂漸漸把憤怒擠出了她的腦子。她從來都沒有想到他會記起她，她冷酷的小心腸變得非常溫暖。

「我的字寫得比描得好。」她說，「我用那支筆寫的第一封信就是給他的信，告訴他我很高興收到這些東西。」

假如她現在和柯林還是朋友的話，她會立刻將她的禮物拿去給他看，他們會一起看圖畫，讀讀園藝書，或許還會試著玩遊戲。他會玩得很高興，不會想起他會死這事，或者把手放到脊背上看看腫塊是否長出來，每當他那麼做的時候，讓她覺得十分的難受。因爲他自己的恐懼會給她一種不舒服的恐懼感。他說當他發覺他的背上出現腫塊時，哪怕很小的腫塊，他就知道自己的背開始變駝了。

他聽過莫德勞克太太與護士說的悄悄話，讓他有這個想法，他對此曾懷疑地想著，但現在這個念頭牢牢地進入他腦子裡。莫德勞克太太說他爸爸是孩子的時候，背就出現那種駝子的樣子了。除了瑪麗，他從沒告訴任何人，多數時候人們所稱的「大發脾氣」其實是爲了隱藏他心中的恐懼。他告訴瑪麗的時候，瑪麗還曾經可憐過他。

「他只要覺得疲倦或在鬧彆扭時，就開始想這個，」瑪麗自言自語地說，「他今天一直都在鬧彆扭。也許，也許他今天下午就在想著這個。」

她靜靜地坐著，低頭看著地毯思索著。「我說過，我永遠不會回去，」她皺起眉頭猶豫著，「或許，只是或許，我會去看看他，要是明天早上，他想要我去見他的話。也許他會再用枕頭砸我，可是，我想，我應該還是會去。」

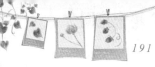

# 第17章

瑪麗一大早就起床了，在花園裡很努力的工作，所以她現在又累又困，當瑪莎服侍她吃完晚餐後，她便很高興地上床睡覺了。她將頭躺到枕頭時，一邊對自己嘟噥著：「明天早飯前我會和迪肯一起去工作，然後，我想我會去看他。」

大概是半夜的時候，瑪麗突然被可怕的聲音驚醒了，她立刻跳下了床，心想那是什麼聲音，那是什麼聲音?不過很快她便知道那是什麼聲音了。一道道門被打開又關上，走廊上傳來匆忙的腳步聲，同時有人在哭喊著、尖叫著。

「是柯林，」她說，「他又在發脾氣了，護士稱它爲歇斯底里，聽起來真嚇人。」

當她聽著抽泣的尖叫聲時，她不再驚訝爲什麼他們寧願都順著他，不願聽這尖叫聲。此時她把手捂到耳朵上，覺得很噁心並發抖。

「我不知道該怎麼辦。我不知道該怎麼辦，」她不停地說，「我受不了了。」

她曾想，要是她去找他，他會不會停下來，不再歇斯底里，不過她又想起他是怎麼把她趕出房間，心想也許見到她會更糟糕。她甚至把手緊緊地按在耳朵上，也都不能阻擋那個可怕的聲音。

她如此地又恨又怕那聲音，突然間她又被弄得很煩躁，覺得自己也想發一場脾氣，好恐嚇他，就像他現在恐嚇她一樣。她向來只習慣自己的壞脾氣，不習慣其別人的脾氣，因此她把手從耳朵上拿下，跳起來跺腳。

「他得停下來！必須要有人來制止他！該有人去打他！」她叫喊。

正在這時她聽到走廊的腳步聲幾乎是用跑的，此時她的房門被開了，護士走了進來。現在她完全沒有笑意，臉色甚至還很難看。

「他已經把自己弄得歇斯底里了，」她匆忙地說，「他會傷了自己，沒人能拿他有辦法。妳來試試看，他喜歡妳的。」

「今天早上他把我趕出了房間，」瑪麗一邊說，一邊激動地跺腳。

跺腳反而讓護士高興。其實，她剛才還擔心會看到瑪麗躲到被子底下哭泣。

「這就對了，」她說，「妳的態度很對。妳現在可以過去罵他，這樣可以讓他想起點新東西。去啊，孩子，趕快去。」

直到事後瑪麗才覺得這事是既可笑又可怕，因為所有的大人都害怕，得去找一個小女孩幫忙，他們覺得那位小女孩脾氣和柯林一樣壞。

瑪麗沿著走廊過去，當她離尖叫聲越近，她的火氣就越大。等她到門口時，她已經覺得非常生氣。她將門用力打開，跑過房間直到四柱床的面前。

「你給我停下來！」她幾乎是用叫喊的方式和柯林說話，「你給我停下來！我討厭你！這裡每個人都討厭你！我希望大家都跑到房子外，讓你一個人叫到死！你馬上就會讓自己尖叫到死，我希望你真的會死！」

一個有同情心的好孩子不會這麼想，也不會這麼說，不過這些話帶來的震撼，對這個歇斯底里的男孩而言，效果是最好的，因爲從沒人敢約束和反對他。

他本來一直將臉埋在枕頭下，用手撲打著枕頭，當他一聽到怒火中燒的小嗓門，竟然差點兒跳起來翻身。他的臉很嚇人，一陣紅一陣白的，還腫腫的，他邊喘著氣邊哽咽，不過，野蠻的小瑪麗絲毫不關心。

「要是你再叫一聲，」她說，「我也會尖叫，我能比你尖叫得更大聲，我要嚇死你，我要嚇死你！」

此時，他真的停止尖叫了，因爲她嚇著他了。剛剛的那聲尖叫聲幾乎讓他窒息，淚水從他臉上流而下，他渾身在顫抖著。

「我停不下來！」他一邊喘著氣，一邊抽泣著，「我不能！我不能！」

「你能！」瑪麗叫喊，「你的病有一半是因爲你的歇斯底里和壞脾氣，就是歇斯底里、歇斯底里、歇斯底里！」她每說一次就跺一次腳。

「我感覺到背上那個腫瘤，我感覺到，」柯林嗆出一句，「我知道我會成爲駝子的，我的背會長出個東西，然後我會死。」他又開始全身扭曲，將臉撇過去，抽泣、嗚咽著，但沒有尖叫了。

「你的背沒有長任何的腫瘤！」瑪麗憤怒地反駁他，「要是你感覺到，那也只是歇斯底里的腫塊。歇斯底里會長任何的腫瘤，現在你討厭的背上什麼東西也沒有，一切都是因爲你的歇斯底里引起的！翻過身，讓我看看！」

她很喜歡「歇斯底里」這個詞，不知怎的，她覺得這名詞對柯林來說很有效果。這可能是因爲他和她自己一樣，沒聽說過這個詞。

「護士，」瑪麗命令，「馬上過來把他的背給我看！」

護士、莫德勞克太太和瑪莎一直站著在門口擠成一團，盯著她看，嘴巴半張開。三個人都嚇得不只一次屏住呼吸。護士帶著一點恐懼走上前，柯林則是因爲劇烈的抽咽使身體一起一伏。

「也許他……他不會讓我動手。」她低聲猶疑地說。

柯林聽見她說的話，就在他兩聲抽咽之間，喘著氣說出一句話：「給……給她看！

她就知道了！」

背露出來了，那是一個瘦得可憐的背，讓人不忍去看。每一根肋骨、脊椎上的每個關節，都清清楚楚的，儘管瑪麗小姐彎腰檢查的時候並沒有真的去數，不過她野蠻的小臉看起來很嚴肅。

她的臉看起來很臭，使得護士不得不將頭轉過去，以免讓人發現她在偷笑。他們沈默了一分鐘後，柯林屏住氣，瑪麗上上下下檢查他的脊椎，彷彿她是倫敦來的大醫師。

「一個腫塊都沒有！」最後她說，「連針那樣大的腫塊都沒有，除了背脊骨上的腫塊外，你能摸到它們是因爲你太瘦了。我以前自己背脊骨上也有腫塊，直到我開始長肉後才比較好，現在我還不夠胖，還不能將它們完全蓋起來。針尖大的腫塊都沒有！要是你再說有，我就要笑了！」

除了柯林，沒有人知道那些執拗的、孩子氣的話對他有什麼影響。假如他可以傾訴他的隱藏的恐懼，假如他敢自己提出問題、假如他有玩伴，而不是一直躺在封閉的巨大房子裡，呼著充滿了恐懼沈重的空氣，那他就會發現他的恐懼和疾病是自己編造的。

這是因爲他一直躺著，隨時都在想自己，想著自己的病痛和厭倦。現在一個憤怒且毫無同情之心的小女孩，堅持地說他的病並沒有他自己想像的那麼嚴重，他竟然覺得她說的可能是實話。

護士小心翼翼地說，「我從不知道他竟以為自己脊椎上有個腫塊，我要是知道的話，會跟他說根本沒有腫塊。他的背柔弱，是因為他不願意坐起來的關係。」

柯林猛咽下一口氣，略略轉過頭來看著她，可憐地問，「是真的嗎？」

「是的，先生。」

「你瞧！」瑪麗也猛吸一口氣說。

柯林再次拉動臉部肌肉，不過這次是為了要深吸一口氣，他斷斷續續地深呼吸，這是他激烈抽泣的結果，他靜靜地躺了一分鐘，儘管淚水順著臉流下打濕枕頭。實際上，這淚水對他而言是一種奇怪的解脫。

這時候他再次轉頭看護士，不過奇怪的是，他對她說話的態度跟之前完全不一樣，完全不像印度王爺了。

「妳覺得，我能活到長大？」他說。

護士既不機靈也不軟心腸，不過她重複了倫敦醫生的話。

「你很可能會活到長大，要是你按醫生說的去辦，不要亂發脾氣，多出去呼吸新鮮空氣，而不是待在這裡，那就可以。」

柯林的脾氣已經過去了，不過此時的他還十分的虛弱，這是因為他哭喊得精疲力盡的關係。或許這讓他變得很溫柔，他朝瑪麗伸出一隻手，而瑪麗的脾氣也過去了，溫柔下來，也將手伸出去，兩個人就算握手合好了。

「我會……會和妳一起出去，瑪麗，」他說，「我不會討厭新鮮空氣，如果我們能找到……」他突然想起那是個秘密不能說，因而阻止自己說「如果我們找到秘密花園」，結果他說的是，「我會願意和妳一起出去，如果迪肯能來推我的輪椅。我真的想見迪肯和狐狸和烏鴉。」

護士重新整理了亂成一團的床，拉直枕頭。然後她給柯林做了杯牛肉湯，也給了瑪麗一杯，瑪麗在激動之後還能喝到這湯汁，真的很高興。

莫德勞克太太和瑪莎溜之大吉，待一切都整齊、平靜、井井有條時，護士也希望能溜之大吉。因爲她是個健康的年輕姑娘，最討厭睡眠被剝奪，她一邊看著瑪麗，一邊大大地打了個呵欠，瑪麗已把她的大腳凳推近四柱床，握著柯林的手。

「妳得回去睡了，」護士說，「他過一會兒就會睡著，如果他不太生氣的話。然後我會到隔壁房間躺下睡覺。」

「你希望我給你唱那首從奶媽那裡學的歌嗎？」瑪麗對柯林低聲說。

他的手輕柔地拉了拉她的手，疲倦的眼睛轉向她，請求著。

「喔，願意！」他回答，「那首歌多溫柔啊，我想我聽到後就會馬上睡著。」

「我會哄他睡的，」瑪麗對呵欠連連的護士說，「妳要是想睡的話，可以走了。」

「那麼，」護士說，「要是他半個小時之後還睡不著，妳一定要來叫我。」

「沒問題！」瑪麗回答。

護士馬上就離開了房間，她一離開，柯林又拉著瑪麗的手說，「我剛剛差點就說出去，不過還好我及時住口。現在我不再說話了，我要睡覺了，可是妳說過妳有許多事情要告訴我。妳有沒有找到去秘密花園的路嗎？」

瑪麗注視著他可憐而疲倦的小臉、發腫的眼睛，心變得憐憫起來。

「是的，」她回答，「我想我找到了。如果你睡的話，我明天可以告訴你。」

他的手高興地顫抖著。

「喔，瑪麗！」他說，「喔，瑪麗！要是我能進去，我想我就能活到長大！妳能不能不唱奶媽的歌，告訴我花園裡看起來是什麼樣的？就像妳第一天那樣輕聲告訴我。我肯定能讓自己睡著。」

「好，」瑪麗說，「閉上眼睛。」

他閉上眼睛，動也不動地躺著，她握著他的手，開始很慢很慢地說，聲音很低。

「我想它被孤零零放棄很久了，那裡到處都長著纏結。我猜想玫瑰都已經爬得到處都是的，它們從樹枝和牆頭上垂下來，爬滿地上，就像是一層奇特的灰霧。有些玫瑰花已經死了，不過還有很多還活著，等到夏天來了時，會有一道道玫瑰簾子、玫瑰噴泉。

我想旱水仙、雪花蓮、百合花、鳶尾花，一定會很努力地在黑暗裡使勁地往外長。現在是春天，已也許……也許……」

她溫柔持續的低語聲，讓他越來越安靜，她看到了這情景還繼續說著。

「也許它們會從草裡長出來，也許現在就有一簇簇的紫色番紅花，還有紅色的。也許葉子剛剛開始冒出來，且舒展開來，也許……灰色在變化，綠色的薄紗正在爬著，爬滿了每樣東西。鳥兒來看秘密花園，因爲在那裡是那麼安全又安靜。也許知更鳥找到了牠的伴侶，正在築巢。」

此時的柯林已經睡著了。

# 第18章

當然，第二天早晨瑪麗並沒能早起。

她很累，睡得很晚，瑪莎拿早餐來的時候告訴她，雖然柯林很安靜，可是他生病發燒了，每當他大哭大鬧後，都會將自己弄得像現在一樣。

瑪麗慢慢吃著早飯，一邊聽著瑪莎說。

「他說，他希望妳能儘快去看他。」瑪莎說，「真奇怪，他真的好喜歡妳。昨晚妳確實大罵他一頓，不是嗎？沒人敢那麼做。啊！可憐的孩子！他已經被慣壞了。媽媽說，對一個小孩而言，發生最壞的情況有兩種：一種是永遠都不如意，一種是永遠如意。不過她不知道哪一種較嚴重。不過，妳的脾氣也不小，剛剛我到他房間的時候，他對我說：『請妳去問問瑪麗小姐，看她能否來和我說話？』想想看，他竟然會說『請！』妳會去嗎，小姐？」

「我想先去見迪肯，」瑪麗說，「不，我會先去見柯林，告訴他，我知道要告訴他什麼。」她突然來了靈感。

當她出現在柯林房間的時候頭戴著帽子，有一剎那他顯得很失望。現在的他在床上，臉色十分的蒼白，眼睛周圍有黑眼圈。

「我很高興妳能來，」他說，「我頭疼，全身都疼，因爲我實在太累了。妳要去哪裡嗎？」

瑪麗走過去靠在他的床上說，「我不會去很久，我要去找迪肯，但是我會回來。柯林，是……是關於秘密花園的事。」

他整個臉都亮了，泛起一絲的紅潤。

「喔！是嗎？」他喊出聲，「我一整晚都夢到它，我聽到妳說什麼灰色變成綠色，我夢到我站在一個地方，充滿了綠葉子，在那裡到處都有小鳥在築巢，牠們看起來是那麼柔軟、安靜。我會躺下想著它，直到妳回來。」

五分鐘之後，瑪麗就和迪肯在他們的花園裡了。狐狸和烏鴉又和他一起，這次他還帶來了兩隻溫馴的松鼠。

「今天早上我騎小馬來的，」他說，「啊！牠真是個好夥伴，牠叫跳跳！我也把這兩隻松鼠放在口袋裡帶來。這隻叫堅果，那隻叫果殼。」

當他叫著「堅果」，一隻松鼠就躍上他右肩；他喊著「果殼」時，另一隻就躍上他左肩。他們坐到草地上，隊長蜷縮在他們腳邊，煤灰安靜地在樹上聆聽，堅果和果殼在附近聞來嗅去，讓瑪麗幾乎難以忍受離開這般快樂的地方。

然而，當她開始不知不覺地說昨晚發生的事時，迪肯高興的臉上馬上有的變化，這讓她改變了想法。她看得出他比她更爲柯林覺得難受。

他抬頭看天，環顧四周。「聽聽鳥兒的聲音，整個世界的鳥兒好像都在吹哨、吹笛，」他說，「看牠們到處飛翔，聽牠們相互呼喚。春天來的時候，好像全世界都在呼喚。此時葉子正舒展著，你能看到它們在舒展，而且它們的味道很好聞！」

他快樂的翹鼻子正努力吸氣。「那個可憐的孩子就躺著，被關起來，能看到的太少，因此會想著那些讓他尖叫的東西。啊！天啊！我們必須把他弄出來，我們必須讓他來看一看、聽一聽，聞聞這空氣，讓他浸透在陽光裡。我們絕不能再浪費時間。」

當他對某件事投入的時候，就會在不知不覺中用約克郡的口音說話，不過平時他會努力去糾正口音，好讓瑪麗聽得更清楚。

然而，她喜愛迪肯用約克郡的口音來和她說話，實際上她自己還努力學著說，所以她現在能說、能聽一點。

她繼續說著，「哎，是啊！我們不要再浪費時間了，我告訴你，我們首先要做什

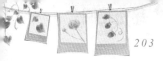

麼，」迪肯聽到瑪麗說的這段話後咧嘴笑了，因爲這小女孩費力用約克郡的口音說話，讓人覺得很好笑。

「他很喜歡你。他想見你，也想見煤灰和隊長。我回房子和他聊天時，我會問他，你能不能在明天早上去看他，順便把你的動物帶來。之後，葉子長出更多，還冒出一、兩個花苞時，我們再把他帶出來，你去推他的輪椅，我們把他帶到這兒，讓他看所有的東西。」

瑪麗說完後，相當自豪。她以前從未用約克郡的口音說話，她覺得她說得很好。

「妳必須用約克郡的口音對柯林少爺說話，就像剛剛那樣，」迪肯傻笑，「妳會把他逗笑，對病人而言，沒什麼東西會比笑聲更好的。媽媽說，每天早上大笑半個鐘頭，能醫好一個要得斑疹傷寒的人。」

「今天我就用約克郡話對他說。」瑪麗一邊說，一邊傻笑。

這時的花園每天都在變，彷彿有魔法師經過，將可愛的東西從土地和樹幹裡引出來。因此要離開這裡是困難的，特別是堅果正爬上她的裙子，果殼從他們頭上的蘋果樹樹幹上竄下來，用探究的眼睛看著她。

當她回到房子時，便到柯林的床邊坐下，柯林開始像迪肯一樣聞著嗅著，雖然不如迪肯那麼有經驗。「妳聞起來像鮮花和新鮮東西的味道，」他非常高興地呼喊著，「那是什麼味道？又涼爽又溫暖又甜，全都在一起。」

「是牧爾吹來的風，」瑪麗說，「是坐樹下的草地上染來的，迪肯、隊長、煤灰、堅果、果殼和我一起坐在樹下。春天來了，戶外有太陽，所以很好聞！」

她儘量讓自己用約克郡話來說，除非你親耳聽到，不然你不相信約克郡的口音有多重。柯林開始笑了。

「妳在做什麼？」他說，「我從沒有聽過妳那麼說話，聽起來真滑稽。」

「我在用約克的口音跟你說話，」瑪麗相當自豪地說，「雖然我的口音沒有像瑪莎和迪肯一樣重，但我能說得像迪肯和瑪莎一樣的好，難道，你聽不出來我是用約克郡話來與你交談的嗎？你是個土生土長的約克郡孩子！啊！我倒想知道你羞不羞？」

說完後，她也大笑起來，他倆都忍不住地大笑，他們笑得整個房間都有回音，莫德勞克太太開門進來，又退回到走廊，她驚奇地站在那傾聽。

「喔，我的老天！」她自己也用約克郡話來說，因爲沒人聽到她，她感到很震驚。「真是跌破人家的眼鏡！」

要聊的真的很多。柯林似乎永遠聽不膩迪肯、隊長、煤灰、堅果和果殼，還有叫跳跳的馬。瑪麗和迪肯跑進林子裡看過跳跳，牠是一匹毛髮糙亂的小牧爾馬，縷縷鬃毛垂到眼睛上，有一張漂亮的臉，絲絨般的鼻子到處聞著嗅著。

牠雖吃牧爾上的草，但相當的瘦，可是牠還算蠻結實，彷彿那些瘦腿裡的肌肉是用鐵質彈簧製的。當牠一見到迪肯，就抬頭柔嘶，朝他快步小跑，把頭擱在他的肩膀，迪肯會對著牠的耳朵說話，跳跳則用奇怪的小聲音嘶叫、吹氣、噴鼻回話。迪肯讓牠把小小的前蹄給瑪麗，用絲絨般的口鼻吻她的臉蛋。

「牠真的明白迪肯所說的嗎？」柯林問。

「看起來他是明白的，」瑪麗回答說，「迪肯說如果你們是朋友，任何動物都能彼此了解，不過你們首先要先是朋友。」

柯林動也不動地躺了一下子，用他那奇怪的灰眼睛盯著牆，不過瑪麗看得出來他是在思考。

「我希望我能和動物作朋友，」最後他說，「但是我沒朋友。我從來沒有動物可以交朋友，也沒有人可以忍受我，或是我去忍受任何人。」

「你不能忍受我嗎？」瑪麗問。

「喔，當然啊，我能。」他回答，「雖然這說起來很滑稽，不過我甚至可以說是喜歡妳。」

「季元本說我像他。」瑪麗說，「他說他敢擔保我們兩個脾氣一樣難纏。我覺得你也像他。我們三個是一樣的，你、我、季元本。他說我們兩個都不好看，而且脾氣還很暴躁。不過，我覺得自己自從認識知更鳥和迪肯之後，脾氣就不像之前那樣的不好。」

柯林問，「妳有沒有覺得想討厭人？」

「有啊，」瑪麗很快地回答，「要是我看到你是在遇到知更鳥和迪肯之前，我肯定會討厭你的。」

柯林伸出瘦手，摸了摸她。

「瑪麗，」他說，「我真希望自己從來沒說過要把迪肯趕走的話。妳說他像個天使的時候，我恨過妳，嘲笑過妳，但是，但是也許他真的就是。」

「嗯，那麼說真是有點好笑，」她坦白地承認，「因爲他的鼻子確實是翹起來的，他有張大嘴，他的衣服上全是補丁，他會用約克郡的口音說話。可是，可是如果天使真的來約克郡，祂一定是住在牧爾上，如果有約克郡天使，我相信祂應該像迪肯那樣，懂得綠色的東西，知道怎麼種它們，懂得怎麼和野生動物說話，野生動物肯定會知道祂是朋友。」

「我不應該介意迪肯看著我，」柯林說，「我想見到他。」

「我高興你那麼說，」瑪麗回答，「因爲……因爲……」一個念頭突如其來，她知道這就是告訴他時刻。柯林知道有新東西可以聽到了。

「因爲什麼？」他急切地喊。

瑪麗緊張得從凳子上站起來，走向他，抓住他的雙手。

「我能信任你嗎？我信任迪肯，因爲鳥兒信任他。我能信任你嗎？」她懇求。

他的臉如此莊嚴，他的回答幾乎像耳語。

「是的，是的！」

「那麼，迪肯明天早上會來見你，他會把他的小動物帶來。」

「喔！喔！」柯林快樂地大叫。

「還沒完，」瑪麗接著說，她肅穆且興奮的臉，讓她看起來很蒼白，「接下來的更棒喔。有一道門通向花園，我找到了它。在牆上，常春藤下面。」

假如柯林是個健康強壯的男孩，聽到這鐵定會大喊，「好啊！好啊！」然而，虛弱的他只是將他的眼睛張大，絲毫不敢喘過氣來。

「喔！瑪麗！」他半啜泣地喊出來，「我能看到它嗎？我能進去嗎？我能活到進去嗎？」他抓緊她的手，把她拖過來。

「當然你會看到！」瑪麗堅定地說，「你當然能活到進去！別傻了！」

瑪麗既不歇斯底里，且非常自然、孩子氣的告訴他，並讓柯林恢復了理智，他開始笑自己，幾分鐘後她又坐回她的凳子上，告訴他秘密花園長什麼樣子，柯林的疼痛和疲倦此時全都忘記了，他滿心歡喜的聽瑪麗述說著。

「就和妳原來想的一樣，」最後他說，「聽起來就好像妳那時已經看到了。妳知道，妳第一次告訴我的時候，我就那麼說。」

瑪麗猶豫了大約兩分鐘，然後說出了真相。

「其實，我那時已經看到它了，我已經進去過了，」她說，「當時我已經發現鑰匙了，而且在幾個禮拜前就進去過了。可是我不敢告訴你。我不敢，因爲我在擔心我不能信任你。」

# 第19章

每當柯林大發脾氣後的第二天，自然就有人會去請克蘭文醫生來。每當他來時總是發現，一個臉色蒼白和不斷顫抖的男孩躺在床上，悶悶不樂，且仍然歇斯底里，並有可能隨時準備再爆發一場。事實上，克蘭文醫生畏懼、反感這時候來看柯林。這一次，他直到下午才到莊園。

「他怎麼了？」他抵達時，相當惱怒地問莫德勞克太太。「總有一天，他一定會讓自己的血管因壞脾氣而爆裂。這個孩子因爲太歇斯底里、自我縱容，我看是快瘋了。」

莫德勞克太太回答，「先生，等一會你看到他時，你會難以相信自己的眼睛。那個乏味、苦瓜臉的小女孩子，她的脾氣和少爺差不多壞，不過少爺好像對她十分著迷。我們都不知道她是怎麼做的，我想只有老天知道吧。她其實並不好看，平時也聽不到她說話，但是她做了一些我們都不敢做的事。昨晚，她就像頭小貓似的衝向少爺，她跺著腳命令少爺停止尖叫，不知怎的，她竟然鎮住了少爺，使少爺真的停了下來。」

克蘭文醫生進入他病人的房裡見的了一幕著實震驚了他，因爲當莫德勞克太太打開門，他聽到笑聲和絮絮閒聊生。柯林那時坐在沙發上，身穿著晨袍，看著園藝書中的畫，並不時對那個不太漂亮的孩子說話，不過那一刻那個孩子很難說是不漂亮，因爲她的臉快樂得光彩照人。

「我們會有很多像那些長長的螺旋的、藍色植物」，柯林宣佈，「它們叫……」

「迪肯說它們是一些可以養得更大一些、鮮豔些的飛燕草，」瑪麗小姐大聲地說，「而且我們已經有好多叢了。」

當他們看到克蘭文醫生走進來時，就停下來不說了。瑪麗此時變得非常安靜，柯林顯得有點煩躁。

「我很抱歉聽到你昨晚病了，我的孩子。」克蘭文醫生略帶一絲緊張地說。其實，他是個相當緊張的人。

「我現在好些了，好多了。」柯林又像個王爺般的回答。「再過一兩天，要是天氣好一些，我要坐輪椅出去，我想呼吸點新鮮空氣。」

克蘭文醫生坐到他旁邊，爲他診斷，好奇地看著他。

「一定要等到是個好天氣才行，」他說，「你一定要小心點不要累著自己。」

「新鮮空氣不會累著我。」年輕的少爺說。

由於這個年輕的小紳士會憤怒地大聲尖叫，極力堅持新鮮空氣會讓他著涼，會殺了他，所以他的醫生覺得很吃驚。「我原以爲你不喜歡新鮮空氣。」他說。

「如果只是我自己一個人出去，我當然不喜歡，」王爺回答，「但是，我的表妹會和我一起出去。」

「還有護士，護士自然要和你們一起出去？」克蘭文醫生建議。

「不，我不要護士。」柯林的態度，讓瑪麗忍不住想起那個年輕的王子，他渾身是鑽石、翡翠、珍珠，深色的小手上還有一大塊紅寶石，他總是揮手指揮僕人們過來行額手禮，接受他的命令。

「我的表妹知道怎麼照顧我，她會和我在一起。每當她和我在一起，會讓我覺得好些。昨晚，她就讓我好些。而且，會有一個很強壯的男孩來推我的輪椅。」

克蘭文醫生覺得相當的驚慌。因爲假如這個疲倦的、歇斯底里的孩子好起來的話，那他自己就毫無可能繼承米瑟韋斯特莊園了，不過他不是一個沒道德的人，雖然他軟弱，但他不想讓自己陷入真正的危險。

「他一定是個強壯、鎮定的男孩，」他說，「他是誰?叫什麼名字?」

「是迪肯。」瑪麗開口說。不知爲什麼，她覺得每個知道牧爾的人應該都知道迪肯。不過，她的想法似乎是對了，因爲她看到克蘭文醫生的臉放鬆，且露出寬心的微笑。

「喔，迪肯，」他說，「要是是迪肯的話，你絕對安全。因爲他壯得像匹牧爾上的馬駒，是迪肯。」

「而且他很可靠，」瑪麗說，「他是約克郡中可靠的小夥子。」她一直對柯林用約克郡的口音說話，一時忘了改回來。

「是迪肯教妳的嗎？」克蘭文醫生邊問，邊笑了起來。

「我把它當法語來學，」瑪麗相當冷靜地說，「這就像印度的方言，聰明的人才會去學。我喜歡它，柯林也喜歡。」

「好吧，好吧，」他說，「如果它能讓你開心，你們就去學，也許它對你沒有害處。昨天晚上你服安眠藥了嗎？」

「沒有，」柯林回答，「剛開始我不想服，後來瑪麗讓我安靜下來，她用很低的聲音說話讓我睡著了，她說一些關於春天溜進花園的事。」

「聽起來讓人覺得很安慰，」克蘭文醫生說，但他覺得更加的困惑，因而用斜眼瞟瑪麗，「你很明顯地看起來好些了，但你一定要記住……」

「我不想記住，」此時柯林打斷了克蘭文醫生的話，他說，「當我一個人躺著，想起你要我應該記住的事情時，我就會開始覺得疼痛，這些事情讓我開始想尖叫。要是有醫生能讓我忘記自己的病，而不是記住它的話，再遠我都會派人帶他來。」

接著，他揮揮瘦弱的手，那手上好像真的戴了有皇室徽記的紅寶石戒指。「我的表妹能讓我忘記我在生病這件事，所以能讓我好些。」

克蘭文醫生從沒在柯林發過脾氣之後，停留這麼短的時間，通常他都會被迫留很長的時間，做很多的事情。

這個下午他沒有給柯林任何的藥，只留下一些交代，同時也免於看到其他不愉快的場面。他下樓時顯然一直處於深思的狀態，當他在書房對莫德勞克太太說話時，莫德勞克太太覺得他很困惑。

「那麼，先生，」她試著問，「你能相信嗎？」

「這肯定是個新的變化。」克蘭文醫生說，「現在情況比原先的好。」

「我相信蘇珊．索爾比是對的，我相信她。」莫德勞克太太說，「昨天我去斯威特村的時候，在她的農舍停了下來，我們聊了一下子。她對我說：『嗯，薩拉．安，瑪麗或許不是一個好孩子，也不是一個漂亮孩子，但她確實是個孩子，孩子是需要孩子的，他們也需要個伴。』記得嗎？我們以前是同學。」

「蘇珊．索爾比是我所知道的最好的護士，」克蘭文醫生說，「只要我看到她在，我就知道我的病人有救了。」

莫德勞克太太微笑了，因爲她喜歡蘇珊．索爾比。

「她做事通常有自己的道理，」莫德勞克太太繼續地說，「一整個早上我都在想她昨天說的一件事。她說：『有一次孩子們打完架，我便給他們一點教訓。我對他們說，我上學時，地理老師說地球像一顆橙子的形狀；十歲以前，我就發現這個橙子不屬於任何人。每個人都只能擁有他所屬的地方，無法超過他自己的那塊地。因此你們不要以爲世界是屬於你自己的，不然你將來會明白自己是錯的，而且還要爲這個錯誤付出代價的。』她還說，『孩子們都能了解，搶奪整個橙子，尤其是連皮帶核是沒意義的一件事的，要是你想將整個橙子都佔爲己，那你很可能連果核都得不到，而且即使搶奪到果核，也會因爲它太苦了而不能吃。』」

「蘇珊．索爾比是個精明的女人。」克蘭文醫生邊說，邊穿上外套。

「是啊，她說起話來，是很有自己的主見的，」莫德勞克太太高興地說，「有時候我對她說，『啊，蘇珊，要是妳是別的女人，而且沒有那麼重的約克郡口音話，有時候我都很想稱讚妳聰明。』」

那天晚上，柯林一覺到天亮，都沒有醒來，當他早晨睜開眼睛時，他靜靜地躺著，不知不覺中微笑起來，因爲他覺得有一種奇妙的舒服感。他覺得醒來竟然讓他感覺很美好，他轉過身，愉快地伸展著四肢。

他覺得綁住他緊繃神經的繩子彷彿鬆開了。他想克蘭文醫生看到他之後，應該會說這是因爲他的神經放鬆，並得到適當的休息緣故。

他不再躺著盯著牆祈禱自己不是清醒的，現在他的腦子裡充滿了他和瑪麗昨天定的計劃，充滿了花園的畫面，充滿了迪肯和他的野生動物，他想有事情可想的感覺真好。在他醒來不到十分鐘後，便聽到走廊上的跑步聲，瑪麗站在門口。一下子她就到房間裡，穿過房間跑到他的床邊，她的身上帶著一股充滿清晨氣息的新鮮空氣。

「妳出去過了！妳出去過了！妳的身上有好好聞的樹葉味道！」他大聲說。

瑪麗剛才一直在跑，因此頭髮被風吹亂了，早晨的空氣讓她容光煥發，臉蛋紅潤，雖然她不知道自己的改變。

「這世界真是太美好了！」由於跑得太快了，使她有點上氣不接下氣地說，「你從來都沒見過那麼美的東西！春天，它來了！那天早晨我以爲它已經來了，但是現在我才知道那天只是剛開始。現在它才真正的到這兒！它來了，春天已經來了！迪肯這麼說。」

「來了嗎？」柯林大聲的問，其實他對此是一無所知，不過他的心仍怦怦地跳著，不自覺地從床上坐了起來。

他笑著說，「打開窗戶！」這時的他一半是歡欣激動，一半是由於自己的想像。「或許我們能聽到金喇叭的聲音！」

在他笑的當時，瑪麗一下子就跑到窗邊，將窗戶打開，讓清新、溫柔、香味、鳥鳴一起跑進屋裡。

「這是新鮮空氣，」瑪麗說，「你現在快躺著，深深的吸一口氣。迪肯躺在牧爾上的時候都會這麼做，他說他可以感覺到新鮮空氣在血管裡讓他強壯，他覺得好像可以因此活得好久。所以，你要一直吸它吸它。」

瑪麗只是一直在重複迪肯告訴她的話，不過這番話讓柯林又充滿想像力。

「『活得好久！』新鮮空氣真的讓他有那種感覺嗎？」他邊說，邊按她說的方法做，一遍又一遍地深深吸氣，直到他覺得有某種新的、快樂的東西正在他身上發生變化。

瑪麗又來到他床邊。「有很多東西正從地下長出來，」她急急忙忙地說，「花朵正在舒展開，所有的東西上都有嫩芽，綠色面紗差不多已經覆蓋了所有的灰色東西，小鳥為牠們的巢十分的忙碌，怕會有些來不及，有些甚至還打架爭秘密花園裡的地盤。玫瑰叢十分的淘氣，到處生長著；小步道上、林子裡長滿了櫻草花，而且我們種下的種籽也都冒出來了，迪肯帶來了狐狸、烏鴉、松鼠和一隻新生的小羊。」

她休息一下後又說，新生的小羔是迪肯三天前在牧爾的石楠叢裡發現的，當時牠就躺在死去的媽媽旁邊。

牠不是迪肯發現的第一隻喪母的小羊，他知道如何處理。他把牠裹在外套裡帶回農舍裡，讓牠躺在火旁邊，餵牠熱牛奶。

小羊全身柔軟，有一張可愛、傻乎乎的小娃臉，和一雙很長的腿。迪肯把小羊抱在懷裡穿過牧爾帶過來，他將牠的奶瓶放在口袋裡，和一隻松鼠放在一起。

瑪麗坐在樹下，小羊蜷成一團柔軟溫暖的毛球在瑪麗大腿上，讓她感受到奇妙的歡喜。一隻小羊，一隻小羊！一隻新生小羊像嬰兒一樣，躺在你大腿上！

瑪麗懷著無限的歡愉形容著今早所發生的事，柯林一邊聽著，一邊深呼吸，這時護士進來了。她看到窗戶打開了，稍微吃驚一下。以往的暖和日子裡，她坐在這個房間時都覺得無法呼吸，因為她的病人認為打開窗戶會讓人感冒。

「你肯定你不冷嗎，柯林少爺？」她詢問。

「不，我不冷。」柯林回答，「我在做深呼吸，吸進新鮮空氣，因為新鮮空氣會讓我強壯。我要起來到沙發上用早餐，我表妹瑪麗也要和我一起吃早餐。」

護士聽後臉帶笑意去吩咐僕人準備兩分早飯。她發現僕人室比病房更有趣，這時候每個人都想聽樓上的新聞。

他們很喜歡開這個不受歡迎的小隱士的笑話，廚師說，「他終於碰到一個比他還厲害的人了，這對他是有好處。」

僕人們已經厭倦了他一次次的發脾氣，僕役長是一位已婚有家室的人，他不只一次表達，應該把那個病人「好好的修理一下」。

兩分早餐送來時，柯林坐到沙發上，他用最具權威的態度對護士說。

「今天早上有一個男孩、一隻狐狸、兩隻松鼠，還有一隻新生的小羊要來看我。他們一到的話就立刻帶上樓來。不准在僕人室裡和這些動物玩，別把牠們留在那裡，我要牠們馬上到這裡來。」

護士聽到，輕呼了一聲，便用咳嗽來掩飾來回答，「是的，先生。」

柯林揮著手說，「我會告訴妳該做什麼，妳可以叫瑪莎帶他們來，因爲那個男孩是瑪莎的弟弟。他叫迪肯，是一個動物的魔法師。」

「我希望那些動物不會咬人，柯林少爺。」護士說。

「我告訴過妳，他是個動物的魔法師，」柯林嚴峻地說，「魔法師的動物從不會咬人的。」

「在印度有馴蛇師，」瑪麗說，「他們能把蛇頭放到自己的嘴裡。」

「我的天啊！」護士全身發抖地說。

在早晨清新的空氣中，他們吃著早飯，享受著清晨的風吹拂到身上的感覺。柯林的早飯吃得很多，瑪麗頗有興味地看著他。

「你會和我一樣漸漸長胖的，」瑪麗說，「我在印度的時候從來都不想吃早餐，妳看現在的我總想吃早餐。」

柯林說，「今天早上我也想吃早餐，也許是新鮮空氣的緣故吧，讓我想吃早餐。你覺得迪肯什麼時候會來？」

用不了多久他就會來了。大約十分鐘之後，瑪麗伸出手來。「聽！」她說，「你聽到一聲『哇』了沒有？」

柯林仔細地聽，聽見了在屋內聽起來最奇怪的聲音，沙啞的「哇……哇」。

「是的，我聽到了。」他回答。

「那是煤灰，」瑪麗說，「再聽。你聽到一聲『咩』了沒，很小的一聲？」

「喔，是的！」柯林大聲說。

「是那隻新生的小羊，」瑪麗說，「牠來了。」

迪肯的靴子又厚又笨，雖然他盡力放輕腳步，但當他走在長長的走廊裡，它們仍然砰砰響。瑪麗和柯林聽著他前進的腳步聲，直到他穿過有掛毯的門，踏上直通柯林房間的走廊上鋪的柔軟地毯。

柯林慢慢地坐起來，瞪著眼前的這一切，就像他初次見到瑪麗時那樣，但是這次是驚奇和快樂的凝視。雖然他曾聽過很多有關這男孩的事，但他對這男孩會是什麼樣則一絲概念都沒有。

他的狐狸、烏鴉、松鼠、小羊看起來幾乎成了他的一部分，讓柯林覺得很不可思議。柯林從未和這樣的男孩說過話，他被自己的快樂和好奇所淹沒，忘了要開口說話。不過，迪肯一點也不覺得害羞彆扭。他和烏鴉第一次見面是，烏鴉不懂他所說的話時，也是瞪著他不說話，但他並沒有因此而困窘。這是因爲他知道小生物們在瞭解你之前總會那樣。

他走到柯林的沙發那兒，靜靜地把新生的小羊放到他的大腿上，這隻小東西立即轉向柯林溫暖的絲絨長袍，開始用鼻子往疊層裡聞啊聞，並用長著捲髮的腦袋帶著不耐煩往柯林的側腹頂撞著。

「牠在做什麼？」柯林大聲說，「牠想要什麼？」

「牠想要媽媽，」迪肯邊微笑的說，「牠現在一定是肚子餓了，我沒餵牠吃東西就帶牠來這，因爲我知道你可能願意看牠吃東西。」

他在沙發旁跪下，從口袋裡拿出一個奶瓶。

「來啊，小東西該吃早餐了，」他邊說，邊用棕色的手輕輕地扭過小小的捲毛腦袋，「你想要這個吧。放心你會享受的食物，在那個絲絨袍子裡你是找不到它的。」他把瓶子的橡皮塞入小羊的嘴裡，小羊便狼吞虎嚥般吮吸起來。

這之後，沒人想找話來說了。等小羊睡著後，柯林便問了很多的問題，迪肯當然是一一的回答。

迪肯告訴他們，他是在三天前的早晨當太陽剛升起時，發現這隻小羊的。當時他站在牧爾上聽一隻百靈鳥唱歌，看牠越飛越高，直到成爲藍天中的一個小點。

「要不是有牠的歌聲，我幾乎以爲跟丟了牠，當時我突然想，牠好像突然從世上消失了，但我們卻還能聽到牠的歌聲，真奇妙。就在那時，我聽到了一個什麼聲音，它遠遠地在石楠叢裡；仔細一聽發現是一聲微弱的咩，我想有一隻新生的小羊餓了。我知道小羊通常是不會餓著的，除非牠已經沒有媽媽了，於是我便去尋出那聲音的來源。啊！我找了好久，我在石楠叢裡鑽進了又鑽出，一圈又一圈的繞著，好像迷路似的。不過最後我看到牧爾頂上的岩石旁有一點白點，我攀爬上去，發現這小東西又冷又餓躺在那兒，牠看起來已經餓了半死。」

在他們說話的同時，煤灰突然地從打開的窗戶飛進飛出，呱呱評論著景色，而堅果和果殼則到外面的大樹做短暫的旅行，牠們沿著樹幹上下跑著，探索樹枝。隊長則在迪肯身旁蜷縮起來。

他們看著園藝書裡的圖片，迪肯知道所有花的俗名，也清楚地知道哪種花已經長在秘密花園裡。

「我不會唸那個名字，」迪肯說著，指著一個下面寫著「聚湯花屬植物」，「我們叫它耬鬥菜，那邊的那個是獅子花，這兩種都長在籬笆旁，會成爲籬笆的一部分，不過有一種是花，較大較漂亮。花園裡有一些大叢的耬鬥菜，等它們開花的時候，會像滿滿一花床的藍白蝴蝶扇著翅膀。」

「我要去看它們，」柯林喊，「我要去看它們！」

「哎呀，你一定要去看它的，」瑪麗非常認真地說，「你應該馬上去，而不能再浪費時間了。」

# 第20章

接下來的日子裡先是大風天，然後柯林感冒了，因此，他們被迫再等一個多星期。這兩件事接踵而來，依柯林原本的個性，無疑會讓他大爲惱火，可是他們有很多神秘的計劃要執行，而且迪肯差不多每天都進來，哪怕只待幾分鐘而已。

每次迪肯來時，就會告訴他們在牧爾上、小徑上、籬笆裡、溪流邊所發生的事。他所講的關於水獺、獾、水老鼠家的事，足以讓柯林興奮，更別提小鳥的巢和田鼠的洞的事。當他聽到馴獸師帶來詳細細節時，就能意識到整個世界正在忙碌的工作。

「他們和我們一樣的忙，」迪肯說，「因爲牠們必須每年造房子，而這項工作夠牠們忙的，所以他們經常手忙腳亂地趕著。」

然而，把柯林保密地運進秘密花園的準備工作，最讓他們興奮不已。因此他們周詳地計劃，如何讓柯林、迪肯和瑪麗在進入蓋著常春藤的牆外走道前，轉過灌木叢裡某個彎時，不能讓任何人看到他們。

當日子一天天的過去時，柯林越來越堅信他的感覺：花園的神秘感是它最迷人的地方之一，因此絕對不能讓任何東西破壞它，絕不能讓任何人知道他們有一個秘密。一定要讓人們以爲他和瑪麗、迪肯出去，只不過是因爲他喜歡他們，不反對讓他們看著他。他們花了很長的時間快樂地討論著路線，他們計劃著走上這條小徑，下那一條小路，穿過另一條路，在噴泉花壇裡繞圈子，彷彿他們在看園藝師饒奇先生叫人種的花。儘量讓他們的行動在大家的注視下是合情合理的舉動，沒人會想到他們有什麼秘密。

接著，趁大家不注意轉入灌木叢圍著的走道中，裝成迷路的樣子，慢慢的跑到長牆邊。一切都經過認真、縝密地規劃，就像在戰爭時，偉大的將軍擬定進軍計劃一樣。

關於柯林房間裡發生的新鮮事，早已從僕人室裡傳到馬房裡和花匠的耳中。儘管如此，當饒奇先生接到來自柯林少爺房裡的命令時，還是嚇了一跳。他必須到他的房間裡，因爲柯林有話要對他說。

「怎麼了，怎麼了，」他忙著換上外套，自言自語的說，「現在到底怎麼樣了？不准人看的人，現在竟然召見一個他從未見過的人。」

饒奇先生並不是沒有好奇心。他從未見過那個男孩半眼，不過卻聽到一打有關他誇張的故事，包括他神秘的樣子和發狂的脾氣。他最常聽說的是他可能隨時會死，大家都在傳述柯林的駝背與無力的四肢，但這些人從未見過他本人。

「這個房子裡的氣氛正在改變，饒奇先生，」莫德勞克太太邊說，邊帶他從後面樓梯走上走廊，通向目前爲止仍然神秘的臥室。

「讓我們希望全都往好的方向改變吧，莫德勞克太太。」他回答。

「原本的情況已經壞到不能再壞了，因此不會有更糟的情況出現。」她繼續說，「就那麼奇怪，在那裡僕人們都覺得工作輕鬆多了。饒奇先生，要是你突然發現自己在一個動物園中間你可別吃驚，瑪莎的弟弟迪肯比你我還像在自己家裡，比我們都還自在。」

正如瑪麗自己所相信的那樣，迪肯真的有一種魔力。當饒奇先生聽到迪肯．索爾比的名字時，會心地笑一笑。饒奇先生說，「他就算在白金漢宮和煤礦底層都一樣，會像在自己家裡。不過也不是冒失無禮，那個孩子就是自在。」

要不是他心裡有準備，也許會被嚇一跳。因爲當臥室的門打開時，他發現有一隻大烏鴉停在雕花椅子的高靠背上，好像在自己家裡一樣，而且非常大聲地「呱——呱」宣佈客人的到來。不過，儘管莫德勞克太太事先提醒過他，饒奇先生還是差一點因嚇著，往後跳而大失尊嚴。

年輕的小主人不在床上，也不在沙發上。他坐在一把扶手椅子上，他的身旁有一隻小羊站著，做出吃奶的樣子搖著尾巴，這時迪肯正跪著用奶瓶給牠餵奶。一隻松鼠站在迪肯彎下的背上，專心地啃著堅果。至於那個從印度來的小女孩則坐在一個大腳凳上看著。

「饒奇先生來了，柯林少爺。」莫德勞克太太說。

年輕的小主人轉過頭來上下打量他的男僕人，至少饒奇先生是這麼覺得的。

「喔，你是饒奇嗎？」他說，「我派人叫你來，是要給你一些非常重要的命令。」

「好的，先生。」饒奇回答，並想著他是否會要他砍去園子裡所有的橡樹，或是把果園改建成池塘種花。

「今天下午我要坐輪椅出去，」柯林說，「要是我覺得新鮮空氣對我的健康有幫助話，我可能會每天出去。我出去的時候，不准任何花匠靠近花園牆邊的長廊。我大約兩點出去，這時所有人都必須離得遠遠的，直到我叫他們回去，他們才可以回去工作。」

「好的！」饒奇先生回答，心中非常寬慰，因爲橡樹可以保留，果園也安全了。

「瑪麗，」柯林說轉向她說，「妳說過，在印度時當妳交代完事情後，想讓人走時，妳都怎麼說？」

「你可以說：『你得到我可以離開的允許。』」瑪麗回答。

柯林揮揮手，「你得到我可以離開的允許，饒奇。但是記住，這事非常重要。」

「呱！呱！」烏鴉沙啞但並非無禮地評注。

「好的，先生。謝謝你，先生。」饒奇先生說。

莫德勞克太太將他帶離房間。在走廊上，心腸相當好的饒奇先生幾乎大笑起來。

「老天爺！」他說，「他可有好一副老爺的架子，是不是？你可能還會以爲他是皇室成員中的一個呢。」

「啊！」莫德勞克太太抗議說，「自從他生下來，我們就都讓他踩在腳底下，他還以爲別人生來就是爲了讓他踐踏。」

「也許他會有這個脾氣，是因爲要活下來。」饒奇先生說。

「嗯，有一樁事是可以確定的，」莫德勞克太太說，「要是他真的活下來，而那個印度來的小孩繼續留在這兒，我敢擔保她會教給他整個橙子不是都屬於他，就像蘇珊．索爾比說的那樣。而且他很可能會發現自己的部分有大小。」

在房間裡，柯林則朝後靠在他的靠枕上。「現在安全了，」他說，「今天下午我就能看到它了，今天下午我就能進到秘密花園裡面了！」

迪肯和他的動物們回花園去，瑪麗則留下來和柯林在一起。她覺得柯林似乎不那麼累，可是午飯之前顯得非常安靜，吃飯的時候也非常安靜。她想知道爲什麼，就問他。

「你的眼睛真大，柯林，」她說，「當你想事情的時候，它們就像茶碟那麼大。你現在在想什麼？」

「我忍不住在想，它看起來會是什麼樣子？」他回答。

「花園嗎？」瑪麗問。

「春天，」他說，「我在想，我從來沒有真正見過春天。我幾乎從不出去，出去的時候我也從不去看。我甚至想都沒想過。」

「在印度時，我也從來沒有見過春天，因爲那裡沒有春天。」瑪麗說。

在幽閉多病的生活裡，柯林的想像力比她豐富，至少他有好多時間都在看精美的書本和圖畫。「那天早晨妳跑進來說：『它來了！它來了！』讓我有一種非常奇怪的感覺。因爲它聽起來好像有東西排著長長的隊伍，伴著陣陣的音樂聲來的。像書裡的那樣——成群結隊的人和小孩，帶著花環和開著花朵的樹枝，每個人都在笑著、跳著舞、擠啊、吹著笛子。所以我說：『也許我們能聽到金喇叭的聲音！』所以才要妳打開窗戶。」

「「好有意思喔！」瑪麗說，「感覺真的是那樣的。假如所有的花朵、葉子、綠色的東西、小鳥、野生動物都同時跳著舞經過，那可真是一大群啊！我肯定牠們會跳舞、唱歌、吹笛子，還會有一陣陣音樂。」

說著說著，他們倆都笑了起來。不過並不是因爲這個念頭讓他們覺得好笑，而是因爲他們都很喜歡這想法。

過了一會兒，護士幫柯林準備好一切。她注意到，幫柯林穿衣服時，他不再像木頭似的躺著，而是坐起來，想努力自己穿，並一直和瑪麗說說笑笑。

「他今天的感覺還不錯，先生，」克蘭文醫生順路來探望他時，護士說。「他心情很好，身體也強壯些。」

「下午等他回來之後，我再過來看。」克蘭文醫生說，「我必須看外出對他是否合適。我希望，」克蘭文醫生用低沈的聲音說，「他會讓妳跟去。」

「我寧願現在放棄這分工作，先生，也不願像你所暗示那樣，故意待在這，不陪他去。」護士突然堅決地回答。

「我並沒有這意思，」醫生略帶緊張地說，「我們可以做這個實驗。迪肯這孩子是一個値得信賴的人。」

房子裡最強壯的僕役將柯林抱下樓，把他放到輪椅上，迪肯在外面等著。等男僕將毯子和靠枕放好後，柯林便對他和護士揮手。他說「你得到我可以離開的允許」之後，他們兩個都迅速離開，等他們都回到房子裡，他們便忍不住地笑了來。

迪肯開始緩慢而穩當地推動輪椅。瑪麗則走在旁邊，柯林把身子往後仰，將臉朝向天空。天空看起來非常的高聳，雪白的小雲朵像白色的鳥兒，展開翅膀飄浮在水晶般清澈的天空下。一陣陣柔暖的風從牧爾上吹的過來，帶著野外清澈的香氣。柯林不斷鼓起瘦小的胸膛吸進它，他的大眼睛看起來，彷佛是它們在傾聽，而不是他的耳朵。

他說，「我聽到有好多種聲音，像是唱歌的、嗡嗡的、呼喚的聲音，風吹來的那種香氣是什麼東西的味道？」

迪肯說，「那正是牧爾上的金雀花味道，啊！像今天這樣的好天氣，蜜蜂在那裡辛苦的工作。」

他們走的小路並沒任何的人在那兒。實際上，所有花匠都不見了。不過他們還是依著原先所計劃的那樣，在灌木叢裡繞進繞出，圍著噴泉花床轉圈子，享受著神秘感。當他們最後轉進常春藤牆邊的長廊時，有一種刺激正逼近他們，讓他們激動起來，出於難以解釋的神秘原因，他們開始低聲私語。

「就是這，」瑪麗吸了一口氣說，「這就是我過去常常走來走去的地方，那時我對地方十分的好奇。」

「是這裡嗎？」柯林問，他的眼睛開始急迫地在常春藤裡搜尋，「可是我什麼也看不出。」他低聲的問，「我沒有看到門。」

「我也曾經這麼想。」瑪麗說。

接著，在他們之間是一陣沈默，此時他們正提心吊膽的走著。

「那是季元本工作的花園。」瑪麗說。

「是嗎?」柯林說。

再走幾步路後,瑪麗又低聲說,「這是知更鳥飛過牆的地方。」

「是嗎?」柯林喊著,「喔!我希望牠還會來!」

「那裡,」瑪麗語帶快樂,並指著一大叢丁香花下面說,「小鳥牠就停在那一小堆土上,告訴我鑰匙的位子。」

這時柯林坐起來。「在哪兒?在哪兒?在哪兒?」他喊著,此時他的眼睛和小紅帽裡的狼一樣的大,迪肯站著不動,輪椅也停下來了。

「在這裡,」瑪麗腳踏上靠近常春藤的花壇上說,「牠在牆頭對我鳴叫時,我就站在這裡,而這就是被風吹開的常春藤。」她握住懸掛的綠色簾幕。

「喔!是這兒,是這兒!」柯林喘著氣說。

瑪麗說,「這裡有個把手,這裡是門。迪肯把他推進去,趕快推他進去!」

迪肯使一點力、穩當、靈巧地把柯林推了進去。

不過,柯林此時竟跌回靠枕上,儘管他快樂地喘著氣,還是用手將眼睛蒙住,等他們都盡到裡面時,輪椅像魔法般地停了下來,門被關上了。直到那一刻,他才把手拿開,四處看了看,就像瑪麗和迪肯曾經做過那樣。

此時牆上、地上、樹上、搖蕩的枝條上、捲鬚上，已經爬上小小嫩葉組成的綠色面紗，草裡、樹下、涼亭裡的灰色高腳花瓶中，都是一點一點、一潑一潑的金色、紫色、白色的小點點。樹在他頭上綻放出一團團粉紅與雪白的花，還有翅膀拍動的聲音、隱約的甜美的鳥鳴聲與小昆蟲嗡嗡聲，極迷人的香氣。

陽光溫暖地瀉到他臉上，像溫暖的手般觸摸。瑪麗和迪肯驚訝又好奇地盯著他看，他看起來非常奇怪而不同，因為在他的象牙白的臉頰、脖子、雙手，全身都泛著一種淡淡的紅光。

「我要好起來！我要好起來！」他喊著，「瑪麗！迪肯！我要好起來！我要活下去，永遠、永遠地活下去！」

# 第21章

人生在世，有很多事情是很奇妙的。我們常常會懷疑自己的生存意義，但在某些時候，卻又能感覺到生命的美麗與無窮無盡。

當你在嬌嫩又肅穆的拂曉時分起來，站在晨光中，仰起頭望向天空的深處，你會發現天空正一點一點地變化，由灰白轉成紅，直到太陽完全升起，你的心情會慢慢地平靜下來，並爲這日出的變化而感動。

這一幕每天都在發生，並且已持續了幾億幾萬年，它不是今天才發生的，只是你一直都沒有注意到而已。就像你獨自站在落日的林中，神秘的金色靜謐斜穿過樹枝，投到樹下，彷彿細碎地說著什麼，一遍又一遍，不論你怎麼努力，你始終聽不清楚。有時，又像夜裡那無邊的深藍色寧靜，上面有億萬顆星星在等著、看著，讓人覺得像有無數的眼睛在凝視一樣。

柯林第一次看到高牆裡掩藏的花園時，就有這樣的感覺。那天下午，彷彿整個世界都完美無缺、光彩照人，全心全意只對他一個人好。

春天的陽光灑在大地上，光彩奪目，迪肯不自覺地停下手邊的工作，靜靜地站著，看著這一切，感到既滿足又不可思議。

「啊！真好！」他說，「我已經快十三歲了，十三年裡有很多個下午，可是沒有一個像今天這樣漂亮。」

「是啊！」瑪麗興高采烈地說：「這一定是全世界最好的一個下午了。」

「妳覺不覺得，」柯林做夢般小聲地說：「這一切，似乎都是為了我？」

「我的天！」瑪麗羨慕地大聲說道：「你這話說得真好！」

快樂統治著一切。他們把輪椅推到李樹下，李樹因繁花而一片雪白，因蜜蜂而悅耳。附近的櫻桃樹正開著花，花苞粉紅雪白，這兒、那兒，一朵朵正等待著開放。在這繁花的縫細中，可以看到一點點藍天，像奇妙的眼睛正往下看著。

瑪麗和迪肯突然拿了一樣東西給柯林看，正在展開的花苞。緊閉的花苞、一小截剛剛吐綠的細枝、啄木鳥掉在草地上的一片羽毛、剛孵出的鳥蛋空殼，迪肯慢慢地推著輪椅，繞了花園一圈又一圈，不時地停下來讓他欣賞眼前的這一切。

對柯林來說，他就像被帶進一個魔法國度，國王和王后正向他展示著國度裡包含的一切神奇富麗。

「我在想我們能不能看到知更鳥？」柯林說。

「過段時間你就能常常看到牠了。」迪肯回答，「等蛋孵出來之後，知更鳥媽媽就要開始忙了。小鳥們會吱吱喳喳地喊餓，你會看到知更鳥媽媽飛過來飛過去，帶著和自己差不多大的蟲子，一回到巢裡，小鳥們全部都張著嘴巴，知更鳥媽媽忙亂得簡直不知道該餵哪個大嘴巴才好。我媽媽說，她看到知更鳥媽媽爲塡飽小鳥的肚子而整天飛來飛去，她覺得自己簡直像個沒事幹的人一樣。」

大家都快樂地咯咯笑了起來，突然又想到不能出聲，只好用手捂著嘴巴。幾天前，柯林被告知輕聲細語的規定，他喜歡這樣的神秘感，也想盡可能地遵守規定，但是在興奮快樂之中，很難從不讓笑聲高於低語。

下午的每一刻都充滿了新鮮事，陽光的顏色不斷地變深，輪椅也被拉回樹下，迪肯坐到草地上，剛剛才抽出笛子，柯林便看到剛剛沒來得及注意到的一樣東西。

「那邊那棵樹很老了，是吧？」他說。

迪肯越過草地看著那棵樹，瑪麗也同時向那邊望去，一陣短暫的靜默。

「是的。」迪肯回答，靜默之後，他低沈的聲音帶著溫柔。

瑪麗盯著那棵樹，陷入沉思。

「樹枝灰撲撲的，沒有一片葉子。」柯林接著說，「它已經死了，是吧？」

「是的，」迪肯承認，「但是花朵會佈滿上頭，等到開花之後，會蓋住每一吋死木頭，那時候就不會顯得那麼枯寂了，反而會成爲最漂亮的。」

瑪麗仍然盯著那棵樹。

「好像被弄斷過，」柯林說，「我想知道是怎麼弄斷的。」

「很多年前弄斷的，」迪肯回答，「啊！」他嚇了一跳，手放到柯林身上，突然轉移話題：「看！是知更鳥！牠在那兒！在給小鳥找食物呢。」

柯林差點兒就錯過了，不過剛好看到紅胸脯一閃，喙裡銜著什麼，牠便穿過綠色的樹林，不見了。柯林再次靠回靠枕上，帶著微笑。

「知更鳥媽媽給小鳥們送下午茶了，現在大概五點，我也想喝點茶了。」

於是，他們安全了。

「是魔法把知更鳥送來的，」瑪麗悄悄地對迪肯說，「我知道是魔法。」因爲她和迪肯都怕柯林問起那棵樹，十年前樹枝折斷，他們曾一起討論過，迪肯站在那裡，煩惱地揉著頭。

「我們一定要讓它看起來和其他樹一樣，」他曾經說，「我們永遠不能告訴他是怎麼斷的，可憐的孩子。要是他提起的話，我們一定要表現得很高興。」

「嗯！我們一定要這麼做。」瑪麗回答。

可是，她不覺得自己盯著那棵樹的時候顯得高興。瞬間，她想著迪肯說的另一件事是不是真的，那時他揉著棕紅色的頭髮，樣子迷惑，但是藍眼睛裡卻露出安慰的眼神。

「克蘭文太太是個非常可愛的年輕女士，」他相當猶豫地繼續說道：「媽媽說，克蘭文太太會在米瑟韋斯特莊園一帶看顧著柯林少爺，和所有的媽媽從這個世界被帶走之後所做的一樣，她們必須得回來。你瞧！她在花園裡，是她讓我們來的，也是她告訴我們把他帶到這兒來的。」

瑪麗原以爲他說的是魔法，她是魔法的堅決信徒，她深信是迪肯施了魔法，而且一定是好魔法，所以身邊的人們才會這麼喜歡他，野生動物也知道他是朋友。她在想，在柯林問出危險問題的關頭，有沒有可能是他招來知更鳥的呢？她覺得他的魔法整個下午都有效，讓柯林簡直像另外一個人一樣。

他原本像是一頭尖叫著撕咬枕頭的瘋狂動物，現在他甚至連象牙白的膚色都在改變。進了花園之後，他那沒有血色的皮膚開始露出微微的紅光，他現在看起來是有血有肉的了，而非象牙或是白蠟。

他們看到知更鳥媽媽好幾次給牠的小鳥送食物，這很容易讓人想起下午茶，於是柯林覺得他們必須也吃點。「去吧！讓男僕在杜鵑花小道上準備一些下午茶吧，」他說，

「你和迪肯可以拿到這兒來。」

這真是個好點子！白布在草地鋪開，上面擺滿了茶、塗了奶油的烤麵包、鬆脆烤餅，不一會兒，這些美食馬上被愉快地吞到肚子裡去了。幾隻為了尋找食物的鳥兒也飛下來共襄盛舉，並且對麵包屑非常地感興趣。堅果和果殼帶著一塊蛋糕迅速地爬到樹上，煤灰拿了整整半塊抹了奶油的餅乾到角落裡叼啄，翻過來又翻過去，發出沙啞的評價，最後決定快樂地一口吞下。

愉快的下午就這麼無聲無息地過去了，夕陽的顏色也越來越深，蜜蜂回家了，小鳥經過得也沒那麼頻繁了。迪肯和瑪麗坐在草地上，他們把籃子重新裝好，準備拿回房裡，柯林躺在靠枕上，濃密的頭髮從額頭往後推，把臉襯托出很自然的顏色。

「我不想讓這個下午過去，」他說，「不過，我明天還要來，還有後天、大後天、大大後天。」

「你會呼吸到很多新鮮空氣的，對吧？」瑪麗說。

「別的我都不要，」他回答，「現在我見過春天了，我要看夏天，我要看著這裡的一切生長。我也要自己在這兒長大。」

「你會的，」迪肯說，「過不了多久，我們會讓你在這兒到處走，你可以和其他人一樣地挖土。」

柯林臉紅得驚人。「走？」他說，「挖土？我會嗎？」

迪肯迅速地瞄了他一眼，非常微妙謹慎地，他和瑪麗都沒有問過他的腿是怎麼回事。

「你一定可以的，」他堅決地說，「你，有自己的腳，和其他人一樣！」

瑪麗反而害怕起來，直到她聽到柯林的回答。

「其實，我的腳也沒什麼毛病，」他說，「只是它們太瘦弱了，搖晃得厲害，所以我害怕用它們站起來。」

瑪麗和迪肯都鬆了一口氣。

「等你不再害怕用它們站起來時，」迪肯恢復了好心情，「你很快就會不再害怕了。」

「我會嗎？」柯林說，他靜靜地躺著，彷彿在想事情。

他們靜默了片刻，太陽落得更低了，就在那個時候，一切都靜了下來，他們確實忙碌興奮了一下午，現在的柯林似乎正奢侈地休息著，甚至連小動物們都停下了腳步，被吸引到他們附近休息。

煤灰停在一根低枝上，縮起一隻腳，昏昏沉沉地垂下灰色的眼皮，瑪麗心想，牠好像下一分鐘就會打起呼嚕來。

在這靜默之中，柯林忽然抬起頭，驚呼了一聲，語氣相當嚇人：「那個人是誰？」

迪肯和瑪麗立刻手忙腳亂地爬了起來。

「有人？」他們一齊迅速地喊。

柯林指著高牆。「看！」他激動地低聲喊著，「快看！」

瑪麗和迪肯四處推著輪椅查看，發現季元本正憤憤不平地站在牆頭，從梯子頂端對他們怒目而視，他竟然對著瑪麗揮舞拳頭。「要是我不是個單身漢，要是妳是我女兒，」他叫喊，「我就給妳一頓鞭子！」

他又爬上一截梯子以示威脅，彷彿表示他正企圖跳下來對付她，但是等瑪麗走近他時，他卻有些猶豫地站在梯子頂端，只是衝著下面的她揮舞著拳頭。

「沒想到是妳！」他慷慨激昂地說，「我第一次看到妳就不喜歡妳！一個皮包骨的小丫頭，一張苦瓜臉，總是問個不停，到沒人歡迎的地方東聞西嗅，我真不知道我怎麼會認識妳，要不是知更鳥……可惡的……」

「季元本，」瑪麗深深地吸了一口氣，她站在他底下，抬頭有點氣喘地喊著他，「就是知更鳥給我指的路！」

這時候，季元本似乎氣得快從牆上摔下去了。

「妳個小惡棍！」他衝著她喊著，「別把自己的壞事推到一隻知更鳥身上！雖然牠什麼事都做得出來，但是牠是不可能給妳指路的！你個小……」

「確實是知更鳥給我指路的。」她倔強地抗議，「牠不知道牠在指路，但是牠確實這麼做了，你衝著我揮拳頭也沒有用。」

就在那一瞬間，他突然停止了揮拳，同時驚訝得說不出話來，眼睛瞪著正從草地上朝他過來的什麼東西。

柯林剛聽到季元本的叫罵時，吃驚地坐了起來，像被施了魔咒一樣地聽著。但是當他回過神時，便點頭命令著迪肯說：「把我推過去！」他命令道，「把我推近，就停在他面前！」

沒錯！就是這個，引起季元本注意、讓他驚訝得說不出話來的，正是坐在輪椅子上、枕著豪華靠枕，瘦得不成樣子的柯林。柯林坐在輪椅上筆直地向他靠近，眼神裡有著不可侵犯的威嚴，消瘦蒼白的手傲慢地伸得直直的，就這麼指著季元本的鼻子，讓季元本驚訝得說不出話。

「你知道我是誰嗎？」柯林嚴肅地質問他。

季元本眼睛瞪得大大的，彷彿著了魔一樣，他定定地望著柯林，困難地吞下一口口水，一句話都說不出來。

「你知道我是誰嗎？」柯林繼續質問，更加嚴厲地說：「回答！」

季元本舉起嶙峋多節的手，擦一擦眼睛，再擦一擦額頭，然後用發抖的奇怪聲音回答。「你是誰？」他顫抖地說，「我當然知道你是誰！你正用你媽媽的眼睛瞪著我。天知道你是怎麼到這兒來的，不過，你也只是個可憐的小瘸子。」

柯林的臉頓時泛紅，他筆直地坐了起來。

「我不是瘸子！」他狂怒地喊道，「我不是！」

「他不是！」瑪麗幾乎是帶著野蠻的憤慨，使勁地衝著季元本喊著：「他的腳連一點小坑疤都沒有！我看過，根本沒有！一個都沒有！」

季元本再次擦了擦前額，眼睛仍然盯著柯林，彷彿永遠都盯不夠似的。他的手在發抖，他的嘴角在發抖，他的聲音也在發抖。他是個無知的老人，一個不圓滑的老人，他只記得他剛剛聽到的。

「你！你的背不駝？」他沙啞地說。

「你！你沒有畸型腿？」季元本的聲音抖得更加沙啞。

「不！」柯林叫。

太過分了！柯林平常發怒時的力量，現在正以新的方式通過他的全身。他從來沒有被指控過有畸型腿，哪怕是竊竊私語也一樣。

季元本的聲音顯示出，他理所當然地相信畸型腿的存在，柯林的自尊心受到嚴重的打擊，他的憤怒讓他忘記一切，此時此刻，他的身體注滿了一種他從未知曉的力量，一種幾乎超越自然的力量。

「過來！」他對著迪肯喊，而且竟然動手撕扯下肢的覆蓋，掙扎著要站起來，「過來！過來！馬上！」

迪肯馬上跑到他身邊來，瑪麗則困難地吸了一口氣，她覺得自己臉色蒼白。

「他可以的！他可以的！他可以的！」她祈禱著，聲音低得不能再低。

一陣手忙腳亂之後，毯子被扔到了地上，迪肯扶著柯林的胳膊，讓他的瘦腿和瘦腳站到草地上。柯林站得筆直！筆直得像一支箭！他高得怪異，他的頭不自主地往後仰，眼睛裡放出奇怪地光芒。

「看著我！」他衝著季元本揮舞手臂，「你看著我！你！你看著我！」

「我的腿是筆直的！」柯林喊著，「我的腿和約克郡隨便一個孩子一樣直！」

季元本的反應讓瑪麗覺得十分怪異。他突然哽咽了起來，突然，淚水從他飽經風霜的臉上滾下，一雙老手扭在一起。

「啊！」他爆出一句，「都是人撒的謊啊！你瘦得像個姑娘，白得像個鬼，可是你身上沒有一處缺陷，你能長成一個男人，真是上帝的保佑啊！」

迪肯有力地抓著柯林的胳膊，但是柯林沒有動搖，反而站得越來越直，並且直視著季元本。

「我是你的主人，」他說，「我父親不在的時候，你要服從我。這是我的花園，我命令你快從梯子上下來，走到另一頭去，瑪麗小姐會帶你到這裡來，我有話要和你說。我們不歡迎你的加入，但是現在你必須參與秘密！快點！」

季元本的眼淚仍然難以控制地流著，彷彿他不能將眼睛從乾瘦筆直、雙腳站立、頭往後仰的柯林身上挪開。

「啊！老天！」他幾乎是自言自語地說，「啊！我的老天！」然後他像突然回過神來一樣，十分慎重地碰了碰帽子，說，「是的，先生！是的，我馬上來！」並且順從地下梯子，消失了。

# 第22章

等季元本下了梯子之後，柯林轉向瑪麗。

「帶他過來！」他說。於是瑪麗飛過草地，跑到常春藤蓋著的小門那兒等他。

迪肯悄悄地注視著他，他的臉上有一些雀斑，而且看起來有點吃力，但是並沒有跌倒的跡象。

「我站起來了。」他的頭抬得高高的，語氣仍然十分嚴肅。

「我告訴過你的，一旦停止害怕，你就能做到。」迪肯回答，「你已經停止害怕了。」

「是的，我已經停止害怕了。」柯林說。

這時，他突然想起瑪麗說過的話。

「你在施展魔法嗎？」他突兀地問道。

迪肯彎彎的嘴角浮現一個燦爛的微笑。

「是你自己在施魔法，」迪肯微笑地說，「和讓這些從土裡長出來的魔法是一樣的。」他用厚靴子碰了碰一叢番紅花，柯林低頭看著它們。

「唉呀！」他緩緩地說，「沒有比這個更大的魔法了！不可能！」

他把身體撐起來，站得更加筆直。

「我要走到那棵樹那裡，」他指著幾英呎外的一棵樹，「季元本進來的時候，我要讓他看見我是站著的。如果我累了，我會靠在樹上休息；等我想坐的時候，我自然就會坐下。」

他走向那棵樹，雖然迪肯仍然攙著他的胳膊，但是他可以完全獨立。當他靠在樹幹旁時，他並不是完全靠它支撐的，他仍然保持直立，而且看起來很高。

季元本從小門進來，看到瑪麗站在那裡，還聽到她低不可聞地在嘀咕些什麼。

「妳在說什麼？」他很不耐煩地問，因爲他不願讓注意力從那個瘦高的身型、驕傲的臉龐上分散。

但是她沒有告訴季元本，她說的是：「你可以的！你可以的！我告訴過你可以的！你可以！你可以！你可以！」瑪麗不斷地對著柯林說，因爲她想製造魔法，讓他用自己的腳站著，就像現在那樣。要是他在季元本面前屈服的話，她是絕對不能忍受的！突然，她的眼睛一亮，她發現，雖然柯林很瘦，但是看起來仍然很美。

柯林盯著季元本，用著一種可笑的驕傲語氣說道：「看著我！」他命令，「仔細看清楚了！我是駝背嗎？我有畸型腿嗎？」

季元本內心的激動還沒完全消失，不過表面上總算恢復了一些平靜。他用一貫地態度回答說：「我看到了。」他說，「可是，你看看你對自己幹了些什麼事？你把自己藏起來，讓人以爲你是瘸子、白癡嗎？」

「白癡？」柯林憤怒地叫了起來，「誰那麼以爲？」

「很多笨蛋，」季元本說，「這個世界上笨蛋多得很，笨蛋說的除了謊話之外什麼都不是。你爲什麼把自己關起來？」

「人人都以爲我會死，」停頓了一下之後，他說：「我不會！」

他說得如此堅定，季元本打量著他，上上下下，下下上上。

「你不會死的！」他帶著一點點的興奮，「根本沒有這回事！你的身體好得很，我看到你把腿放到草地上的著急模樣，就知道你根本沒有毛病。到毯子上坐著吧，等一下再對我發號施令。」

季元本的態度裡混合著異樣的溫柔和狡猾的瞭解。剛剛瑪麗和他一起走過來時，她不斷地告訴自己，柯林正在好轉！他的身體正在好轉！她心裡不斷祈禱著，希望花園的魔法繼續生效，誰都不能讓他想起他有缺陷、他可能會死掉。

柯林移到樹下的毯子上休息。

「你在花園裡都做些什麼工作？」他查問。

「隨便什麼都做，」季元本回答，「我是自願留下來的，因爲以前她喜歡我。」

「她？」柯林說。

「你媽媽。」季元本回答。

「我媽媽？」柯林說，他靜靜地環顧四周，「過去這是她的花園，是不是？」

「唉，是的！」季元本也環顧一下四周，「她非常喜歡這個花園。」

「現在它是我的花園了！我喜歡它，我要每天來。」柯林宣佈，「不過這是秘密，你要聽從我的命令，誰都不能知道我們來這兒。迪肯和我表妹一直默默地整理，才讓它活了過來。也許我有時會叫你來幫忙……但是，你來的時候絕對不能讓人看見。」

季元本的臉扭出一個乾癟的微笑。

「我以前就在沒人看見時來過。」他說。

「什麼！」柯林驚呼。

「什麼時候？」

「上一次我來的時候，」他搔搔下巴，緊張地看著四周，「大概是兩年前。」

「可是這裡沒有人已經有十年了！」柯林喊。「你是怎麼進來的？」

「我不是從門進來的，」季元本結結巴巴地說，「我翻牆進來，過去這兩年風濕病拖住了我。」

「原來是你做的修剪！」迪肯叫道，「我一直想不通這是誰做的。」

「她是那麼寵愛它！」季元本緩緩地說，「她又是那麼年輕漂亮的人兒。有一次她對我說，『季元本，』她笑了起來，『要是我病了，或是出遠門了，你一定要照顧好我的玫瑰。』後來她真的出遠門了，主人命令不准任何人靠近，不過我還是照樣來。」他帶著一絲頑固地說，「我翻牆進來的，一直到風濕攔住了我……不過我每年都會來做一點，因爲她吩咐我在先。」

「要是沒有你的幫忙，現在這裡不會這麼漂亮，」迪肯說，「我確實好奇過。」

「我很高興是你做的，老季，」柯林說，「你知道該怎麼保密。」

「唉呀！我知道的，先生，」季元本回答，「而且，從門進來對一個有風濕的人要容易些。」

瑪麗把鏟子扔在樹下的草地上，柯林伸出手拿起來，他的臉上有種奇怪的表情，他開始挖土，他的手非常細瘦，可是他們沒有阻止他……，瑪麗十分期待地看著他把鏟子推進土裡，翻轉了一些。

「你可以的！你可以的！」瑪麗對自己說，「我告訴你，你可以的！」

迪肯的眼中充滿了熱切的好奇，但是他仍然不發一語；季元本同樣帶著期待看著。

柯林鍥而不捨地挖著，等他翻轉了幾次之後，他狂喜地對迪肯說：「你說過要讓我在這裡到處走走，和其他人一樣，還說要讓我挖地，我原本以爲你只不過是爲了要讓我高興，沒想到只是第一天，我就已經走過了！現在，我居然在挖地！」

季元本聽到之後，笑得合不攏嘴，每個人都相當開心。

「哈！」他說，「看起來你還不笨，你肯定是個約克郡的小夥子！你覺得種點東西怎麼樣？我可以拿一盆玫瑰給你。」

「去拿來！」柯林說，他興奮地挖著，「快！快！」

季元本馬上去拿玫瑰，三步併做兩步，完全忘了風濕的存在。迪肯拿鐵鍬挖了個坑，比一個雙手瘦弱雪白的新手能挖的要深、要大；瑪麗溜出去拿了一個水壺。等迪肯挖好了坑，柯林接著把柔軟的泥土翻了又翻。他抬頭看了看天空，臉紅紅的，還發著光，這都是今天鍛鍊的成果，儘管這個鍛鍊並不辛苦。

「我想把它做完，在太陽下山之前。」他說。

瑪麗覺得太陽似乎故意停留了幾分鐘，季元本從溫室裡拿了一盆玫瑰，一拐一拐地走過草地，他也漸漸興奮了起來。他跪在坑旁，把花盆和裡面的沃土分開。

「這裡，孩子。」他說，把植株遞給柯林，「你自己把它放到土裡，就像國王每到一個新地方做的那樣。」

瘦弱蒼白的手微微發抖，當柯林把玫瑰放入沃土之後，他雙手扶著玫瑰讓季元本弄實土壤。他的紅暈越來越深，煤灰飛了下來，好奇地前去湊湊熱鬧；堅果和果殼也在櫻桃樹上吱吱喳喳地討論著。

「種好了！」柯林高興地說著，「太陽才剛要落下，幫我站起來，迪肯，我想站著看太陽離開，那是魔法的一部分。」

迪肯幫他站了起來，魔法，或者管它是什麼，真的給了他力量，當太陽下山時，他們也結束了這個為他們而設的奇妙的下午，而柯林正確確實實地用自己的雙腳站在大地上，大聲地笑著。

# 第23章

當他們回到房間時，克蘭文醫生已經在那裡等候多時。面有慍色的克蘭文醫生走到柯林面前，對他說：「你不能在外面待太久，萬一又累出病來怎麼辦？」

柯林說：「我已經好很多了，你看，我的精神多好。總之，明天早上我還要出去，下午也是！」

克蘭文醫生看著固執的柯林，正想再說話，卻被柯林阻斷，他氣喘吁吁地說：「你別想阻止我，我就是要出去！」

瑪麗看著柯林，發現他在發脾氣的時候，會到處命令別人，而且沒有任何規則可言，就像是個長期居住在荒島上的國王，有著自己的法律與規則，沒有任何人能管束他。而瑪麗也像柯林一樣，當她來到米瑟韋斯特莊園後，儘管生活習慣與禮儀表現跟別人不同，但是，瑪麗卻一點也不在乎，所以當她發現柯林時，像是找到了同病相憐的朋友，不僅同情也有好奇。

當克蘭文醫生離開後，她坐在床邊，好奇地看著柯林。

柯林發現瑪麗圓滾的雙眸，正對著他發愣，忍不住問：「妳幹嘛這樣看我？」

瑪麗說：「我覺得克蘭文醫生很可憐。」

「他可憐？」柯林帶著不屑的口氣說。

瑪麗平靜地點了點頭，說：「是啊，他真的很可憐。因爲他得長期面對這麼一個粗暴的男孩，不僅要控制住自己的脾氣，還要有超人的耐心，你想，那是一件多麼辛苦的事啊！」

柯林反駁說：「你說，我粗魯？」

瑪麗說：「是啊，假如你是他的孩子，一定已經被痛打一頓了。」

柯林聽她這麼說，驕傲地揚了揚頭：「他才不敢！」

瑪麗帶點嘲諷地說：「是，他不敢，沒有人敢做你不喜歡的事情，因爲大家知道，你病得這麼重，而且恐怕活不久了。唉！你這個可憐蟲！」

柯林一聽，倔著脾氣說：「我不是可憐蟲，沒有人能認爲我是可憐蟲。妳也不能！妳看著吧！今天下午我一定會站起來。」

瑪麗看著柯林，嘆了口氣說：「唉，你的古怪脾氣讓你這麼任性。」

柯林皺了眉，問：「我古怪嗎？」

瑪麗回答：「嗯！而且是非常古怪。不過你也別生氣，因爲我也是個古怪的人，只是我現在沒有以前古怪了，尤其是找到秘密花園之後，我開始非常喜歡與人接觸、相處。」

這時，柯林卻不服氣地喊：「我沒有古怪，我不要古怪！」

驕傲的小男孩喊完後，便靜靜地躺了下來，他也想起花園裡的一切，臉上糾皺的眉心不見了，取而代之的是美麗的微笑。

他笑著說：「只要我每天都能到花園裡走走，我就不會古怪了。我知道，在那個花園裡有許多魔法，瑪麗，妳知道嗎？那裡真的有魔法啊！」

瑪麗說：「是的，我知道！」

柯林繼續說：「不過，沒有魔法也無所謂，因爲我們可以假裝那裡藏著魔法，像是一種黑色的魔法。」

瑪麗說：「那裡有魔法，但是那不是黑色的，而是像雪一樣的潔白。」

他們非常相信有魔法的存在，接下來的日子就像加了魔法一樣，每天都是充滿著美麗而精彩的生活。因爲，花園裡開始發生了許多事！

他們發現，土壤裡不斷地冒出了綠色的生命，而且到處都是，不管是花床裡還是牆縫中，到處都有新芽生長出來。不久之後，綠色的小精靈開始舒展，它們像變魔術般，變化出許多顏色，有藍色、紫色和紅色，繽紛的色彩把花園妝點得像個仙境。在這些歡樂的時光裡，百花齊放，草叢間有鳶尾草和白色百合，涼亭邊也長滿了藍色花箭、高高的翠雀與美麗的風鈴草。

季元本是個非常稱職的園丁，他每天都很細心地照料著這個花園，時而收刮牆磚上的泥灰，整理出一袋袋適合種植的攀緣植物，時而拔除雜在花朵間的小草。

季元本看著花說：「以前女主人很寵愛它們，當她坐在花園裡時，喜歡指著天空說：『看著藍色的天空，心情非常愉快。』」

瑪麗和迪肯一起播下的種籽，如今也長得美麗非凡。像綢緞似的罌粟花，在微風中舞動生姿，鮮紅嬌嫩的玫瑰從草堆裡冒了出來，不僅繞著樹幹生長，還爬上了牆頭，甚至在樹稍上圍成了一個花環。牆面上則鋪滿了像小瀑布般垂掛下來的花冠，花苞一朵朵地開始綻放，每開啓一朵，花園內的香氣便會越加濃郁。

每天早上柯林會被帶到花園裡，天氣好的話，他幾乎一整天都會待在花園內。每天看著花園裡的變化，即使陰天，柯林的心情也都非常愉悅。

他經常躺在草地上，仔細地觀察花園裡的一切，他經常喊叫著：「你們看，這朵花開了！」

柯林隨時都有新的心得，這會兒他就說：「只要你觀察久一點，你便會看見花苞開放的剎那，還會看見忙碌的怪蟲與你打招呼呢！這些怪蟲看起來都非常忙碌，有時候牠們搬動著很細小的乾草、羽毛或食物碎片，有時候牠們會登上一片葉子，對牠們而言，這片葉子就像一棵樹木，當牠站在葉稍上便能瞭望一切，探索自己眼中的大世界。」

今天，柯林則發現了一隻鼴鼠，牠不斷地把泥土往洞穴外拋，直到牠那長長的指甲伸出來時，牠才把頭探出來查看。而柯林被牠吸引住，一整個下午，他的視線一刻也未離開這隻像小精靈般的鼴鼠。

三個孩子不斷地聊著螞蟻、甲殼蟲、蜜蜂、青蛙……等等，花園內像是一個大世界，無奇不有，有著無盡的事物可以探索。迪肯還把他熟知的狐狸、水獺、白鼬、松鼠、鱒魚和獾等常識，一一介紹出來。

看來他們可以聊的東西，恐怕一時間都聊不完了。

有一天柯林突發奇想，他說：「世界上一定有魔法，只是人們不知道它長什麼模樣罷了，更不知道要如何運用它。我想把魔法找出來，我一定要想方法試試！」

第二天早晨他們來到秘密花園裡，柯林馬上派人去把季元本找來。很快地，季元本便來了，令他驚訝的是，柯林少爺居然站了起來，莊嚴地站在樹下。

柯林笑著說：「早啊，季元本。現在，我有一個很重要的事情要告訴你們，來，季元本、迪肯和瑪麗，你們站成一排，聽我說。」

季元本立即說：「是，先生！」

柯林說：「我現在想進行一項科學實驗，等我長大後，我還要發表這個偉大的科學新發現。」

雖然季元本不明白柯林要做什麼，但是他仍然盡職地回答：「是！先生！」

瑪麗也完全不清楚柯林要做什麼，不過這卻讓她發現，柯林儘管古怪，但是他努力學習的態度，實在令人佩服。她發現，即便他只有十歲，但是他那堅強而內斂的眼神裡，卻成熟得像個成年人，有著令人不得不心服的威嚴。

柯林的話還沒說完：「這個重大的科學發現，是有關於魔法的事，我相信魔法是個好東西，只是許多人都不懂。除了古書中有一些人提到外，還有瑪麗也懂一點，因為她是在印度出生，那是個充滿魔法的國度。我猜迪肯也知道一些吧！因為我發現他能夠輕易地迷住動物和人們，我肯定許多東西都有魔法，只是我們還沒有足夠的能力去掌握它，讓它像電、馬和蒸氣一樣為我們服務。」

聽到如此不可思議的介紹，季元本激動地說：「是，是，先生！」

小小演說家繼續說著：「瑪麗發現這個花園的時候，這裡是一片死寂。後來，這裡卻慢慢地生長出許多東西，這些新生命不斷地從土壤裡憑空出現，第一天我來的時候，那裡什麼都沒有，第二天卻什麼都長出來了。這點讓我非常好奇，其實身爲一個科學家就是要有好奇心，所以我每天都在問：『那是什麼？那些又是什麼？』許多奇奇怪怪的事物，我不知道它們的名字，但是我知道那就是一種魔法。從小我就沒見過日出，但是瑪麗和迪肯看過，那是他們告訴我的，我知道那也是一種魔法，一定有什麼東西推著太陽出來的。自從我來到這個花園後，每天都會透過樹的隙縫仰望藍天，心中還會充滿一種奇妙的感覺，好像有什麼東西在我的胸膛裡推動和拉動著，那種感覺卻非常舒適而愉快。我認爲，這一切都是魔法創造出來的，包括樹葉、花和鳥、獾和松鼠，還有人，所以魔法一直都圍繞著我們，不管你在哪裡都有魔法的存在。而這個花園裡的魔法，則是讓我奇蹟式地站立起來，從此我會像個男人一樣，慢慢地茁壯、成長，所以，我一定要做這個實驗，想辦法多弄些魔法出來，然後放到我的身上，讓它們繼續推動著我，讓我更加強壯。」

柯林停了一下，接著說：「我不知道該怎麼做，但是只要你不停地想著它、叫它，也許它就會出現了。像我第一次站起來時，瑪麗不停地對我說：『你行的！你一定行！』而我也真的行了，那是我第一次接受到的魔法能量，其中還包括了瑪麗和迪肯的力量。每天早上和睡前，我都會對自己說：『魔法就在我身上！魔法會讓我好起來！我會像迪肯一樣強壯！我一定會！』這就是我的實驗，季元本，你也要這麼做，明白嗎？你能幫我嗎？」

季元本說：「是的，先生！」

柯林又說：「學習東西的時候，要有毅力，我們每天都要一遍又一遍地唸著、想著，直到它們永遠留在腦海中，魔法便會成爲你的一部分，它會留下來爲你做事。」

瑪麗說：「在印度，有一位軍官曾經告訴我媽媽，有些僧人會把相同的一句話，重複千萬遍呢！」

季元本這時開玩笑地說：「我聽過吉姆的老婆，把同樣的話也重複千萬遍，她經常對著酒醉的吉姆喊：『你這畜生！』然後，她便被吉姆打了一頓。」

柯林聽見季元本這麼胡說八道，眉頭不禁皺了一下。不過幾分鐘後，他重展笑顏，認真說：「你看，這不正是魔法作用嗎？因爲，吉姆太太用錯方法了，她讓自己白白地挨了一頓。如果她能正確地使用，把魔咒說得好聽些，也許吉姆從此就不再喝醉了，也許還會買頂新帽子給他的老婆呢！」

季元本呵呵地笑了起來，還以讚賞的眼神看著小主人，說：「柯林少爺，您真是聰明啊！我下次看到貝絲．費脫沃思時，我會給她暗示，讓魔法爲她服務，相信她一定會很高興的。」

柯林轉向迪肯，當他看著迪肯抱著一隻長耳朵的白兔，溫柔地撫摸著牠時，臉上洋溢著快樂，他想知道迪肯現在想著什麼：「你覺得這個實驗可行嗎？」

雖然逗著小兔，迪肯仍仔細地聽著柯林的演講，他開心地回答：「行，一定行，那就像太陽照在土地上一樣，一點問題也沒有，要不要現在就開始呢？」

柯林聽到他這麼說，非常開心，瑪麗也在邊旁鼓舞著。

柯林想起一本圖書中有幾幅僧人的插畫，便建議大家把雙腿盤起，一塊坐在樹下。

「這就像坐在某座寺廟裡，現在我累了，我想坐下來。」柯林說。

迪肯卻說：「啊！你不能一開始就說『累了』，那樣會破壞魔法的。」

柯林轉身看著他，贊同地說：「是啊！我必須只想著魔法才行。」

孩子們坐下來圍成一個圓圈，整個氣氛充滿著尊貴和神祕感，而季元本卻覺得，這就像「祈禱會」一樣，在那些「祈禱會」的場合中，他的身體經常變得非常僵硬。不過在少爺的這個祈禱會裡，他倒一點也不難受，反而因為能被邀請參與而充滿感激。

當他們坐下來的時候，似乎魔法真的開始聚集，因為烏鴉、狐狸、松鼠、小羊居然開始靠近這個圓圈。

柯林發現這個情況，小聲地說：「你們看，動物們來了，牠們想來幫助我們。」

此刻的柯林充滿了生氣，他高高地仰著頭，讓光線照耀在他的身上，這時，他就像是神聖的牧師，眼睛裡正散發著生動的眼神。柯林說：「我們開始吧！但是我們要不要前後搖擺？瑪麗，我們要不要像穆斯林托缽僧那樣前後搖擺？」

此時，季元本卻說：「我有風濕，不能前後搖擺啊！」

柯林以大牧師的口吻說：「放心，魔法會祛除它的，不過等魔法把疾病治好後，我們再搖擺吧！現在，我們只需吟唱。」

有點情緒暴躁的季元本又開口說：「我不會吟頌，我只試過一次，就被人們趕出了唱詩班。」

柯林說：「那就由我來吟唱。」

「是魔法讓太陽照耀，是魔法讓花朵生長，魔法是活的，魔法是強壯的，魔法快降臨到我的身上，也請降臨到每個人的身上。魔法！魔法！快來幫忙！快到季元本的身上，他正需要你的幫忙！」

當柯林一連串吟唱出來時，像是個奇怪的靈魂，讓人感到詭異。他不斷地吟頌，不曾間斷。瑪麗聽得非常入迷，當她閉上眼睛的時候，有種非常特別的感受，她希望柯林不要停止，因為她感覺到，魔法已經在她的身上了。

而季元本像個被安撫的孩子，沉入了一個和諧而舒適的夢境中！

蜜蜂的嗡嗡聲與柯林的吟唱聲混合時催人昏睡，白兔偎在迪肯的臂彎裡睡著了，小羊也安安靜靜地倚坐在他的身邊，還有一隻小松鼠也在他的肩上垂下了眼簾。終於，柯林停下來了。

他坐正了身子，說：「現在，我要繞花園走一圈。」

季元本原來傾斜的頭，忽然猛地抬起。

柯林說：「你睡著了。」

季元本小聲地說：「嗯，沒有，祝禱得不錯，不過我會在捐款前離開。」因爲在西方的教堂裡，牧師在發表演說之後，來參加集會的教徒，得捐錢給這個教堂。所以，季元本在朦朧中以爲來到了教堂，看來他還沒有清醒呢！

柯林說：「你現在不是在教堂裡。」

季元本猛地坐正：「我沒有睡著，我每個字都有聽進去！你說魔法在我的背上嘛，就是醫生說的風濕，我知道。」

柯林說：「你會好起來的，現在我允許你回去幹活，不過明天你還要再來。」

然而，季元本一點也不想回去工作，他低聲喃喃說：「我想看你繞花園。」

柯林點了點頭，表示許可。於是，柯林當嚮導，迪肯和瑪麗分別站他的兩側，季元本便跟在他的身後，其他的小動物們也很有秩序地排成一排，隊伍移動得速度很慢，因爲，他們每走幾步就會停下來，讓柯林休息一會兒。

柯林時而依靠著迪肯的手臂，時而把手移開，讓自己獨立走上幾步，而他的頭一直都抬得很高，臉上更充滿了莊嚴。忽然，他驚呼道：「魔法在我的身上！我感覺到了！魔法讓我越來越強壯了，我真的感覺到了！」

柯林非常肯定，有某種魔力正支持著他，雖然他在涼亭坐了一會兒，也在草地上休息了兩回，偶爾仍得依靠著迪肯前進，但是他一點也不想放棄。最後，他終於繞完了花園一圈。當他回到樹下時，滿臉紅通通地，像是歷經一場勝戰凱旋而歸。

「我成功了！魔法靈驗了！這是我第一個科學的新發現！」柯林開心地呼喊著。

這時瑪麗卻插話，問道：「不知道克蘭文醫生會怎麼說？」

柯林回答：「他？他不會說什麼，因爲沒有人會告訴他的，這是一個天大的秘密，任何人都不會知道，直到我長得像個強壯的男生時，他們才會發現。我每天仍然會坐著輪椅來到這裡，然後再坐著輪椅回去。總之，我不會讓任何人發現，也不會讓爸爸聽到任何消息，直到實驗完全成功之後，他們才會發現。等爸爸回到米瑟韋斯特莊園時，我會直接地走進他的書房，親自告訴他：『爸爸我來了，我已經像其他的男生一樣，我的身體非常強壯，我會活下去，而這一切全是魔法的功勞。』」

瑪麗看著柯林忘懷地想像著，她驚呼道：「他不會相信自己的眼睛，他會認爲自己在做夢。」

柯林像個謙虛的勝利者一樣，臉紅了，他知道，他相信自己一定會好起來，這是他成功的原因之一，另外還有一個更強烈的念頭鼓勵著他，那就是他期待著：當父親看見他，像其他孩子筆直而強壯地站在他的面前時，父親那驚喜的神情。

這會兒，他又想起過去躺在病床時，那個令人痛苦的軟弱身體，那個讓父親害怕看見他的病魔。還好，如今魔法已經征服它了！所以，柯林不服輸地說：「他不能不相信自己的眼睛，在魔法靈驗之後，我要做的第一件事情，就是成爲一個運動員。」

季元本迎和著說：「再過一個星期，我們就帶你去參加拳擊比賽，你一定會奪得錦標，成爲全英格蘭最強勁的冠軍拳擊手。」

柯林聽到季元本又在亂說話，嚴厲地看著他：「老季，你的態度不對，你不能因爲知道這個秘密就隨便地放肆，不論魔法有多麼靈驗，我也不會成爲職業拳擊手，因爲我真正要當的是科學的發現者！」

季元本發現少爺動怒了，連忙說：「對不起，對不起，請您原諒！我知道這不能胡亂開玩笑的。」事實上，季元本心底非常開心，他知道小主人真的在康復中，他的身體也將越來越強壯了。

秘密花園不是迪肯唯一工作的地方，他還得用粗糙的石塊，把牧爾上的農舍圍繞起來，並圈出一塊地方栽種蔬菜。

在清晨和傍晚時分，或柯林與瑪麗無法看見迪肯的時候，迪肯都是在這裡努力工作著，他要幫媽媽種植並照顧這些番茄、捲心菜、小蘿蔔和各種香草。每當他工作的時候，許多小動物都會來陪伴他，當他挖地、除草時，他會吹著口哨，要不就高唱約克郡牧歌，再不然就與小動物們說說話，還有他的弟弟妹妹們，他會教導他們如何工作。

索爾比太太總是稱讚他說：「要是沒有迪肯，我們也無法這麼舒服，在他的巧手下，不管他種什麼都會豐收，而且所有的菜都長得特別青翠、美麗，像他的捲心菜總是比別人的大兩倍，還有其他許多奇怪的植物只有他有法子種活。」

每當索爾比太太有空閒的時候，她會來到迪肯的身邊，與他聊天。晚飯後，她會坐在木椅上休息，或坐在矮牆邊聽著迪肯說故事，這也是她最享受的時刻。

菜園不只有蔬菜，迪肯還買了許多花苗，他把那些鮮豔、有香味的花籽種植在菜叢間，在牆邊他則種了一排排木樨、石竹和三色堇等等。每當春天來到，這些花朵會到處開放，而且是一簇簇地生長得到處都是，非常美麗。這裡的矮牆也是約克郡最漂亮的一個地方，因爲迪肯會在石縫裡塞入毛地黃、蕨草、石水芹和各種籬笆花草。

迪肯總是這麼說：「媽咪，要讓它們長得茂盛，我們就要多花點心思。只要我們和它們做朋友，它們就會像個活生生的動物一樣，它們渴的時候，我們就倒水給它喝，餓的時候，我們就給它吃點東西。其實，它們也和我們一樣，是活的，是有生命的，如果它們死了，我會覺得自己像個壞人，是我害了它們，是我對不起它們。」

今天，也是在一個傍晚的微光中，索爾比太太聽到了一個秘密，那個發生在米瑟韋斯特莊園裡的一個秘密。剛開始，她只聽到柯林少爺的「魔法」和瑪麗小姐的「庭園」，迪肯是如何在一個偶然機會裡，與他們結成朋友。不過，她也只知道這麼多。

然而沒過多久，孩子們卻達成了協議，決定讓迪肯的媽媽一起參與這個「秘密花園」，因爲他們相信迪肯的媽媽是「安全的」，不會洩露這個秘密。

於是，在一個寧靜的傍晚，迪肯把經過仔仔細細地說了一遍。包括那些激盪人心的細節：像埋起來的鑰匙，知更鳥的奇遇，自己在看起來像死亡的灰色迷霧中如何與瑪麗小姐相遇，以及瑪麗小姐原本打算一個人埋藏的秘密。接著瑪麗如何通知他，到後來柯林少爺的猜疑，他們在這個迷人的園地相遇，接著是季元本從小洞裡露出可怕的面孔，與柯林少爺的憤怒……等等。

迪肯一一說出，讓索爾比太太了解事情的始末，而索爾比太太也聽得非常入神，臉上的喜怒哀樂更是變化了好幾次。最後，她驚呼道：「我的天！還好有瑪麗小姐，要不是她，柯林少爺也沒法子站起來吧！」

接著她問了很多問題，每明白一項，索爾比太太的藍色眼睛便深思一次。她問道：「不過，莊園裡的人沒發現嗎？柯林少爺不是變得更健康、快樂，而且不再抱怨了？」

迪肯笑著說：「他們仍然搞不清楚呢！雖然他每天的神情都在改變，精神也越來越飽滿，臉孔也越來越圓潤，蠟色也正在褪去，但是他卻沒有讓抱怨停止。」

索爾比太太不解地問：「為什麼呢？」

迪肯咧著嘴說：「因為他還不想讓任何人知道，如果醫生知道他能夠站起來了，一定會寫信通知老爺。但是，柯林少爺想親自告訴他，他要讓父親有一個驚喜，所以他要先保守住這個秘密，直到父親回來。而瑪麗小姐便與他計劃，在此之前，柯林少爺仍然得不時地呻吟和煩躁，好騙過莊園裡的人們。」

當迪肯說完時，索爾比太太笑了出聲：「呵！真是一對可愛的孩子，他們還懂得自得其樂呢！他們要演的戲還很多吧！迪肯，你繼續說啊！讓我聽聽孩子們都在做些什麼。」

迪肯為了滿足母親的好奇，停下了除草的工作，他蹲坐下來，慢慢地告訴她。

眼中閃爍著快樂的迪肯說：「每次柯林少爺出來的時候，仍然要約翰抱他下樓，而他會像往常一樣，故意對約翰亂發脾氣，抱怨他做事太不小心。柯林少爺仍把自己裝得像似個無援無助的病人，當約翰把他放到輪椅上時，他也會故意地煩躁一陣子，而瑪麗小姐和他都很喜歡這個遊戲。當柯林少爺呻吟抱怨的時候，瑪麗小姐就會說：『可憐的柯林啊！很疼嗎？瞧你多麼的虛弱啊！唉，可憐的柯林！』不過這麼做其實很辛苦，因為實在太滑稽了，他們每次都差點大笑出來。妳可知道，把笑憋著有多麼辛苦啊！所以他們一出門，便會快速地來到花園裡，等安全無慮後，他們就會開始大笑，直到笑得沒有力氣為止。而他們還得把臉埋在靠枕裡，免得笑得太大聲被花匠聽見了。」

索爾比太太聽到這裡，也忍不住地大笑：「多可愛的孩子啊！他們笑得越多，對他們越好呢！無論如何，大笑絕對比任何藥片都有效，他們的身體肯定會越來越健康的。」

迪肯點了點頭說：「是啊，他們越來越健康了，因為他們的食量也越來越大，問題是，當他們肚子餓的時候，不知道要怎麼騙到更多的食物。柯林少爺知道，如果他不停地要求食物，他們一定會懷疑他。本來，善良的瑪麗小姐說，她那分也讓給他吃好了。不過柯林少爺卻不要，他說，他希望兩個人一起變胖，如果她挨餓的話，她會變瘦的。」

索爾比太太聽到這兩個可愛孩子的困擾時，仍然忍不住地笑了出來，不過，她立刻想到了一個方法：「我教你怎麼辦吧！孩子，你每天早上去提一桶新鮮的牛奶，然後我再爲他們烤一些脆皮的農家麵包，或一些葡萄乾小圓麵包。沒有什麼東西比得上新鮮的牛奶和可口的麵包了。如此一來，他們不就可以在花園裡飽餐一頓，我還可以多做一些麵包，讓他們的房間裡隨時都有美味的食物。」

迪肯聽到母親這麼說，開心地吻了她：「喔！親愛的媽媽，妳真偉大，我就知道妳一定有辦法解決。他們昨天還煩惱著，要如何騙得更多的食物呢！因爲他們肚子總是不斷地咕咕叫，挨餓的日子實在太辛苦了。」

索爾比太太笑著說：「他們正在成長呢！如今又這麼活潑、健康，現在的他們就像隻小狼，正需要更多的食物呢！」接著她又側著頭，大笑著說：「不過，說不定這場饑餓戲碼，他們也挺自得其樂呢！」

當索爾比太太笑著說，「表演」是他們最開心的事時，她像是個和藹而明理的母親，因爲只有母親，才會如此了解孩子們的心思。

而柯林和瑪麗也真的很喜歡這個遊戲，它不僅可以保住他們的秘密，而且過程非常有趣而刺激。不過，不管他們多麼小心，還是被護士與醫師相繼發現了。

有一天，護士說：「柯林少爺，你的胃口進步很多喔！記得你以前什麼都吃不下，而且有很多東西你都不肯吃。」

柯林回答：「現在沒有什麼讓我感到不舒服的啊！」

當他看見護士以好奇的眼神看著他時，他警覺到自己應該再裝得更不健康點。

他接著說：「嗯，可能是新鮮空氣的作用吧！它讓我舒服許多。」

護士面露懷疑地說：「也許是，不過我還是得跟克蘭文醫生說一下。」

等護士離開後，瑪麗說：「你有沒有發現，她盯著你看的模樣，好像有什麼大發現似地，會不會我們露出了什麼破綻啊？」

柯林心急著說：「我不會讓他查出任何事，一定不會！」

克蘭文醫生來到的那天早上，真的發現柯林有點不同，但又診斷不出原因。於是，他問了柯林一堆問題，卻也把他惹惱了！

當克蘭文醫生問：「你每天在外面都待那麼長的時間，你都去哪兒呢？」

柯林知道克蘭文醫生開始懷疑了，便故意擺起面孔，冷冷道：「我不會讓任何人知道我去哪裡，總之，我想要去哪裡就去哪裡，沒有任何人可以阻擋我，你也知道我最討厭被人看守、監視著！」

克蘭文醫生了解地說：「我知道你整天都待在外面，不過，我相信那對你一點害處也沒有，反而好處多多。其實是護士說，你的食量比前多了，我認爲這是好現象。」

柯林聽到這句話，小腦袋忽然一轉，他說：「也許這是一種不正常的食慾。」

克蘭文醫生仔細地看了看柯林，說：「我不覺得啊！看你食慾不僅恢復了，整個人的氣色也好很多呢！還有，臉蛋也豐腴多了。」

柯林一聽，連忙裝出沮喪、鬱悶的模樣，他懶懶地說：「也許是浮腫、發燒呢？聽說壽命短的人，連生病的症狀也都異於常人啊！」

克蘭文醫生上前握著柯林的手，並摸了摸他的胳膊，接著搖搖頭說：「你沒有發燒啊！而且你的肌肉也變得很結實，如果你能夠一直都這樣，身體便會越來越健康了，如果你的父親聽到這個情況，他一定會非常開心。」

這時，柯林的怪脾氣忽然爆發出來，他怒吼道：「我不准你告訴他！要是我又惡化的話，他又要再傷心、失望一次。我今晚可能就會惡化了，我會發高燒，不，我現在就覺得渾身發熱！你不准寫信給我父親，不可以！我說不可以就是不可以！你又讓我生氣了，你知道這會讓我的病情惡化。好熱！我討厭被人們指指點點，我討厭被人們斜睨看待，你不准寫信給我父親！」

克蘭文醫生被他這個舉動嚇了一跳，他連忙安撫柯林：「好，孩子，沒有你的允許，我什麼也不會寫。別再生氣了，你的身體剛開始好轉！別把身子又氣壞了，乖。」

從此，克蘭文醫生再也不提起寫信的事，他也交代護士別提起此事。

醫生說：「這孩子進步快速，實在有點反常。我想，他已經在康復中，不過他仍然很容易激動，我們要小心點，免得又讓他動怒了！」

在此同時，瑪麗和柯林也警覺到了，他們今天得重新商量這個「表演」計劃。

柯林嘆口氣道：「那天我一點也不想動怒的，我發現一件很糟糕的事，我根本無法再亂發脾氣了。在我的心裡，一直都想著開心的事，而不再是可怕的事。但是，如果他們再說要寫信給爸爸，我仍然得偽裝一下！」

柯林決定要少吃一點，可是很不幸地，這個點子一點也行不通。

早上一醒來的時候，他的胃口總是特別好，桌上的早點也老是那麼誘惑人，那些香噴噴的麵包和油，以及雪白的雞蛋和草莓醬，不斷地向他招手。

瑪麗每天早上都會來與他一起進餐，當他們來到餐桌前，看著一片片冒著煙的火腿在滾燙的餐盤裡散發出香味，他們便會絕望地互相看著對方。

柯林最後都會說：「看來，今天早上這餐，我們肯定又要吃得乾乾淨淨了。沒關係，我們接下來可以把午餐和晚餐退回去。」

雖然他們這麼告訴自己，但是，事實上他們完全無法做到。因爲，每一餐送回去的盤子都是乾乾淨淨地，一點菜渣都沒有，當然，這也開始引起人們的議論與猜測。

柯林還經常對著瑪麗說：「我真希望那些火腿片能再厚一點，其實，一個人只有一個小松糕似乎不大夠。」

當瑪麗聽到柯林這麼說時，立刻反駁他：「怎麼會不夠，那足夠一個『快死的人』了！唉，但是卻不夠一個能活下去的人啊！我覺得我能吃下三個小松糕呢。」

那天早上，迪肯依約來到他們的花園裡，並拿出媽媽提議的兩個白色桶子，一個裝滿了新鮮的牛奶，另一桶則裝著用藍白色手帕包裹的小圓麵包，令人感動的是，麵包還是熱的！兩個小餓鬼看見後，開心地又喊又叫，他們歌頌索爾比太太實在太偉大了，她真是位又善良又聰明的媽媽。

小圓麵包真好吃！新鮮的牛奶多麼地可口啊！柯林開心地說：「索爾比太太就像迪肯一樣，身上也有著魔法，這個魔法讓她想出了這個聰明的方法，我知道她一定是個魔法師。請告訴她，我們非常感謝她，也謝謝你，迪肯！」

柯林像個大人似地，非常具有紳士風度地再謝一次：「請務必要告訴她，我們的感激！」然後，柯林像個孩子一樣，急急地向桶子裡探進去，滿嘴的小麵包，和一口接一口的牛奶，就像許多精力旺盛的小男孩，需要更多的食物來補充營養。

有一天，兩個體貼的孩子想起，索爾比太太還得為十四個人準備食物，如今又多了他們兩個人的肚子，肯定很會辛苦。於是，他們請迪肯送去一些先令，表示要他們多購買些不同的東西。

而充滿創意的迪肯，也馬上想到一個新吃法。

就在花園外的林子裡，也就是瑪麗第一次遇到他的地方。那裡有一個小小的深坑，可以用石頭堆起一個小石灶，在這個石灶裡，他們可以烤些馬鈴薯和雞蛋。

他們沒有吃過烤雞蛋，所以不知道會有如此美味的吃法。另外，迪肯還教他們在滾燙的馬鈴薯中加入鹽巴和奶油，吃起來更是人間美味，這些食物不僅美味，更能填飽肚子。

現在，他們可以用那些先令去購買，而且愛買多少就買多少，兩個人不必再覺得自己像個與人搶食的餓鬼。

每個美麗的早晨，樹下便會有一場神秘的圓圈魔法，在那儀式之後，柯林會再次站起來練習他的步伐，而且每走一步，他的力量便增加一些。越走越穩健的柯林，身體也越來越強壯了，腳步也越走越遠。

有一天早上，迪肯忽然對他說：「昨天，我到斯威特村買東西，在藍牛旅館附近遇見了鮑勃．豪華思，他是全牧爾最強壯的人，以前他是個摔跤冠軍，連跳高也跳得比別人都高，而擲鐵錘的功力更是厲害。我從小就認識他了，他是個非常和氣的人，當大家與他打招呼時，都對他喊：『早！運動員！』聽到『運動員』三個字時，我想起了柯林少爺，於是我連忙問他：『鮑勃，你是怎麼練出這身肌肉啊？有沒有什麼特別的方法呢？』他說：『有啊，孩子，有一位到斯威特村參加表演的選手，曾經教我如何鍛鍊全身上下的每一處肌肉。』接著我又問：『這能讓一個虛弱的孩子變得強壯嗎？』他笑著問我：『你就是那個虛弱的孩子啊？』我說：『不是，不過我認識一個年輕紳士，他病了很久，我希望能把這個秘訣告訴他。』我沒有提起你的名字，他也沒問，不過，他是個很和善的人，所以立刻教導我所有方法，現在全記在我的腦子裡了。」

柯林仔細地聽他說完後，便激動地說：「快示範給我看！好嗎？」

迪肯說好，不過他卻有個要求：「首先，你一定要讓全身放輕鬆，不能太勞累了，完成一小節後，就得休息一會兒，還有呼吸時要慢慢地，不能太過急促，知道嗎？」

柯林著急地說：「行了，我會小心的，迪肯，快表演給我看，我知道在你身上充滿著各種魔法，快告訴我吧！」

只見迪肯從草地上站了起來，將這個簡單而實用的肌肉訓練表演了一回。柯林瞪大了眼睛看著，就怕有任何遺漏。原本坐在地上的柯林，這會兒也站了起來，他跟著迪肯的動作慢慢地演練著，瑪麗也站起來跟著運動。

從此，健身運動和魔法一樣，成了他們每天必定執行的任務，也因爲運動量越來越大量，迪肯每天早晨帶來的食物也越來越多。

因爲迪肯石灶裡的食物和索爾比太太的麵包，讓他們的肚子總是塞滿了東西，所以一回到家中，面對那些豐盛的餐點，他們完全都沒有胃口了。

這次，又把莫德勞克太太和克蘭文醫生弄糊塗了。

因爲，兩個孩子對早餐越來越沒有興趣，中午和晚上的飯菜更是連一口也不吃，他們就像患了嚴重的病症，一點食慾都沒有。護士心疼地說：「唉，他們什麼都沒吃啊！要是不再吃點東西，他們恐怕會餓死。」

不過，莫德勞克太太卻非常困惑，她說：「奇怪，他們今天竟把外套都漲破了。也許明天他們又會對廚房裡的食物翹起鼻子，但是，昨天他們卻對可口的食物一口也沒吃，可憐的廚子爲他們特別製作了一個布丁，卻也被退回來了。」她很害怕地哭了，她擔心他們會被餓死，那她就成了一個千古罪人。

克蘭文醫生再次來探望柯林，這次他相當仔細地檢查一遍，當護士把幾乎原封不動的早餐拿給他看，克蘭文醫生面露相當憂慮的臉色。

在他到倫敦之前，孩子已經在康復中，原來的蠟色也在消失中，臉上也開始泛起了健康的桃紅色，圓潤的臉龐上充滿了朝氣。現在，雖然距離上回見面時已經過了兩週了，但是情況仍然沒有改變，而且，柯林的嘴唇更為飽滿、紅潤，看上去什麼問題也沒有啊！那為什麼會不想吃東西呢？克蘭文醫生捏著自己的下巴，沉思了許久。

他說：「孩子，你得多吃點東西，那樣才不會再失去你長出來的肉啊！你現在的身體狀況其實很不錯，記得我去倫敦前，你的食慾好很多啊？」

柯林不以為然地說：「我告訴過你了，那是不正常的食慾。」

忽然，瑪麗發出了一個怪聲，她努力地要把聲音降到最低，反而被嗆到了。

克蘭文醫生轉身看著她，關切地問：「怎麼了？」

瑪麗立刻鎮定下來，嚴肅地回答：「好像要打噴嚏，又好像要咳嗽，總之是我的喉嚨在作怪。」後來，她對柯林說：「當時你害我差點笑出來，因為我想到你那天，張大嘴巴把最後一個醮有果醬和奶油的大馬鈴薯咬破的樣子，實在太滑稽了。」

克蘭文醫生把莫德勞克太太找來問話：「孩子們有辦法弄到食物嗎？或是他們到哪兒偷偷地吃東西呢？」

莫德勞克太太回答：「絕對不可能，除非他們能在地上挖出東西或到樹上採摘，我知道他們整天都待在庭園裡，沒有人會去打擾他們。如果他們想吃的東西，或是不喜歡送去的食物，他們可以提出來更換的。」

克蘭文醫生了解後說：「沒關係，如果他們不吃東西，反而覺得比較舒服的話，我們就不必再自找麻煩了。嗯，這個孩子真是個奇葩！」

莫德勞克太太也接口說：「那個女孩也是啊！我發現，她變得越來越標緻了，小臉蛋不僅越來越圓潤，也越來越紅潤。我想起她剛來的時候，滿臉是苦瓜臉，還是個脾氣古怪、個性陰沉冷漠的小東西，現在她和柯林少爺經常一起大笑，像對精力旺盛的年輕人，也許他們是心寬而體胖的吧！」

克蘭文醫生說：「也許是吧！那就讓他們盡情地笑吧！」

# 第25章

每天清晨秘密花園綻放開來，開啓了新的奇蹟。在知更鳥的巢裡，雌鳥正細心地用滿覆羽毛的胸脯和翅膀，爲新生的蛋保暖。起初牠緊張得不得了，總是氣呼呼地警戒著週遭的風吹草動。那幾天，迪肯並沒有靠近那個枝葉密合的角落，只是靜靜地等待著，直到他以某種神秘的魔力說服了這一對小生命；告訴牠們在這座秘密花園裡，沒有任何事物與牠們不同，而發生在牠們身上的奇妙經驗也沒有什麼難以理解的，特別是牠們那極致溫柔、懾人心碎既美麗又神聖的蛋。

在那座花園裡，如果有人不能深切明白假使有一個蛋被拿走或傷害，那麼整個世界將天旋地轉、天崩地裂，彷若世界末日降臨；如果有哪個人沒有察覺到這一點而恣意妄爲，那麼即便是在這金色的美好春光之中也難以感受到歡欣與愉悅。

不過，他們每個都深深明白這一點、覺察到這一點，而知更鳥夫婦也知道他們知道。

剛開始，牠們憂心忡忡地嚴密監視著瑪麗和柯林，基於某種不知名的原因，牠們知道可以不必在意迪肯。彷若從牠們晶亮如露珠的黑眼睛見著了迪肯，就知道迪肯不是陌生人，而是一種沒有嘴喙和羽毛的知更鳥。

因為，迪肯會說知更鳥話，那是一種非常獨特的語言，絕對不會與其他語言混在一起，對知更鳥說知更鳥話，就像對法國人說法國話一樣地理所當然。迪肯面對知更鳥時總說知更鳥話，所以對於他得用那些聽不懂又莫名其妙嘰哩咕嚕的話對別人說話一事，也無關緊要了。

知更鳥不禁想，迪肯必須要說那種嘰哩咕嚕的話，是因為那些人不夠聰明，聽不懂羽毛族的語言；迪肯的行為動作也和知更鳥一模一樣，從不突然做出危險或恐嚇的動作，企圖威嚇別人。每一隻知更鳥都了解迪肯，所以，對於他的存在一點也不覺得困擾、不安。

但是，另外兩個看起來就有必要好好注意一下了，首先那個男孩並不是靠自己的雙腿走進花園，而是坐在一個有輪子的東西上被推進來的，身上披著野生動物的毛皮，這實在很可疑，然後他開始用一種奇怪且不尋常的方式站起來四處走動，其他的人在一旁幫著他。知更鳥緊張地躲在灌木叢裡監視著，那個男孩先將頭轉向一邊，然後再偏向另一邊，行動緩慢地低伏到地上，就好像隨時準備向前猛撲一般，就像貓一樣。

知更鳥把他看到的事和妻子說上了好幾天，可是後來他決定閉口不提了，因爲她驚嚇得那樣厲害，他真擔心會因此傷害到蛋。

後來，男孩開始自己走路，而且移動得愈來愈快，這才能放下心來。

好長的一段時間裡——對知更鳥來說顯得特別地長，誰叫那男孩是他焦慮的源頭，男孩和其他人類的舉止完全不同，好像極喜歡走路一樣，才坐下或躺下一陣子，就搖搖晃晃地站起來重新開始。

有一天，知更鳥偶然地想起自己好像也曾經做過類似的事情，他曾經跟著父母學飛，才飛了幾碼就得被迫休息，但很快地就忍不住想再試。這個男孩在學飛，更像在學走，他向妻子提起這件事，告訴她當他們的蛋成長到羽翼豐滿的時候，他們也將要做同樣的事時，她不但感到欣慰甚至變得極感興趣，由巢沿上仔細觀察男孩的動作，從中獲得極大的樂趣。

儘管她認爲她的蛋一定會伶俐得多，而且學得更快，不過她還是體貼地說，人類本來就比不上蛋，他們笨得多，也慢得多了，而且他們大多數看來都沒有真正學會飛，因爲你從來沒能在空中或是樹梢遇見過他們。

經過了一段時間，男孩開始和其他人一樣到處走動著，可是這時三個孩子卻都開始做出不尋常的事來。他們站在樹下，到處移動他們的胳膊、腿、頭，既不是走，也不是跑，也不是坐，每天會固定做一遍這些動作，而知更鳥從來沒辦法向他的妻子解釋他們到底在做些什麼，或者想做什麼。

他只能確信他們的蛋絕對不會這樣滴溜溜地轉，不過，既然那個能流利講知更鳥話的男孩也在做，那麼鳥兒們就可以確信這樣的行爲不帶危險性。

當然，知更鳥和他的妻子都沒有聽說過摔跤冠軍鮑勃．豪華思，還有他的訓練，能讓肌肉像腫包一樣鼓起來。知更鳥不像人類，他們的肌肉一開始就得到鍛鍊，所以能以自然的方式生長；如果你必須到處飛著去找你要吃的每頓飯，你的肌肉肯定不會萎縮。對知更鳥來說，萎縮的意思就是失去力氣，直到力不從心，無法動作。

當男孩和其他人一樣在到處走著、跑著、挖掘、除草，角落裡的鳥巢仍被巨大的安寧和充實覆蓋著、孵化著。爲蛋恐懼的日子成爲過去，當你知道你的蛋猶如鎖進銀行的保險庫一樣安全時，而且你還可以看著那麼多有趣的事在進行，這讓孵蛋成爲一個極爲好玩的事，而鳥巢也成了最佳的觀賞台。有時，在陰雨天裡，蛋的媽媽甚至覺得有點兒悶，因爲孩子們沒有來花園。

就算在陰雨天裡，瑪麗和柯林也不算過得很枯燥乏味。然而，一天早晨，當雨水不停地潑下來，柯林開始覺得不耐煩了，他老是被迫待在沙發裡，因爲起來到處走不安全。

「現在我已經是個真正的男生了，」柯林曾經說，「我的腿、胳膊和全身都充滿了魔法，我不能靜下來，它們時時刻刻都想做事。瑪麗，妳知不知道，早上我醒來的時候，天色還很早，鳥兒就在外面叫喊著，所有的一切，甚至是樹或其他我們不能真正聽見的事物，似乎都在歡樂地叫喊著，讓我覺得自己必須跳下床，也跟著一起大聲吶喊。不過，如果我真的做了，就想想會發生什麼吧！」

瑪麗聽了，不能控制地咯咯笑著：「護士一定會飛奔過來，莫德勞克太太也會跟著跑來，他們肯定會覺得你發瘋了，馬上派人叫醫生來。」

柯林自己也咯咯笑個不停。他彷彿能看見他們會是什麼樣子——一個個看到他驟然發作而嚇得毛骨悚然，而看到他能筆直站立又會多麼震驚。

「我多希望爸爸能夠回來，」他說，「我想對他說說自己的事，我老是想著我們沒有辦法再這樣繼續多久了，我受不了靜靜地躺著假裝虛弱的樣子，而且我也變得不一樣了。多希望今天沒有下雨。」

就在這時，瑪麗小姐有了靈感。

「柯林，」她神秘地起個頭，「你知道這房子裡有多少房間嗎？」

「大概一千吧，我猜。」他回答。

「其中大約有一百間誰也沒進去過，」瑪麗說，「有個雨天我自己去看了好多間，沒人知道，雖然莫德勞克太太差點兒就找到我了。我回來的時候迷了路，結果在你的走廊盡頭停下來。那是我第二次聽到你哭。」

柯林猛然從沙發上跳起來。「一百個誰也沒進去過的房間？」他說，「這聽起來簡直就像是另一個秘密花園。妳可以推我的輪椅去看，誰也不會知道我們去過。」

「我也是這麼想的。」瑪麗說，「反正，沒人敢跟蹤我們。那裡有一些畫廊可以讓你跑，而我們也可以繼續做我們的體操練習。其中還有個印度小房間，裡頭有個壁櫥滿是象牙做的大象，還有各種各樣的房間呢。」

「按鈴吧。」柯林說。

護士進來，他吩咐：「我要輪椅。瑪麗小姐和我要去看房子裡沒有使用的部分。因為有些樓梯，所以約翰先把我推到畫廊那裡去，然後他就必須離開，讓我們單獨待在那裡，直到我再叫他為止。」

那天早上，雨天不再恐怖了。約翰按照吩咐，把輪椅推到畫廊。柯林和瑪麗快樂地看著對方，等瑪麗確認約翰真的往樓梯下的住處回去了，柯林就立刻離開了輪椅。

「我要從畫廊這頭跑到那頭。」他說，「然後我要跳高，然後我們做鮑勃．豪華思的體操練習。」

他們完成了柯林想做的每件事，還有更多別的事。他們看著廊上的那些畫像，發現了一個樸素的小女孩，穿著綠色金銀織成的錦緞，手指上站著一隻鸚鵡。

柯林說：「這些一定都是我的親戚，他們生活在很久很久以前。那個有鸚鵡的，我相信，一定是我的一個曾、曾、曾、曾姑婆。她看起來挺像妳的，瑪麗，並不是像妳現在的樣子，而是妳剛來這兒的模樣。現在妳變得胖多了，也好看多了。」

「你也是。」瑪麗說，他們兩個都笑起來。

他們還去印度房間裡，把玩著象牙大象，覺得趣味極了。他們也找到了那個玫瑰色的房間，靠枕裡有著老鼠留下的洞，不過老鼠已經長大，不知跑哪去了，只剩一個洞，空空如也。

比起瑪麗的第一次朝聖之旅，他們看到了更多房間、也有更多發現。他們不但發現了新的走廊、新的角落、新的樓梯，也發現了他們喜歡的古老圖畫、不明用途的古怪舊東西。這個早上變得神秘又有趣，獨自在一個大房子裡遊蕩，雖然和別人同處一樓，卻又覺得好像遠離他們千萬里，這實在是一件令人陶醉的事啊。

「我很高興我們來了。」柯林說，「我從來不知道原來我住在這麼一個又古怪又古老又廣大的地方。我喜歡它，以後我們每個雨天都來亂逛。我們一定能找到更多新的怪角落、怪東西。」

那天早上他們除了找到許多新奇的東西，還找到了好胃口，等他們回到柯林的房間時，已經不可能把午餐原封不動地退回去了。

護士把托盤拿下樓，放到廚房食具櫃上，好讓盧蜜絲太太，廚師，看到高度乾淨的碗碟。「瞧瞧這個！」她說，「這是個奧秘之屋，而那兩個孩子是其中最大的奧秘。」

「要是他們每天都這樣，」強壯的約翰說，「那就怪不得他今天是一個月前的兩倍重。我想我最後不得不放棄我的工作了，不然怕會傷了我的肌肉。」

那天下午，瑪麗在柯林的房間裡有了新發現。她昨天就注意到了，但是她想這可能只是偶然的變化，她今天也沒說什麼，可是她坐著定定地看著爐台上的畫像。她看得到，因爲原本覆蓋的簾子已經被拉開了，這就是她注意到的變化。

「我知道妳想要我說什麼。」柯林說，待她盯了幾分鐘以後，「每次妳想讓我告訴妳些什麼的時候，我總是知道；妳在想爲什麼簾子被拉開了，對吧？因爲我要它一直保持那樣。」

「爲什麼？」瑪麗問。

「因爲看著她的笑，不再讓我生氣了。兩天前的晚上，月光很明亮，我醒了過來，突然覺得魔法灌滿了整個房間，讓一切都閃耀著光芒。我沒法子再靜靜地躺著，我站起來看向窗外，房間裡很亮，有一片月光映照在簾子上，不知怎的讓我去拉動繩子。她往下看著我，好像她的笑是因爲很高興我站在那裡似的，這讓我喜歡看著她，我想看見她

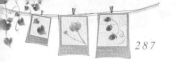

一直那樣笑著。我想她說不定曾是某個魔法人物吧。」

「你現在看起來很像她，」瑪麗說，「有時候我在想，也許你就是她的鬼魂投胎變成的男孩。」

這個念頭打動了柯林。他反覆地想了又想，然後才慢慢開口：「如果我是她的鬼魂的話，那我爸爸就會寵愛我的。」

瑪麗問：「你想要他寵愛你嗎？」

「我過去曾討厭這個想法，因爲他根本不寵愛我。如果他寵愛我的話，我也許會告訴他魔法，那也許就能讓他變得快樂起來。」

第26章

他們對魔法的信念恆久不變。早晨唸咒之後，柯林有時候會爲他們舉行魔法講座。他解釋說：「我喜歡做這個，因爲等我長大了做出重大科學發現，我就必須講解發現，所以現在就是演習。我還年輕，現在只能舉行簡短的演說，另外要是讓季元本覺得他是在教堂裡，他就會睡著了。」

「講座最大的好處，」季元本說，「就是人能站起來愛說什麼說什麼，別人不能回嘴。下次什麼時候我也不反對自己來辦個講座。」

不過，當柯林向前抓住他的樹木時，季元本的眼睛熱切地停留在他的身上，然後保持在那裡，仔細且寵溺地察看著他。其實他對講座的興趣，遠不及那雙每天越來越直、越來越壯的腿；他的腦袋抬得高高的，看起來氣宇軒昂，曾經一度尖瘦的下巴和空癟的臉龐，現在塡了肉，圓鼓鼓地，而那雙眼睛飽含著存在於他記憶中的另一雙眼睛光彩。

有時候，柯林感受到季元本認真的凝視，令他非常印象深刻，好奇他究竟從自己身上看出了什麼，所以有一次，他在季元本又發呆出神的時候，提出了他的疑惑。

他問：「你在想什麼，季元本？」

「我在想，」季元本回答，「我敢保證你這一週不只長了三、四磅，我在瞧你的小腿和肩膀，很想把你放到天平上去秤看看。」

柯林說：「這是魔法和索爾比太太的小麵包、牛奶等東西的功勞。你瞧科學實驗已經成功了。」

那天早晨迪肯來得太晚了，因此錯過講座，但他來的時候，因爲跑步而臉色紅潤，充滿喜氣的臉蛋顯得比平時更熠熠生輝。雨後他們一股腦而地投入工作之中，通常一場溫暖深透的雨水之後，他們總是有很多除草的活兒可做，雨水的滋潤對花兒好，但對雜草也好，雜草生出許多微小草片，每一株小草、每一點葉片，都必須趁根尙未抓牢之前拔起來。這幾天來，柯林將草除得和任何人一樣好，他還可以一邊除草，一邊講座。

「當你自己也工作的時候，魔法的效果最好。」這天早晨他說，「你能感覺到它在你的骨頭裡、肌肉裡。我要去讀關於骨頭和肌肉的書，我還要寫一本講魔法的書。我現在正在構思，我每天都不斷有新的發現。」

他放下除草的工具，站了起來，沈默了幾分鐘，他們看出他正在設計講座，就像他平常那樣。當他放下工具筆直地站起來時，瑪麗和迪肯似乎看到是一個突發的強烈念頭讓他這麼做的。柯林把自己伸展到最高點，狂喜地甩出手臂，臉上熠熠生光，古靈精怪的眼睛因歡樂而大大睜開。突然之間，他就像完完全全明白了什麼似的。

「瑪麗！迪肯！」他喊，「快看我！」

他們停止除草，看著他。

「你們記得你們把我帶進這兒的第一個早晨嗎？」他請求他們回想。

迪肯認真地看著他，身爲一位馴獸師，他能比大多數人看出更多的東西，甚至是他從未談起的東西。他現在就在這個男孩身上看出一些端倪。他回答：「嗯，我們記得。」

瑪麗也認真地看著柯林，可是她沒說什麼。

「剛才，」柯林說，「我突然想起來，就在我看著我的手拿著工具在地上挖掘，我知道我必須站起來，看看這到底是不是真的。結果是真的！我好了！我好了！」

「對，你好了。」迪肯說。

「我好了！我好了！」柯林再次說，他整個臉都變得通紅。

某種他過去已經知道，他曾經期望過、感覺到、思考過的事物，就在那一刻，驟然湧遍全身，一種攫取身心的信念和認識，那是如此強烈感受，令他忍不住要高聲呼喊。

「我要活到永遠的永遠的永遠！」他鄭重地喊著，「我要發現成千上萬、成千上萬的東西；我要瞭解每一個人、每一種動物、所有能生長的東西，像迪肯一樣，我永遠不會停止施魔法。我好了！我好了！我覺得……我覺得我好像想叫出什麼東西，某種充滿感謝與歡樂的東西！」

季元本在一叢玫瑰附近幹活，聽見他的呼喊，於是轉過來瞅著他。

「你可以唱唱讚美詩。」他冷冰冰地嘟囔地建議。

他對讚美詩沒有什麼想法，所以他建議的時候也不帶什麼特別的崇敬。但是，柯林的頭腦偏愛追根究柢，因爲他對讚美詩一無所知，「那是什麼？」他立刻詢問。

「我保證，迪肯一定能唱給你聽。」季元本回答。

迪肯帶著馴獸師無所不曉的微笑回答：「那是在教堂裡唱的，」他說，「媽媽說她相信百靈鳥早晨起來的時候唱的就是這個。」

「要是她那麼說，那一定是好聽的歌。」柯林說，「我從沒進過教堂，我一直病得那麼厲害。唱吧，迪肯，我想聽。」

迪肯非常樸實且不矯飾，他比柯林自己更爲理解柯林的感覺，以某種連他自己都不知道的直覺，自然而然地就能體會。他扯下帽子，環顧四周，始終帶著微笑。

「你得取下帽子，」他對柯林說，「你也是，季元本，還有你必須站起來。」

柯林取下了帽子，專心地注視著迪肯，明媚的陽光，溫暖著他濃密的頭髮。季元本手腳並用地爬起來，沒戴帽子的老臉上帶著一種迷惑不解、不太甘願的樣子，彷彿他還沒有徹底弄清楚爲什麼他在做著這麼一件卓越超凡的事。

迪肯站在樹和玫瑰叢之間，以單純樸實的方式開始唱著：

讚美上帝，降下一切賜福，
讚美祂啊，低伏在下的萬物，
讚美祂啊，統領日月星辰，
讚美啊，聖父、聖子、聖靈。阿門。

等他唱完，季元本安靜地站在一旁，下巴頑固地閉著，可是眼睛定在柯林身上，眼神困惑，而柯林的臉龐露出了深思與讚賞的表情。

「這首歌很好聽。」他說，「我喜歡。也許它的意思就是我想大聲叫喊出來的，對於魔法的感謝。」

他停下來，仍然迷惑地思考著，「也許它們是同樣一回事，畢竟我們怎麼可能清清楚楚地知道每樣東西的名字呢？再唱一遍，迪肯。瑪麗我們也來試著唱，我想學會唱它，這是我的歌。前面是怎麼起頭的？『讚美上帝，降下一切賜福』？」

於是，他們又唱了一遍，瑪麗和柯林盡力以悅耳的聲音唱和，加入迪肯特別響亮而美麗的嗓音，在唱到第二行的時候，季元本聲如銼子地清了清嗓子，於第三行的時候加入歌唱的行列，精力充沛得幾近野蠻。當曲末唱到「阿門」結束的時候，瑪麗觀察到一件相同的事情，就像季元本發現柯林不是瘸子的時候，他的下巴不斷地微微抽搐，眼睛瞪著、眨著，打濕了皮革樣的老臉頰。

「我從不知道讚美詩究竟有啥意思，」他沙啞地說，「不過現在我可能改了主意。我應該說你這周重了五磅，柯林少爺，你增加了五磅。」

柯林望著花園，彷彿什麼東西吸引了他的注意力，使他的表情驟然變得驚奇。

「誰來了？」他說得很快，「誰在那兒？」

在常春藤覆蓋的牆上，門被輕柔地推開了，一個女人走了進來。她在他們唱到最後一行時來的，她靜靜地站著，聽著他們、看著他們。她身後是常春藤，陽光透過樹木，在她的藍色長罩衣灑上點點金光，她清爽好看的臉龐微微地笑著，透過層層綠蔭看去，她就像柯林書中一幅色彩柔和的美麗插圖。她有一雙奇妙富含表情的眼睛，彷彿能攝入了一切東西，包含他們所有人，甚至季元本、「生靈們」和每朵開放的花。她不速而來，但他們沒有人覺得她是個入侵者。突然，迪肯的眼睛像點著了燈火般亮了起來。

「是媽媽，她就是媽媽！」他呼喊地飛奔，跑著穿過草地。

柯林也開始朝她跑去，瑪麗也跟在後頭，他們兩個都覺得脈搏加快。

「是媽媽！」他們在半路會合的時候，迪肯再次說，「我知道你想見她，就告訴她門藏在哪裡。」

柯林伸出手，臉上帶著一股羞澀、紅通通的，但他的眼睛幾乎想吞下她的臉龐似地看著她。「即使我生病的時候我都想見到妳，」他說，「不只妳、迪肯還有秘密花園。我從前沒有想過見任何人、任何東西。」

看到他仰望的臉，她的臉上也紅起來，嘴角顫動，一層霧氣浮上眼睛。

「喔！好孩子！」她顫抖著喊，「喔！好孩子！」彷彿她原來不知道她會這麼說。她並沒有說「柯林少爺」，而是突如其來地一句「好孩子」。也許當她在迪肯臉上看到什麼感動了她時，她也會說同樣的話。柯林喜歡這一點。

他問：「妳是不是覺得驚奇，因爲我身體這麼好？」

她把手放到他肩上，微笑著散去眼裡的霧氣。「嗯，我是這麼覺得。」她說，「不過，讓我感到心跳不已的是你，是如此地像你媽媽。」

「妳覺得，」柯林有點彆扭地說，「我爸爸會因爲這樣而喜歡我嗎？」

「嗯，那是一定的，好孩子，」她輕柔快速地拍拍他的肩膀，「他一定要回家來，他一定要回家來的。」

「蘇珊．索爾比，」季元本邊說邊走近她，「瞧瞧這孩子的腿，好極了吧？兩個月以前它們還像一對裝在襪子裡的敲鼓棒，我還聽說當時膝蓋既向後面又向前面彎曲。現在，看看它們！」

蘇珊．索爾比也開心地笑了起來。她說：「它們轉眼就要長成強而有勁的好腿，」她說，「讓他繼續玩、繼續在花園裡幹活、吃遍營養的食物、多喝些上好的牛奶，那約克郡就找不出一雙更好的腿，感謝老天爺。」

她把雙手放到瑪麗小姐肩膀上，充滿慈母光輝地望著她那張小臉。

「還有妳！」她說，「妳長得差不多和我們家伊麗莎白．艾倫一樣健康了。我敢保證妳也會很像妳媽媽。我們家瑪莎告訴我，莫德勞克太太曾說她是一位漂亮的美人。等妳長大了也一定會是一叢粉紅的玫瑰，我的小閨女，保佑妳。」

她並沒有提起，當瑪莎於「休息日」回到家裡時，曾經描述那個平凡乏味、臉色灰黃的孩子，她還說對莫德勞克太太所聽說的消息毫無信心，堅持「一個漂亮女人沒有道理會是這麼個乏味小女孩的媽媽」。

瑪麗沒有時間去注意自己臉上的改變，她只知道自己變看不太一樣了，頭髮看起來濃密了許多，它們長得很快。不過她憶起過去曾經注視母親大人時的愉悅，她樂意聽到有一天也許她會看起來像她的說法。

蘇珊·索爾比和他們一起繞著花園走了一圈，聽到了整個故事，看到了每一叢活過來的灌木和每棵樹。柯林走在她旁邊，而瑪麗則在另一邊，他們兩個都不斷地仰望著她舒服的玫瑰色臉龐，偷偷地對她帶給他們的愉快感覺而感到好奇，那是一種被溫暖、被支援的感覺，好像她了解他們，正如迪肯了解他的「生靈們」。

她朝花朵彎腰，談論它們，彷彿它們是自己的孩子。煤灰跟著她，朝她呱呱叫了幾聲，飛上她的肩膀，好像那是迪肯的肩膀。他們告訴她知更鳥和小鳥的第一次練飛，她嗓子裡發出溫和、母性的小小笑聲。

她說：「我猜教他們學飛就像教小孩子學走路，不過我想我會擔心，如果我的孩子有的是翅膀而不是腿。」

她看來是這麼好的人，混身善良的牧爾農家風格，最後她才被告知關於魔法的事。

「妳相信魔法嗎？」柯林解釋了印度魔法師以後，說道，「我真希望妳相信。」

「我相信，孩子。」她回答，「雖然我從來不知道它的名字，可是名字有什麼關係？我保證它在法國是不同的名字，而在德國又是另一個。這就好像讓種籽膨脹，在太陽照耀下你變成一個身體健康的孩子，這些都是好的事物。這個和我們這些傻瓜想的不一樣，因為我們總是按名字相互稱呼，而那個巨大的好東西卻從不停止關心我們、保佑我們。它不停地造出成萬上億個世界，就像我們自己這樣的世界。你永遠不要停止相信那個巨大的好東西，永遠記住全世界都充滿了它，隨便你愛叫它什麼。我進花園的時候，你們正在對它唱歌。」

「我覺得很快樂。」柯林說，對著她睜開美麗奇怪的眼睛，「突然我覺得自己很不一樣，我的胳膊和腿變得很不一樣，妳知道的，我能挖地、能夠站立，我跳起來，想對著隨便什麼願意聽的東西大聲喊叫。」

「你們唱讚美詩的時候，魔法在聽。隨便你唱了什麼，它都會聽。關鍵是歡樂。喔！孩子，孩子，我們該怎麼稱呼那個製造歡樂的東西呢？」她在他肩膀上輕快溫柔地一拍。

今天早晨她就包好了一籃子美食，饑餓的時間到了，迪肯把它從藏著的地方拿出來，她和他們一起坐在他們的樹下，看著他們狼吞虎嚥，愛憐地凝視著他們的好胃口。她感到滿心快樂，她用濃厚的約克郡口音爲他們說故事，教他們許多新鮮的名詞，用各種怪事逗得他們哈哈大笑。當他們告訴她，要假裝柯林仍然是個焦躁的殘疾人，是如何地困難時，她笑得好像忍也忍不住。

「妳瞧，我們在一起的時候幾乎一直忍不住要笑，」柯林解釋，「聽起來一點都不像生病。於是我們只好努力憋著，可是又忍不住噴了出來，聽起來再糟糕不過了。」

「有件事經常從我腦子裡冒出來，」瑪麗說，「如果我突然想起它來，簡直就憋不住。我常想柯林的臉會變得像滿月一樣，也許現在還不像，可是如果他每天都胖上一點點，假設有一天清晨醒來突然發現他的臉變成像滿月一樣，那我們該怎麼辦？」

「保佑我們所有人，我看得出來有個有趣的遊戲正在進行著，」蘇珊．索爾比說，「不過你們不用再忍耐多久了，克蘭文老爺將會回家的。」

「你覺得他會？」柯林問，「爲什麼？」

蘇珊．索爾比柔聲輕笑。「我猜，如果在你以自己的方法告訴他以前，他就知道了的話，那會讓你的心都碎了。」她說，「因爲你整晚清醒地躺著就是在計劃這個。」

「我受不了別人告訴他。」柯林說，「我每天都想出不同的辦法。像現在我就想跑進他的房間。」

「這對他來說會是個好開頭。」蘇珊．索爾比說，「我想要看到他的臉，孩子。我真的這麼想！他必須回來，是的，他必須。」

他們討論的其中之一是去拜訪她的農舍。

他們全計劃好了，他們要坐車穿過牧爾，午飯是在石楠叢裡野餐。他們會看到全部的十二個孩子、迪肯的花園，不玩到累不回來。

蘇珊．索爾比終於站起來，打算回到屋裡莫德勞克太太那兒，也該是柯林被推回去的時候了。不過在他坐進輪椅之前，他靠在蘇珊身邊，眼睛定在她身上，帶著一種著迷的愛慕，突然他抓住她藍色罩衣布料，緊緊地握著。

「妳就像我……我想要的，」他說，「我但願妳是我的媽媽、也是迪肯的！」

突然間，蘇珊．索爾比彎下腰，把他摟到懷裡，靠在藍色罩衣下的胸口上，彷彿他是迪肯的兄弟一般，霧氣很快地再度瀰漫在她的眼睛裡。

「啊！好孩子！」她說，「你自己的媽媽就在這個花園裡，我真的相信。她離不開這個花園的。你爸爸必須回來，他必須！」

# 第27章

每個世紀都有不可思議的奇妙事物被發現，上個世紀發現的驚人事物遠比以前任何世紀都要多。在這個嶄新世紀，也將有著更讓人震驚的事物被挖掘。起初，人們拒絕相信能夠做到一件奇怪的新事，然後他們開始希望自己能夠做到，然後他們做到了。

上個世紀，人們開始發現的事情之一，是思想像陽光一樣美好，或者像毒藥一樣糟糕。讓一個悲傷或惡意的念頭進入心裡，和讓猩紅熱病菌進入身體一樣危險，假如你讓它留下來，也許永遠不能痊愈。

要是瑪麗小姐的心裡充滿了厭惡一切的想法，不對任何東西感興趣，她就會一直是個面黃肌瘦、惹人討厭的黃毛丫頭。然而，命運非常眷顧她，儘管她沒有意識到這點。她開始被四周的景物推動著，心裡逐漸塡滿了知更鳥、牧爾上擠滿了孩子的農舍、古怪易怒的老花匠、平易近人的約克郡小女僕，塡滿了春天和一天天活過來的秘密花園，塡滿了一個牧爾上的男孩和他的「生靈們」，不再有那些影響她肝臟和消化，讓她發黃、疲倦的念頭。

要是柯林把自己關在房間裡，想著他的恐懼、虛弱，充滿憎惡，時時刻刻都想著駝背和死亡，他就是個歇斯底里、疑神疑鬼的小病患，不知道陽光和春天，也不知道只要自己努力嘗試，就可以好起來，自己站起來。

當美麗的新念頭開始驅逐醜陋的舊念頭，開始有了全新的生命。他的血液健康地流過血管，力量如同洪水般湧入體內。他的科學實驗很簡單，也很實用，沒什麼神秘怪誕之處。驚人的新變化會發生在任何人身上，只要用和諧、堅決、勇敢的念頭，來推開不愉快或沮喪的念頭。

在你種下玫瑰的地方，刺薊草就不能生長。秘密花園活過來了，兩個孩子也隨著生氣蓬勃。

有一個人在遙遠而美麗的挪威峽灣和瑞士的群山裡遊蕩，他讓自己的心裝滿了心碎的陰鬱念頭已經十年了。他從未勇敢地試著用其他想法來代替晦澀的念頭。

他曾經徘徊在藍色的湖泊岸邊，曾躺在深藍色的龍膽花盡情綻放的山坡，但腦海裡仍縈繞著陰鬱的念頭。

他曾經幸福過，但是可怕的悲痛降臨身上，從此黑暗塞滿了他的心靈，他頑固地拒絕讓陽光穿透進來。他荒廢了家園，遺忘了責任。當他四處漂泊，黑暗籠罩著他，他的出現對其他人是一件壞事，因爲他似乎用陰鬱毒化了他周圍的空氣。大多數陌生人以爲他是個瘋子，或是靈魂裡隱藏著罪行。

他是個高高瘦瘦的男人，臉孔扭曲，肩膀畸形，他在旅館登記的時候，總是寫著：「阿奇博爾德．克蘭文，米瑟韋斯特莊園，英格蘭約克郡。」

自從他在書房見到瑪麗，告訴她可以擁有自己的「一方土地」，他已經漂流過許多地方。他到過歐洲最美麗的地方，但是不管在任何地方都待不了幾天。他喜歡寧靜而偏遠的地方，他曾經登上峰頂入雲的山巓，曾經俯瞰群山，當太陽升起爲群山染上霞光，彷彿整個世界正在誕生。然而，旭日的光輝似乎從未照進他的內心，直到一天，他十年來第一次意識到一件奇妙的事發生了。

他在奧地利蒂柔省一個美麗的山谷裡漫步，如詩如畫的美景，美得可以把人的靈魂從陰影裡拯救出來，但他走了很遠，心中的痛苦並沒有紓解。最後，他累了，跌坐在溪邊如茵的苔蘚上休息。

那是一條清澈見底的小溪，在狹窄的河道裡快樂淌流，發出低低的笑聲。他看到鳥兒飛來把頭浸到溪裡喝水，然後抖抖翅膀飛走了。溪流似乎充滿活力，細小的響聲讓四周更加寧靜幽深。

克蘭文出神地凝視著清澈的流水，漸漸覺得身心像山谷一樣平靜下來。他坐著凝視著陽光照耀的流水，見到一片藍色的勿忘我緊挃著溪邊，葉子都被溪水濺濕了。他想起自己很多年以前也曾經這樣注視過勿忘我的花朵，不禁驚嘆這千萬點小小的藍色花朵是多麼可愛。

他不知道，這麼一個簡單的想法慢慢注入他的心靈，把其他陰暗的想法都推出腦外了。彷彿一股甜美清澈的活泉開始從一潭污濁的死水裡湧出，終於徹底滌淨了污水。他自己當然沒有想到這一點，他只知道，當他坐著盯視鮮豔嬌嫩的藍色勿忘我，山谷彷彿越來越寧靜。

他不知道自己坐了多久，心靈發生了什麼變化，只是彷若大夢初醒，慢慢起身站在苔蘚地毯上，深深長長而又柔和地吸了一口氣。他感到疑惑，彷彿自己的身心掙脫了長久以來的束縛。

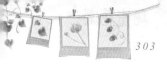

「這是怎麼回事？」他喃喃自語，手摸著前額，「我覺得自己活過來了。」

我無法解釋發生在他身上的神秘現象是怎麼回事。別人無法解釋，他自己也無法理解，然而，幾個月後他仍記得這個奇妙的感覺，等他重新回到米瑟韋斯特莊園，偶然間發現，就在同一天，柯林進入秘密花園時大聲喊著：「我要活到永遠，永遠，永遠！」

異常的恬靜陪他身渡過了一整夜，他的睡眠是甜美安寧的，可是持續了沒多久，他不知道這平靜是可以持續的。到了第二天晚上，那些黑暗的想法又列隊回來了。他離開了山谷，繼續自己的流浪之路。然而，讓他感到奇怪的是，有時候內心深處的隱痛又似乎自行離去，他知道自己是個活人，不是行尸走肉。慢慢地，慢慢地，他正在隨秘密花園一起「復活」過來。

當金色的夏天變成深色的秋天，他來到了義大利北方的寇莫湖。在那裡，他找到了夢中的世外桃源，白天在水晶般淺藍色湖上泛舟，或者在山坡邊柔軟濃密的青翠草原上漫步，直到走累了才疲憊地入睡。他開始睡得好些了，夢境不再是一種恐懼。

「也許，」他想，「我的身體已經變強壯了。」

確實如此，因為心靈的寧靜使他的思想改變了，身體和靈魂也慢慢變得強壯。他開始懷念米瑟韋斯特莊園，考慮是不是該回家。有些時候，他會想起自己的兒子，但是，當他想像自己站在床邊俯看那張熟睡的白皙臉孔，以及緊閉的眼睛周圍的黑睫毛之時，他又退縮了。

有一天，奇蹟出現了，他走得很遠，回來之時圓月已經高掛在空中，整個世界是紫色的陰影與銀色的月光。湖水、湖畔、樹林寧靜而美妙。他沒有回到居住的別墅，而是朝水邊一個藤樹蔭影下的小露台走去，在一個座位上坐下來，呼吸入夜晚裡的香氣。不久，便在那股奇妙的平靜籠罩下，沉沉入睡夢。

他不知道自己什麼時候睡著，什麼時候開始做夢，他的夢境真實得不像是在做夢。他事後追憶，感覺自己正聞著玫瑰的芬芳，聽著腳邊的水聲，這時一陣聲音傳來。聲音甜美、清澈、快樂而遙遠，可是他聽得很真切，彷彿就在身邊。

「阿奇！阿奇！阿奇！」

聲音如此熟悉，讓他不禁跳起來。

「莉蓮！莉蓮！」他回答：「莉蓮！妳在哪裡？」

「在花園裡，」清脆的聲音傳回來：「我在花園裡！」

然後夢結束了，可是他沒有醒來，反而一整晚睡得深熟甜美。

當他真的醒來，已是明朗的早晨，一個義大利籍的僕人站在那裡盯著他，手裡拿著一個裝著信件的托盤，靜靜地等到克蘭文先生拿起來。

僕人走了以後，克蘭文先生手拿著信件坐著，腦海回憶那個夢，那個真實的夢。奇妙的平靜仍然籠罩著他，他感到輕鬆，彷彿曾經發生的殘酷的事沒有發生過。

「在花園裡！」他疑惑地喃喃自語：「在花園裡！但是門鎖著，鑰匙被深深地埋了起來。」

幾分鐘以後，他瞟了瞟信件，是約克郡寄來的，收信人和地址用樸素的筆跡寫著。他打開信，第一行字就引起他注意。

親愛的先生：

我是蘇珊．索爾比，有一次在牧爾上曾冒昧對您說過話，那次我說的是有關瑪麗小姐。我要再次冒昧開口，請求您回家來。我想，你回來的話，大家會很高興，而且，我想您的夫人會要您回來的，要是她還在的話。

您忠誠的僕人蘇珊．索爾比

克蘭文先生把信讀了兩遍，才放回信封裡，心裡不停地想著那個夢。

「我要回米瑟韋斯特，」他說：「對，我要立刻走。」

幾天之後他重回英格蘭，在漫長的路途中，他忽然惦念起兒子，過去整整十年裡他一直希望忘記他。關於他的回憶不斷地浮現腦海，他記得那些黑暗的日子，他像個瘋子一樣四處狂奔，因爲孩子活下來，但母親卻死了。

他曾經拒絕去看他，後來終於去看了，那時他是一個虛弱、可憐的小東西，每個人都肯定他活不了幾天。然而，讓人吃驚的是，他活了下來，雖然每個人都相信他會長成一個畸形、跛腳的怪物。

他不想做一個壞父親，可是從來沒有覺得自己像是個父親，他把自己埋進不幸之中，連想起那個孩子都感到畏縮。離開米瑟韋斯特莊園一年以後，他第一次回去，模樣悲苦的小東西冷漠地張起圍滿黑色睫毛的灰色大眼睛，那和他曾經愛過的那雙快樂的眼睛如此相似，又如此不相似，他終於受不了而轉身離去。從那以後，除了睡覺時間，他很少見他。他只知道他殘疾，脾氣狂暴、歇斯底里，要避免他狂怒，惟一的辦法就是凡事都要順著他。

這一切回憶都並非振奮精神的事情，但是，隨著火車蜿蜒穿過山路和金色的平原，這個正在「活過來」的人開始用一種新的方式思考，思考得很久，很清醒也很深遠。

「也許我整整錯了十年。」他對自己說：「十年很漫長啊。恐怕一切都太遲了，這些年我都是怎麼想的？」

當然了，這是錯誤的魔法——一開始就說「太遲了」。他很想知道，蘇珊・索爾比鼓起勇氣寫信給他，是不是因爲她意識到男孩病情更嚴重了。

但是，心中的那股奇妙的平靜帶來了勇氣和希望，他沒有屈從於最壞的念頭，而是努力相信更好的事情會發生。

「會不會她看出我可能對他會有幫助？去米瑟韋斯特的路上我要去看看她。」

在穿過牧爾的途中，他把馬車停在農舍前，七八個正到處玩的孩子聚攏過來告訴他，他們的媽媽一大早就去了牧爾的另一頭，幫一個剛剛生了孩子的女人。「我們家迪肯去了莊園，在那裡的花園幹活，他每週都去幾天。」

克蘭文先生看著腳下這一群結實的小身子、圓圓的紅臉蛋咧嘴笑著，驚覺他們都非常健康。他對著他們的露齒笑容微笑了，從口袋裡拿出一個金幣，遞給最大的「我們家伊麗莎白・艾倫」。

「如果妳把它分成八份，你們每個人就有半個銀幣。」他說，然後在露齒的笑容、咯咯的笑聲包圍之中坐車離開了，在身後留下狂喜輕推的臂肘和高興的蹦跳。

駕車駛過美麗的牧爾是件心曠神怡的事，給他一種回家的感覺。那種感覺是天地美麗，遠處紫花盛開，他的心裡暖和起來，越來越靠近那座巨大的老房子，它保存著同一血脈的人們已有六百年。上一次他是怎樣地駕車離開的呢？想起裡面房間上鎖、男孩躺在垂著金銀織錦緞的四柱床上就不寒而慄。會不會他也許發現自己好轉些了，也許能克服自己，不再對他畏縮？那個夢是多麼真實——那個聲音是多麼美好而清澈：「在花園裡——在花園裡！」

「我要去找鑰匙，」他說：「我要去把門打開，雖然我不知道爲什麼。」

當他抵達莊園，僕人接待他，注意到他的臉色顯得好些了，他沒有去他常住的、由皮切爾照料的那個偏遠的房間，而是去了書房，派人請莫德勞克太太來他這兒。

莫德勞克太太多少有些激動、好奇而驚慌失措。

「柯林少爺怎麼樣，莫德勞克？」他詢問。

「嗯，先生，」莫德勞克太太回答，「他——他變了，這麼說吧。」

「惡化了？」他試探。

莫德勞克太太竟然臉紅了。

「嗯，先生，」她試圖解釋，「克蘭文醫生、護士，還有我都沒法弄明白。」

「爲什麼會這樣？」

「說實話，先生，柯林少爺可能是好轉也可能是惡化。他的胃口簡直難以理解，他的性子……」

「他是不是變得更加……更加古怪了？」他的眉頭緊張地打著結。

「正是如此，先生。他變得非常古怪，如果你把他和過去相比。他過去什麼都不吃，然後突然之間他開始吃得非常多，然後他突然停止，飯菜像過去一樣被送回來。也許你從來不知道，先生，他從不准人把他帶到戶外，他會大發脾氣，克蘭文醫生也不敢強迫他。後來，他發了一場最厲害的脾氣後沒多久，突然堅持要每天出去，和瑪麗小姐，還有蘇珊．索爾比的兒子迪肯，他能推動他的輪椅。他迷上了瑪麗小姐和迪肯兩個，迪肯帶來了他馴服的動物。」

「他看起來怎麼樣？」是下一個問題。

「他飲食正常，您會以爲他在長肉，可是我們擔心是一種浮腫。他和瑪麗小姐單獨在一起，有時候會奇怪地大笑，過去他從來不笑的。克蘭文醫生立刻會來見您，他這輩子從來沒有這麼困惑過。」

「柯林少爺現在在哪裡?」克蘭文先生問。

「在花園裡，他總在花園裡，不過任何人都不准靠近，因爲他怕人看著他。」克蘭文先生幾乎沒有聽到她最後的話。「在花園裡，」他說，等他遣走莫德勞克太太，他站著一遍又一遍重複那句話，「在花園裡！」

他費勁地把自己拉回此刻立足之處，等他覺得回到地球了，才轉身走出了房間。像瑪麗一樣，他穿過灌木叢裡的門，在月桂和噴泉花床之間。噴泉正噴著，環繞著整花床鮮亮的秋季花卉。

他穿過草地，轉入爬滿常春藤的牆邊那條長走道。他走得很慢，眼睛盯著路，覺得彷彿正被拉回他久久尋覓的地方。儘管常春藤厚厚地掛在牆上，他仍然知道門在何處，但是他不知道那把埋藏的鑰匙確切躺在哪裡。

於是他停下來環顧四周，幾乎在他停下來的那一刻，他驀然一動，問自己是否身在夢中。常春藤密密掛在門上，鑰匙埋在灌木叢下十年了，沒有人曾經穿過那道門，然而花園裡面有聲音。

是奔跑踢踏的腳步聲，好似在樹下繞著圈子追趕，是奇怪的壓抑低沈的人聲——驚叫、捂著嘴的歡樂呼喊。聽起來竟然好像孩子們不可抑制的歡笑，他們盡力不讓人聽到，可是每隔一會而就會爆發。

到了難以控制的時刻，那些聲音忘記要安靜，腳步越跑越快，他們正朝花園門口來。有一個急速的呼吸聲，一道奔放的笑聲無法自抑地爆發，牆上的門被甩開，一層常春藤往回蕩，一個男孩全速穿過它衝過來，看不見克蘭文先生，幾乎衝進了他懷裡。

克蘭文先生急忙伸出雙臂，免得他撞上自己而跌倒，當他把男孩抱開，看到他是個高高英俊男孩兒，生氣勃勃，奔跑讓鮮亮的顏色跳上他的臉頰。他把濃密的頭髮從前額甩上去，眨起一雙獨特的灰眼睛，眼睛裡充滿了男孩氣的歡笑，鑲著黑睫毛，像流蘇一樣。就是這雙眼睛讓克蘭文停止呼吸。「誰……什麼？誰？」他結結巴巴。

這不是柯林預計的，也不是他計劃的，他從未想到這樣相逢。

「爸爸，」他說，「我是柯林。你沒法相信吧。我自己都幾乎沒法相信。我是柯林。」他和莫德勞克太太一樣，不明白他爸爸是什麼意思，匆忙地說著。

「在花園裡！在花園裡！」

「對，」柯林說，「是花園的作用，還有瑪麗、迪肯、生靈們，還有魔法。沒有人知道，我們要等你回來再告訴你。我好了，我跑步能贏過瑪麗，我要當一個運動員。」

他說這些話時完全像一個健康的孩子，克蘭文先生的靈魂在難以置信的歡樂之下顫抖起來。

柯林伸出他的手放在父親的胳膊上。「你難道不高興嗎，爸爸？」他最後說，「你難道不高興嗎？我要活到永遠的永遠的永遠！」

克蘭文先生把雙手放在男孩的肩上，握著他不動，有一陣他不敢試圖說話。

「帶我去花園，我的孩子，」他終於說，「把一切都告訴我。」

於是，他們領他進去。這裡是秋色狂歡的汪洋，金色、紫色、紫藍和火紅色，每一處都有一叢叢的百合站在一起，白色的，還有白色和深紅相間的。他記得很清楚第一叢是什麼時候種下的，這個季節裡，它們的光彩總是開始展現。玫瑰攀緣、垂掛，聚成一串串，陽光把泛黃的樹木染得更深，讓人覺得彷彿站在藤樹蔭翳的黃金殿堂裡。

克蘭文先生靜默地站著，就像孩子們初來時進入那一片灰色一樣，環顧了又環顧。

「我原以爲它已經死了。」他說。

「瑪麗開始也這樣以爲，」柯林說，「可是它活了過來。」

然後，他們全部坐到樹下，除了柯林之外，他想站著講故事。

這是他聽到過最奇怪的事，克蘭文心想，故事滔滔不絕地倒出來，神秘、魔法、野生動物，古怪的半夜相逢，被侮辱的自尊拖著小王爺站起來，迎面反擊季元本。奇特的伴兒，玩遊戲，小心保護的大秘密。聽的人笑得眼淚湧上來，這位運動員、演講家、科學發現者是一個可笑、可愛、健康的年輕生命。

「現在，」他在故事末尾說，「不必再保密了。我敢說他們看到我，會嚇得幾乎昏倒，我再也不會坐進那個椅子了。爸爸，我要和你一起走回去，去房子裡。」

季元本很少離開花園，不過這次他編了個藉口運蔬菜到廚房去，被莫德勞克太太請到僕人大廳喝一杯啤酒。當米瑟韋斯特莊園在這一代人裡面經歷的最戲劇性的事件登場的時候，他正好在場，就如他希望的那樣。

莫德勞克太太知道季元本從花園裡來，希望他瞅見了主人，甚至碰巧看到他看到柯林少爺。「你看到他們沒有，季元本？」她問。

季元本把啤酒杯從嘴邊拿開，用手背抹了抹嘴唇。

「嗯，我看到了。」他態度狡猾而意味深長的回答。

「兩個都看到了？」莫德勞克太太試探。

「兩個都看到了。」季元本回話，「多謝妳，夫人，我能再喝一杯。」

「一起？」莫德勞克太太說，趕忙興奮地滿上他的啤酒杯子。

「一起，夫人。」季元本一口灌下去新滿上的半杯。

「柯林少爺在哪裡？他看起來怎麼樣？他們都說了什麼？」

「我沒聽見，」季元本說，「我只是站在梯子上從牆頭看。不過我可以告訴妳，外頭一直有事情在發生，你們房子裡的人什麼都不知道。」

不到兩分鐘，他吞下最後一滴啤酒，朝著露出灌木叢中一抹草地的那個窗戶。

「瞧那兒，」他說，「妳要是好奇的話，瞧瞧是誰穿過草地過來了。」

莫德勞克太太看時，雙手甩得高高，尖叫一聲，每個聽到的男僕和女僕都衝過僕人大廳，站著往窗外看，眼珠子全都快要掉出來。

穿過草地，走過來的是米瑟韋斯特莊園的主人，他的樣子是許多人從未見過的。在他旁邊，頭高高揚起、眼睛充滿歡笑，走得像約克郡任何一個男孩一樣有勁兒、一樣穩當的，是——柯林少爺！

•全書完

靈魂深處無助的生命絕唱，
日本無賴派文學大師太宰治代表作品

# 人間失格

にんげんしっかく

太宰治　著

纖細而敏感的人最容易在人間受苦，幸福並非理所當然，美麗往往象徵著沉重的壓力，
明知道越沉淪越沒人格，仍舊選擇陷向無法自拔的深淵，
深深的絕望源自內心的迷茫，為了逃避現實而不斷沉淪，
經歷自我放逐，終究一步步走向自我毀滅的悲劇。
日本無賴派文學大師太宰治藉由小說主角的人生遭遇，巧妙地將自己的一生與思想涵蓋其中，
認為自己是個「失去人格的人」，在小說中描寫一個中年男子的墮落過程，
實際上是拿著文學的利刃，切割自己最柔弱的內心深處……

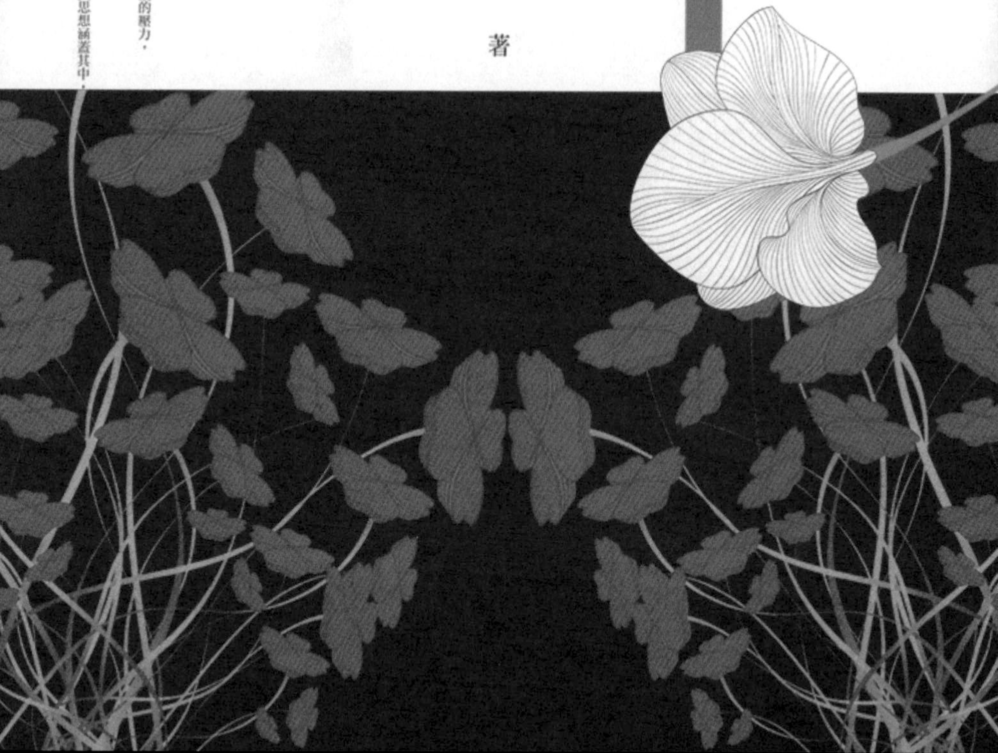

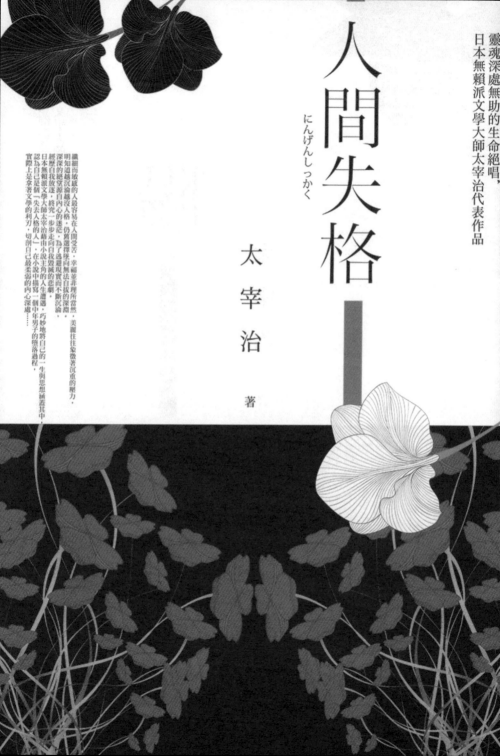

一個破滅時代的心靈輓歌，
日本無賴派文學大師太宰治代表作品

# 斜陽

しゃよう

太宰治 著

《斜陽》是日本無賴派文學大師太宰治於二次大戰後撰寫的成名代表作，
也是昭和文學的金字塔鉅著，描寫戰後混亂苦悶的社會中，
一個貴族家庭的沒落過程，恰如太陽西沉；
備受壓抑的女主角則藉著為心愛的人懷孕生子，
向傳統愛情觀與道德觀挑戰，重新發現生命的價值與喜悅。
當戰後的現實社會陷入頽敗破滅危機，
太宰治的文學恰如斜陽的柔弱光芒，照射在這片殘破的人間廢墟……

# 阿Q正傳

THE TRUE STORY OF AH Q

魯迅短篇小說
精華典藏版

魯迅——著

魯迅，中國近百年小說發展史上最偉大的文學巨匠，
也是享譽國際的偉大作家，他的作品無論在藝術或思想上，
都有著深遠的影響力和穿透力；《狂人日記》是他的成名代表作，
呈現了混亂時代的脈動，反映出病態社會的悲哀，人性的善良與醜惡，
書中以隱喻的筆調揭露「禮教吃人」的猙獰面目，
諷諷那些衛道的偽君子「話中全是毒，笑中全是刀」。

# 狂人日記

魯迅精華典藏版
魯迅短篇小說

魯迅 著

中國近百年小說發展史上最偉大的文學巨匠，
譽國際的偉大作家，他的作品無論在藝術或思想上，
深遠的影響力和穿透力；《狂人日記》是他的成名代表作之一，
混亂時代的脈動，反映出病態社會的悲哀，人性的善良與醜惡，
隱喻的筆調揭露「禮教吃人」的猙獰面目，
然衛道的偽君子「話中全是毒，笑中全是刀」，

# A Madman's Diary

《追憶似水年華》

# 呼蘭河傳

THE STORY OF HULAN RIVER

蕭紅——著

蕭紅，30年代中國文壇最負盛名、最活躍、最有才氣的女作家，
深受魯迅、茅盾等名作家賞識，讚譽她的作品寫出了窒息年代中人民對生的堅強與對死的掙扎，
《呼蘭河傳》以夢幻般的筆法勾畫了一個平靜而飽含幽怨的寂寞世界，
宛如掠過無聲黑夜的璀璨極光，堪稱是中國現代文學中永垂不朽的經典之作……

文學經典

07

秘密花園

國家圖書館出版品預行編目資料

秘密花園／

F · H · 勃內特著. —第1版. —：新北市, 前景

民 107.07 面；公分. - (文學經典：07)

ISBN◉978-986-6536-69-4 (平裝)

作　　者　F · H · 勃內特
譯　　者　楚　茵
社　　長　陳維都
藝術總監　黃聖文
編輯總監　王　凌
出 版 者　前景文化事業有限公司
行銷企劃　普天出版家族有限公司
新北市汐止區康寧街 169 巷 25 號 6 樓
TEL / (02) 26921935 (代表號)
FAX / (02) 26959332
E-mail：popular.press@msa.hinet.net
http://www.popu.com.tw/
郵政劃撥 19091443 陳維都帳戶
總 經 銷　旭昇圖書有限公司
新北市中和區中山路二段 352 號 2F
TEL / (02) 22451480（代表號）
FAX / (02) 22451479
E-mail：s1686688@ms31.hinet.net
法律顧問　西華律師事務所 · 黃憲男律師
電腦排版　巨新電腦排版有限公司
印製裝訂　久裕印刷事業有限公司
出 版 日　2018 (民 107) 年 7 月第 1 版
ISBN◉978-986-6536-69-4　　條碼 9789866536694